A Terra deve ser domada. Para o bem galáctico. Os seus elementos criminosos e insurgentes têm há muito buscado a dominação mundial, cada qual a seu modo. A eles foi oferecida a oportunidade de concluírem seus projetos. Cada um tem os meios. Os meios e o desejo de controlar o mundo. De impor uma nova ordem. De conter a natureza rebelde da humanidade.

VINGADORES

TODOS QUEREM DOMINAR O MUNDO

VINGA

TODOS QU

D O M I N

O MUN

UMA HISTÓRIA DO UNIVERSO MARVEL

DAN ABNETT

MARVEL

marvel.com

DORES

REM

A R

00

novo século®

São Paulo, 2015

Avengers: Everybody Wants to Rule the World
Published by Marvel Worldwide, Inc., a subsidiary of Marvel Entertainment, LLC.

MARVEL
marvel.com

2ª reimpressão – janeiro/2016

GERENTE EDITORIAL
Lindsay Gois

EDITORIAL
João Paulo Putini
Nair Ferraz
Rebeca Lacerda
Vitor Donofrio

GERENTE DE AQUISIÇÕES
Renata de Mello do Vale

ASSISTENTE DE AQUISIÇÕES
Acácio Alves

AUXILIAR DE PRODUÇÃO
Emilly Reis

TRADUÇÃO
Paulo Ferro Junior

PREPARAÇÃO E REVISÃO
Marina Ruivo
Equipe Novo Século

DIAGRAMAÇÃO
Vitor Donofrio

CAPA
Vitor Donofrio

ILUSTRAÇÃO DE CAPA
Will Conrad

Texto de acordo com as normas do Novo Acordo Ortográfico da Língua Portuguesa (1990), em vigor desde 1º de janeiro de 2009.

Dados Internacionais de Catalogação na Publicação (CIP)
(Câmara Brasileira do Livro, SP, Brasil)

Abnett, Dan
Vingadores: todos querem dominar o mundo
Dan Abnett; [tradução Paulo Ferro Junior].
Barueri, SP: Novo Século Editora, 2015.

Título original: Avengers: everybody wants to rule the world

1. Ficção inglesa I. Título.

15-02710 CDD-823

Índice para catálogo sistemático:
1. Ficção: Literatura inglesa 823

NOVO SÉCULO EDITORA LTDA.
Alameda Araguaia, 2190 – Bloco A – 11º andar – Conjunto 1111
CEP 06455-000 – Alphaville Industrial, Barueri – SP – Brasil
Tel.: (11) 3699-7107 | Fax: (11) 3699-7323
www.novoseculo.com.br | atendimento@novoseculo.com.br

novo século®

1

Berlim
16h12, hora local, 12 de junho

UM PAR DE LIMUSINES NEGRAS cruzou o rio em direção ao leste. O céu estava claro e sem nuvens, e o trânsito do cair da tarde apenas começava a se formar.

Os grandes carros permaneceram juntos. Seguiam com o fluxo do tráfego, não permitindo que outros veículos se colocassem entre eles. Em Sarsplatz, viraram para o norte, entrando num setor de indústria leve. Os prédios eram quadrangulares e modernistas, construídos na década de 1960 ou depois. Grafites artísticos decoravam muros e portões, mas os carros sofisticados nos pequenos estacionamentos sugeriam um novo investimento: *startups* de tecnologia, escritórios de engenharia especializada, consultorias de mídia.

A Auger GmbH ocupava os últimos quatro andares de um prédio quadrangular no final da Montagstrasse. O prédio era cercado de álamos por toda a extensão de sua rua lateral. Havia uma ampla estrutura de concreto que servia de estacionamento nos fundos do edifício. Os andares desse estacionamento possuíam aberturas nas laterais. Lembrava uma pilha de bandejas de isopor.

As limusines adentraram o estacionamento, subiram as rampas em espiral, e seus pneus cantaram no concreto pré-moldado cintilante. No oitavo andar, passaram pela rampa de subida e seguiram para além das baias de estacionamento, parando no círculo giratório em frente às portas de vidro do saguão da Auger.

Três homens saíram de cada um dos carros. Seus ternos eram tão imaculadamente pretos quanto a carroceria das limusines. Suas sombras projetadas revelavam tão pouco quanto os vidros fumê das limusines. Seus movimentos eram fluidos, sua disposição, precisa. Eles cobriram todos os ângulos, vigiando as rampas de subida e descida. Um deles caminhou na direção das portas de vidro e esperou, falando calmamente em um comunicador de pulso.

Seu nome era Gustav. Ele fez um sinal de "livre".

O diretor saiu do carro que estava na retaguarda e andou até as portas. Era alto, vestia um caro e impecável terno cinza-escuro. Carregava uma pequena maleta. Em outra época, sua postura teria sido considerada aristocrática.

As portas de vidro, gravadas com o logo da Auger GmbH, se abriram assim que ele se aproximou. O saguão era elegante e bem-iluminado. Havia um zumbido suave vindo dos aparelhos que climatizavam o ambiente. A recepcionista levantou os olhos, fitando de seu balcão semicircular.

– Peter Jurgan, estou aqui para ver John Rudolf – disse o diretor.

– Bem-vindo, Herr Jurgan – respondeu ela. – Herr Rudolf o espera. Por favor, me acompanhe.

Dois dos guarda-costas flanqueavam Jurgan enquanto ele a seguia. Seus nomes eram Kyril e Franz. Os outros esperaram com Gustav, vigiando os carros.

A recepcionista usou um cartão magnético para abrir a porta interna, que dava para um corredor longo e acarpetado repleto de portas de vidro. O ar-condicionado interno era cruel. O ambiente estava muitos graus mais frio.

Ela bateu na quinta porta, esperou por uma resposta e conduziu as visitas para uma sala de reuniões. John Rudolf se levantou da mesa oval para cumprimentá-los. Era um homem belo e intenso no alto de seus trinta e poucos anos. Usava uma camisa de gola aberta, jeans caros e óculos de grife.

– Herr Jurgan – disse ele, apertando sua mão. – É bom vê-lo.

– É bom ver você também, John – respondeu Jurgan. – Espero que tudo tenha saído como combinado.

– Foi complicado, mas acho que você vai ficar muito satisfeito. Gerhard?

Três outros homens estavam sentados à mesa. Como Rudolf, usavam trajes semicasuais. Um deles, Gerhard, abriu uma caixa de aço que estava diante de si, sobre a mesa. Tirou da almofada moldada que havia no interior da caixa um mecanismo de cromo polido. O dispositivo era mais ou menos do tamanho de uma garrafa térmica. Possuía anéis fresados e giratórios e um jogo de pernas retráteis acopladas, de modo que pudesse ser colocado em pé.

– Este é o protótipo – disse Gerhard, estendendo as pernas com uma série de estalidos delicados, colocando o dispositivo em cima da mesa. – Estamos prontos para fabricá-lo assim que vocês aprovarem.

– O pedido foi de quatro mil unidades – disse Jurgan.

– Estimamos que o cumpriremos em seis meses – disse Rudolf.

Jurgan concordou.

– Mas e quanto ao pedido inicial de cem?

– Três meses – disse Rudolf.

O rosto de Jurgan não esboçou nenhuma reação.

– Nos informaram sobre uma mudança de direção nesse lote inicial – disse ele.

Rudolf encolheu os ombros, apologeticamente.

– Estávamos fechando contrato para usar uma montadora em Augsberg – respondeu –, mas eles acabaram de fechar acordo com a concorrência.

– Para fabricar consoles de última geração para o mercado americano de videogames, se é que você consegue acreditar nisso. – Gerhard gargalhou.

– Consigo acreditar – disse Jurgan.

– Então tivemos que terceirizar para um fabricante na China – disse Rudolf. – Daí o prolongamento do prazo. Logística, entende?

Jurgan não respondeu. Ele olhou para o dispositivo.

– Posso inspecioná-lo? – perguntou.

– É claro – respondeu Rudolf.

Jurgan pegou o equipamento e o virou de cabeça para baixo com suas mãos enluvadas.

– Leve, mas extremamente durável – disse Rudolf com orgulho. – Portátil, é claro. Montado em níveis de extrema precisão. O temporizador de liberação está aqui, no anel inferior. Também há a opção de controle remoto ou manual.

– Raio de dispersão? – perguntou Jurgan.

– Um milhão de hectares – respondeu Gerhard.

– Isso parece bastante – disse Rudolph. – Uma área enorme para uso agrícola.

– Estamos desenvolvendo aplicações agrícolas em larga escala no Meio Oeste – disse Jurgan. – Para máxima eficiência, o raio de dispersão deve ser considerável.

Jurgan colocou sua maleta em cima da mesa e abriu os fechos. A valise estava forrada de espuma, esculpida a fim de formar duas reentrâncias.

Em cada uma delas havia um bulbo de metal polido. Um deles era verde e o outro era de um vermelho berrante.

– O que é isso? – perguntou Gerhard.

– Amostras do portador de genes – respondeu Jurgan, retirando o bulbo verde.

– Eles são codificados por cores – disse Gerhard.

– Estão todos inertes – afirmou Jurgan. – Apenas amostras contendo água purificada e açúcar. Na aplicação, a codificação por cores irá se relacionar com o carregador G.M. específico: trigo, centeio, cevada, milho, soja.

Jurgan desatarraxou o anel laminado no topo do dispositivo de cromo e abriu a tampa curvada em sua dobradiça. Ele deixou cair o bulbo verde no encaixe e fechou a tampa. Ouviu-se um leve suspiro assim que o lacre hermético travou.

– Só quero ver como vai ser a operação de desengate – disse Jurgan. Rudolf e Gerhard olharam um para o outro, e Rudolf encolheu os ombros.

– Por que não? – sorriu.

Jurgan sorriu de volta, e virou o anel inferior do dispositivo.

– Trinta segundos – anunciou. O anel começou a emitir leves estalidos, como se girassem a combinação de um cofre, enquanto o temporizador iniciava uma contagem regressiva de trinta para zero.

Quando chegou a vinte, os dois guarda-costas que estavam com Jurgan subitamente se moveram. Kyril foi até a porta da sala de reuniões e girou a fechadura. Franz seguiu direto para o painel de controle climático na parede e o configurou para recirculação interna.

– O que você está fazendo? – perguntou Rudolf.

O temporizador chegou ao zero. Ouviu-se um clique, e depois o som de algo perfurante dentro do dispositivo. Um jato fino de vapor foi liberado do topo do mecanismo, enchendo a sala de conferências com uma névoa quase transparente. Por um instante, foi como se estivessem em uma sauna.

A névoa se dissipou, deixando gotas de umidade nos rostos e nas mãos dos homens presentes, assim como no tampo polido da mesa e nos assentos de couro. A superfície de suas roupas estava levemente úmida.

Gerhard riu nervosamente e enxugou a testa.

– Estão vendo? – disse ele. – Trata-se de uma dispersão perfeita via aerossol, mesmo em um espaço confinado.

Jurgan assentiu.

– É mais do que adequado – concordou. – Uma excelente peça de engenharia. Inteiramente de acordo com minhas especificações.

– Suas especificações foram bem meticulosas, Peter – disse Rudolf. – E, se me permite dizer, meus engenheiros fizeram um belíssimo trabalho.

– Minhas especificações foram muito meticulosas – concordou Jurgan. Ele pousou uma das mãos enluvadas no topo do aparelho. – A usinagem está de acordo. Mas as especificações também diziam que as cem unidades deveriam ser entregues em três semanas.

– Como eu expliquei – disse Rudolf –, a montadora em Augsberg nos deixou na mão e...

– E você falhou em encontrar uma alternativa.

– China...

– Com um prazo de entrega de três meses.

– É lamentável... – começou Rudolf.

– Sim, é – disse Jurgan. – Para você, certamente. Não gosto de ser deixado na mão. Ao longo de toda a minha carreira, me certifiquei de que meus negócios nunca fossem deixados na mão.

– Tenho certeza que podemos... – Rudolf começou a dizer.

– Você pode morrer – disse Jurgan sem esboçar emoção. Ele olhou para o seu relógio. Um artefato bastante caro. – Em dois minutos.

Rudolf pestanejou, sem compreender.

– Ah, o quê? – perguntou ele.

Jurgan abriu a tampa do dispositivo de cromo e retirou o bulbo verde perfurado e esgotado. Colocou-o de volta na maleta.

– O patógeno – anunciou – está contido dentro desta sala por ora. Alguns vestígios podem ter escapado, mas a contaminação será baixa. O patógeno age através do contato com a pele. Dada a sua proximidade e o grau de exposição, eu estimaria não mais do que dois minutos.

Ele retirou o bulbo vermelho.

– E claro, aqui está o antídoto. Se disperso da mesma maneira, dentro do espaço de tempo certo, pode ser usado para manter vivos indivíduos infectados e impedir a ativação do patógeno. É assim, claro, que o patógeno será administrado, progressivamente.

Ele olhou para Rudolf, segurando o bulbo vermelho.

– Mas para vocês não haverá tal misericórdia.

– Um patógeno? – perguntou Rudolf. – Um patógeno?

– Isso é alguma espécie de piada? – perguntou Gerhard.

– O patógeno se chama HE616 – disse Jurgan. – Uma criação sintética. Eu o batizei de Fôlego.

– Isso é ridículo! – exclamou Rudolf. Ele estendeu a mão para pegar o telefone e chamar a segurança, mas Franz colocou a mão com firmeza em cima do aparelho.

Um dos colegas de Rudolf foi até a porta. Mas Kyril se postou em seu caminho e o empurrou de volta na direção da mesa.

– Um minuto – disse Jurgan.

– Isso não é nada engraçado! – disse Gerhard. – Como vocês ousam vir aqui para fazer joguinhos como esse! Estamos fazendo um acordo de negócios legítimo e...

– E vocês não cumpriram o prometido – disse Jurgan. – O que é muito inconveniente. Isso impacta diretamente a minha agenda, e não me deixa nada feliz.

– Vou encontrar uma montadora alternativa! – gritou Rudolf. – Não há, absolutamente, motivo algum para esse comportamento absurdo e ofensivo! Você esguicha sobre nós uma solução de açúcar e depois nos aterroriza com ameaças de...

– Aterrorizar – disse Jurgan. – John, isso é exatamente o que o terrorismo faz. E o terrorismo não funciona se for uma alegação ou uma mentira. Ele precisa de uma base real. Uma ameaça genuína. Aquilo não era uma solução de açúcar. E não dou segundas chances às pessoas quando elas falham comigo.

Um dos colegas de Rudolf, o homem que havia sido impedido de chegar até a porta, começou, subitamente, a arfar. Bolhas apareceram em suas mãos, rosto e garganta. Ele passou a tremer. As veias começaram a saltar em suas têmporas. Uma saliva descolorida brotou de seus lábios trêmulos. Convulsionado e asfixiado, ele caiu em cima da mesa, deslizou e rolou para o chão. O impacto de seu corpo fez com que uma das cadeiras com rodinhas deslizasse pelo carpete.

Jurgan olhou para o seu caro relógio.

– Um pouco cedo – afirmou.

– Ah, meu Deus! – gritou Rudolf. – Por favor, nos ajude!

Gerhard gemia, olhando para as bolhas e pústulas que começavam a cobrir suas mãos. O outro homem se sentou, engolindo com dificuldade. E então, caiu de cara na mesa.

Gerhard vomitou e em seguida caiu, batendo com a cabeça na quina da mesa enquanto desabava no carpete. O sangue manchou o vidro polido. Rudolf cambaleou até as janelas. Suas mãos empoladas tatearam as venezianas, sacudindo-as. Enquanto ele tombava, rasgou as lâminas da cortina, que despencaram em cima dele.

Jurgan olhou para os quatro cadáveres.

– Salve Hidra! – disse ele.

Ele colocou o bulbo vermelho no dispositivo, fechou a tampa e apertou o ativador. A sala se encheu novamente de uma névoa. Franz ajustou o painel de controle climático novamente para "circulação no prédio". Kyril enfiou o aparelho em sua caixa.

– Estamos saindo – anunciou Jurgan. Passou a maleta para Kyril e carregou ele mesmo a caixa de aço com o dispositivo dentro.

Kyril levou o pulso até a boca.

– Gustav – disse ele. – Saindo.

– Neutralização? – perguntou Franz para Jurgan.

– Como exigido para a saída – respondeu Jurgan. Os guarda-costas usavam preto, e levavam pistolas automáticas sob seus paletós.

Eles caminharam juntos pelo corredor em direção à recepção. Dois funcionários da Auger GmbH apareceram no vão da porta, viram as armas, e recuaram apavorados. Sem perder o passo, Franz entrou na sala depois deles e disparou quatro vezes.

Voltou para perto de Jurgan assim que ambos chegaram à recepção. Vozes se ergueram nos escritórios que ficaram para trás. Alguém gritou um nome.

Quando entraram novamente no saguão, a recepcionista levantou o olhar, alarmada. Ela recuou ao ver as pistolas e tentou se esconder atrás do balcão. Franz apontou a arma para a moça que se agachava.

Um dos painéis de vidro das portas externas do saguão explodiu em uma tempestade de fragmentos assim que um disco giratório o atravessou. O disco tinha cerca de 75 cm de diâmetro e ostentava, em sua face convexa, um símbolo vermelho, branco e azul bem característico.

Era um escudo.

Atingiu Franz antes que ele pudesse atirar e o jogou para trás, através da porta interna de vidro nos fundos da recepção.

Jurgan e o outro guarda-costas se viraram para ver o Capitão América vindo na direção deles.

O Sentinela da Liberdade – cujo uniforme era tão vermelho, branco e azul quanto seu famoso escudo – pulou através da porta de vidro estilhaçada. Kyril disparou sua arma. Dois tiros passaram longe; o terceiro arrancou um pedaço da armadura de duralumínio que o Capitão usava.

Capitão América caiu sobre ele. Seu punho esquerdo atingiu o punho de Kyril, fazendo a arma voar para longe. Já o direito desferiu um soco que quebrou o maxilar de Kyril e fez com que ele virasse de ponta-cabeça e caísse nocauteado no meio do salão. Seus óculos voaram para longe. A valise caiu de sua mão.

Jurgan atingiu Capitão América na lateral da cabeça com a sua mão que estava livre. A força do golpe foi considerável e fez com que o supersoldado caísse, se apoiando sobre um dos joelhos. Ele rapidamente girou no chão, mas Jurgan deu um passo para trás, evitando um golpe que poderia derrubá-lo.

– Hoje não, meu bom Capitão – disse ele.

– Hoje, definitivamente – respondeu Cap, assim que se levantou. E se lançou contra ele.

Os dois trocaram socos, face a face, em velocidade fenomenal. Cada um dos dois homens usava seus antebraços para bloquear e se desviar dos golpes do outro. Jurgan se esforçava para não largar a caixa.

Cap deu com o calcanhar na lateral do joelho de Jurgan e, enquanto o sujeito cambaleava para o lado, aplicou um soco que o atirou sobre a mesa da recepcionista. O impacto destruiu o monitor de LED e derrubou um porta-lápis, espalhando canetas com o logo da Auger para todos os lados. Escondida atrás da mesa, a recepcionista gritava, aflita.

Jurgan havia largado a caixa, que estava em cima do carpete, longe demais de seu alcance. Ele olhou para o Capitão América.

– Eu realmente não gosto de interferências nos meus planos – disse Jurgan, limpando o sangue que vertia de seu lábio aberto.

– Você já devia estar acostumado com isso, Strucker – respondeu Cap.

O Capitão sabia que rendição não seria uma opção provável. O barão Wolfgang von Strucker era um dos terroristas mais perigosos do mundo, e o fora por décadas. Ele não era mais um mortal. A ciência e outros artifícios, mais sombrios, haviam prolongado sua vida e o investiram de força e resistência sobre-humanas.

Mas Steven Rogers, conhecido como Capitão América, também havia sido agraciado pela ciência. Sua expectativa de vida era bem mais longa do que a maioria dos homens poderia esperar, e suas habilidades físicas iam muito além das de um ser humano normal.

Strucker mergulhou para pegar a caixa. Cap pulou também, obstruindo Strucker e o prendendo ao chão. Os dois caíram pesadamente, lutando. Strucker era extremamente forte. Cap se engalfinhou com ele, tentando imobilizá-lo travando seus braços. Strucker usou o cotovelo para atingir a garganta do Capitão e depois repetiu o golpe mais duas vezes, atingindo o esterno do herói. Cap rolou para o lado, mas contra-atacou com um soco que atingiu a nuca de Strucker e afundou seu rosto no carpete.

O terrorista estava atordoado. Cap obrigou-o a se levantar, na tentativa de virá-lo e empurrá-lo contra a mesa para contê-lo.

Mas Strucker estava fingindo fraqueza. Ele atacou violentamente e seu punho direito acertou o queixo do Capitão América, jogando-o para o lado. Strucker riu. O couro negro da luva em sua mão direita estava ardendo e queimando, revelando os filamentos metálicos e lustrosos de sua arma pessoal favorita: a Garra de Satã.

Ele golpeou Cap mais uma vez. A garra chiou com o movimento. Cap desviou para o lado. Strucker ergueu a garra mais uma vez e disparou uma potente carga elétrica que roçou no ombro direito do Capitão.

O herói se afastou cambaleando, retraindo-se enquanto sacudia seu braço ferido. Strucker desferiu outro golpe, aproveitando que a garra estava crepitando por conta do excesso de carga. Cap se esquivou, e em seguida lançou o ombro e o cotovelo contra as costelas de Strucker. O barão grunhiu e quase caiu. Ele girou, mas não acertou o adversário com seu soco precipitado. Cap desviou do braço de Strucker e lhe acertou um golpe na boca, quebrando um dos seus dentes da frente.

Rosnando, Strucker recuperou o equilíbrio e atacou novamente.

A garra fez conexão.

Faíscas cintilantes brotaram da placa peitoral do uniforme do Capitão, e ouviu-se um estridente estampido elétrico. Cap voou pela recepção e se chocou contra uma parede falsa meramente decorativa, derrubando parte dela.

Ele não se levantou.

Strucker cuspiu sangue no tapete. Pegou a caixa e correu rumo à saída.

– Gustav! – berrou enquanto corria. – Extração imediata!

Ninguém respondeu. Ele saiu no círculo giratório. Capitão América havia lidado com a comitiva de Strucker antes de entrar nos escritórios. Gustav e os outros guarda-costas estavam caídos, suas armas estavam espalhadas. Um jazia sobre a carroceria traseira da limusine. Ambos os motoristas também haviam sido abatidos. Ernst, o condutor do carro da frente, se esforçava para se levantar ao lado da porta do motorista, que estava aberta. O alarme de "porta aberta" soava.

– Levante-se! – gritou Strucker enquanto corria para o carro da frente. – Levante-se e dirija!

Todos os guarda-costas de Strucker haviam sido escolhidos a dedo nas melhores empresas de segurança pessoal do mundo e nas companhias militares não governamentais. Eram altamente treinados, plenamente qualificados, totalmente cruéis e profundamente a par dos cachês que estavam recebendo e do nível de lealdade que a Hidra esperava por tal compensação. Apesar da clavícula quebrada e da concussão, Ernst alcançou o assento do motorista e rapidamente deu ignição no motor. Strucker pulou para o banco traseiro do negro e pesado automóvel.

A limusine disparou, cantando pneus numa guinada para fora do círculo, e saiu rugindo rumo à rampa descendente.

Com o escudo na mão, o Capitão América saiu correndo da recepção. Ele viu as lanternas traseiras da limusine perdendo-se na escuridão do estacionamento. Parou por um instante, calculando a viabilidade de um arremesso do escudo, mas o carro estava muito distante.

Em vez disso, ele se virou e correu na direção da parede externa da estrutura. Um dos guarda-costas tentou se levantar e bloquear seu caminho, mas Cap o lançou para o lado com o escudo.

Ele alcançou a parede, que tinha a altura de sua cintura, e colocou o escudo nas costas. Era uma queda de oito andares até a rua lá embaixo. Sem hesitar, saltou sobre a parede de concreto, balançou as pernas e se jogou, aterrissando de pé.

Caiu apenas um andar, agarrando-se a uma saliência na parede para interromper a queda. Com os dentes cerrados, lançou-se por sobre a parede e voltou para dentro da estrutura.

A limusine de Strucker já havia descido um andar. Ela passou rasgando pelo Capitão e desceu a rampa seguinte.

Implacável, Cap se virou e se jogou parede abaixo novamente. Desta vez caiu mais três andares. Bateu com o corpo na parede de concreto e se agarrou a mais uma saliência com os dois braços. Arranhou o peito no concreto. Ergueu-se, caiu no piso pré-moldado, e começou a correr. Conseguia ouvir o eco do guinchar dos pneus acima dele. Agora estava pelo menos um andar abaixo da limusine em fuga.

Viu-a percorrendo toda a extensão do andar de cima, as luzes das lâmpadas dianteiras sumindo quando o carro passava por trás das colunas verticais. Ele a perseguiu a toda velocidade, movendo-se paralelamente no andar inferior. Chegou à base da rampa de saída seguinte segundos antes do carro alcançar seu topo.

A limusine entrou na rampa com um cantar de pneus brutal. Ernst era um motorista habilidoso, mesmo com um veículo pesado e potencialmente lento. Cap ficou parado na base da rampa enquanto o carro descia a toda velocidade na sua direção. Ele pegou o escudo, segurando sua borda com a mão direita, e o lançou contra o veículo que se aproximava, valendo-se de um poderoso arremesso abaixo da altura do ombro.

O escudo atingiu o para-brisa, estilhaçando o vidro blindado e acertando em cheio seu alvo, tirando Ernst de ação. Antes que o carro, agora descontrolado, pudesse esmagá-lo, Capitão pulou para o lado, rolando pelo concreto pré-moldado.

O carro passou direto. Não virou na base da rampa – simplesmente se chocou contra um pilar de concreto que ficava de frente para a descida. O impacto amassou a parte frontal do veículo negro e lustroso, e fez com que a traseira se deformasse. Airbags se acionaram e inflaram. Fluidos jorraram dos dutos perfurados, criando sob o carro uma mancha negra que se espalhou rapidamente. Um vapor escapava do radiador rachado.

Cap se levantou e se aproximou dos destroços. Arrancou seu escudo do vidro lacerado e cintilante do para-brisa detonado e seguiu para a porta traseira. Ele a abriu com um puxão.

Strucker estava caído e atordoado no banco de trás, sangrando por conta de um ferimento na cabeça. O herói estendeu a mão a fim de pegá-lo pelo pescoço.

Ouviu um cantar de pneus e o rugir de outro motor. A segunda limusine descia a rampa em sua direção em alta velocidade, as lanternas chamejantes. Cap avistou a expressão maníaca no rosto de Gustav ao volante.

Capitão lançou-se para fora do caminho. O segundo carro passou a milímetros dele.

O veículo de Gustav se chocou contra a porta traseira aberta do primeiro carro, partindo suas dobradiças e fazendo-a voar em meio a uma chuva de estilhaços de vidro. Gustav perdeu os faróis de um dos lados do automóvel, e raspou a asa lateral na carroceria da outra limusine, entortando os painéis das portas e sulcando a tinta até revelar a base de metal.

Gustav deu marcha à ré com sua limusine, fazendo as rodas girarem com tanta força que soltaram uma fumaça acre das calotas. O veículo deu uma guinada para trás, fazendo com que os dois carros se separassem com um guincho de reclamação emitido pelas carrocerias.

Strucker se esforçou para sair de sua limusine e correu desajeitadamente para o carro de Gustav, com a caixa na mão. Abriu a porta traseira e caiu no banco. Gustav deu uma virada com o carro antes que Strucker pudesse fechar a porta. O veículo arrancou a traseira do carro que estava destruído, e em seguida acelerou pelo estacionamento, rumo à próxima rampa.

Cap correu atrás do veículo e atirou seu escudo. O disco vermelho, branco e azul girou pelo ar, atingindo a roda traseira mais próxima enquanto o carro virava. O eixo vergou levemente, mas a limusine tinha pneus resistentes. O carro continuou a acelerar.

O escudo bateu no pneu, voou para longe, e ricocheteou em uma coluna de concreto. Cap, ainda correndo, apanhou-o enquanto ele estava no ar.

Sem perder o ritmo, o Capitão deu um chute na porta corta-fogo da escada e desceu três andares de uma vez só, deslizando pelo corrimão de cada andar.

Chegou ao térreo. A limusine em fuga já havia alcançado a saída para a rua, no ponto mais extremo da estrutura. Sem diminuir o passo, ele quebrou as barreiras automáticas, espalhando lascas de plástico branco com setas vermelhas para todo lado, e saiu a toda, rua afora, num embalo feroz.

A Harley customizada do Capitão estava parada em uma das baias no piso térreo, exatamente onde ele a havia deixado. Saltou sobre ela, deu partida e arrancou com o escudo nas costas.

A moto preta e fosca fora originalmente uma Street 750, mas os técnicos da S.H.I.E.L.D. haviam dado um *upgrade* no seu desempenho. Cap, que não era um mecânico meia-boca, também havia ralado na reforma. O objetivo era obter o equilíbrio perfeito entre velocidade máxima e aderência ideal ao asfalto.

As rodas da moto do Capitão estalaram ao passar sobre os fragmentos da barreira e ele alcançou a rua, inclinando-se vertiginosamente a cada curva. A limusine ainda estava no seu raio de visão, e seguia a uma velocidade imprudentemente veloz. O trânsito era leve na região, mas não por muito tempo. A hora do rush se aproximava. Cap agarrou o acelerador e começou a diminuir a distância, pegando a pista mais veloz e cortando caminho para ganhar o máximo de terreno possível.

Ele sincronizou o microfone de seu traje com a unidade de comunicação da moto.

– Sussurro, aqui é o Sentinela – gritou.

O link do rádio crepitou num volume bem acima do rugido do motor da Harley.

– *Sentinela, aqui é Sussurro. Prossiga.*

– Você consegue me detectar, Sussurro?

– *Afirmativo, Sentinela. Estamos com você na tela.*

Em algum lugar acima da cobertura que as nuvens de Berlim proviam, um avião de reconhecimento da S.H.I.E.L.D. em modo de disfarce o localizara. Cap fez outra curva fechada.

– É o Strucker – disse o Capitão, concentrado na estrada à frente. – Estou em uma perseguição. Consegue fixar o alvo?

– *Alvo avistado e fixado.*

– Strucker está com alguma coisa. Uma carga da qual ele não quer abrir mão nem a pau. Consegue me colocar em contato com Fury?

– *Hã, nesse momento é impossível, Sentinela.*

– Então me dê um link direto de prioridade máxima para a Torre dos Vingadores.

– *Desculpe, negativo. A sombra da S.H.I.E.L.D. está sobre você, senhor. Há helicópteros chegando e dados de segurança circulando de norte para oeste. Este é o limite disponível no momento.*

– Entendido – respondeu o Capitão. Ele queria muito perguntar por que o diretor da S.H.I.E.L.D. e seus colegas Vingadores não estavam online. Mas ficar imaginando que tipo de emergência havia atraído a atenção deles seria uma distração.

Strucker, por si só, já era uma emergência. Todas as vezes que a Hidra mostrava uma de suas cabeças grotescas significava que o mundo estava em perigo. Cap estava há três dias em Berlim, em segredo, seguindo pistas. Agora que ele recorria aos céus para obter ajuda, todos estavam ocupados.

Não pense nisso, disse a si mesmo. Precisava de cada fibra dos seus nervos e habilidades para ficar no encalço de Strucker naquela velocidade. Um lapso na concentração, um momento de distração e preocupação e acabaria rolando no asfalto ou colidindo com o tráfego que se aproximava.

E Strucker conseguiria fugir.

– Mande o departamento médico e o suporte tático para a Auger GmbH – instruiu o Capitão. – Há suspeita de feridos e fatalidades no local. Vão em contingente máximo. Há agentes da Hidra no terreno. Mantenham o local em segurança e lacrem-no. Quero uma análise completa e um resumo das condições do lugar assim que isso estiver terminado. Strucker tinha negócios por lá.

– *Providenciando, Sentinela. Equipes táticas despachadas.*

– Peça para a unidade local limpar a rota – ordenou o Capitão. – Strucker não está parando por nada. Não quero danos colaterais aos civis.

– *Entendido.*

Cap já conseguia escutar sirenes nas ruas em volta. Ele passou por pelo menos um ponto onde carros colidiram na tentativa de desviar da limusine de Strucker, que continuava em alta velocidade.

– Rastreie o alvo – disse Cap. – Encontre alguns atalhos que eu possa tomar.

– *Afirmativo. Estamos providenciando.*

A limusine corria muito. Todas as vezes em que o Capitão se aproximava, depois de acelerar numa reta, o carro virava e mudava de curso. Estavam entrando em uma parte mais movimentada da cidade. Veículos freavam bruscamente e faziam soar suas buzinas assim que o carro e a moto passavam rasgando. Um caminhão de entregas quase não conseguiu evitar uma colisão com a limusine e bateu em um ponto de ônibus. Um grupo de ciclistas se dispersou e caiu no esforço de desviar do carro quando este entrou na contramão para fugir de um engarrafamento.

– *Pegue a esquerda no próximo quarteirão* – disse o link.

– Entendido – respondeu Capitão.

Fez uma curva acentuada, sua roda traseira derrapou, e ele se dirigiu para um beco entre uma fábrica e uma fileira de lojas de varejo. Lixo voava e se espalhava em seu rastro. O barulho do motor ecoava nos prédios à sua volta.

Cap conseguiu enfim sair do beco, quase atravessando a rua movimentada, virou-se e se enfiou no tráfego. Buzinas soaram. Ele colocou um pé no chão para estabilizar sua virada, deslizou um pouco, e depois acelerou. O atalho diminuiu a distância em algumas poucas centenas de metros. A limusine estava um pouco mais à frente, seguindo velozmente pelo lado errado da rua em direção a um ponto de tráfego mais pesado.

Os carros desviavam do seu caminho. Dois deles colidiram de lado. Um carro da *polizei*, com as luzes de alerta piscando e a sirene gemendo, mudou de pista e tentou bloquear a limusine.

O carro bateu de frente com a viatura e sua enorme carroceria fez com que o veículo da *polizei* voasse para o lado, girando de ponta-cabeça e espalhando fragmentos de vidro e de metal para todos os lados.

Cap passou em zigue-zague pelo carro policial destruído e aumentou a velocidade. Deu uma guinada para a esquerda a fim de evitar um caminhão de lixo e outra virada mais radical para a direita, desviando de um ônibus. Suas janelas estavam repletas de passageiros horrorizados e de olhos arregalados.

A limusine entrou em uma via em obras, atravessando o bloqueio feito de barreiras temporárias vermelhas e brancas e fazendo com que os frenéticos operários se dispersassem. Ela desviou rapidamente para a faixa do meio a fim de evitar a pesada máquina de aplainamento que a equipe estava operando. Um carro esporte derrapou para sair do caminho, mas em seguida colidiu com um furgão e um compacto.

Cap estava se aproximando. O denso trânsito da hora do rush forçava a limusine a andar mais devagar. Mais carros bloqueavam seu caminho, enquanto o Sentinela da Liberdade podia costurar e se enfiar no meio dos carros.

Strucker apareceu, inclinando-se para fora da janela traseira na lateral direita da limusine. Segurava uma pistola automática. Abriu fogo, tentando atingir a traseira da motocicleta. Cap viu o brilho dos disparos e as balas traçando um risco de fumaça do meio da estrada para a sua esquerda. Ele desviou, puxando o escudo que estava nas costas e o posicionou em frente ao peito e ao queixo. Conduzir uma Harley com uma só mão não era o ideal, especialmente naquela velocidade.

Strucker trocou o cartucho e disparou novamente. Várias balas acertaram o escudo do Capitão, fazendo-o vibrar e estremecer. Uma delas destruiu a lanterna dianteira de sua moto. Balas perdidas acabaram acertando outros veículos em ambos os lados da rua e também o asfalto.

Cap acelerou entrando em outra lacuna, quase colidindo com um caminhão. Deu a volta nele, tentando se mover do lado oposto de onde Strucker atirava, na esperança de poder restringir o cone de fogo do terrorista.

Strucker viu o que ele estava fazendo, e desapareceu novamente dentro da limusine.

Está mudando de lado, pensou Capitão. E ele fez o mesmo. Na hora em que Strucker e a arma apareceram na outra janela, Cap já tinha avançado pela pista e estava se aproximando da traseira do automóvel, bem no ponto onde Strucker havia se posicionado anteriormente. Viu Strucker tentar fazer um disparo, amaldiçoar o ângulo e entrar novamente no carro.

Cap se aproximou ainda mais. Perguntava-se se valia a pena correr o risco de pular da moto sobre um carro em alta velocidade. Ele estava atingindo uma velocidade próxima – muito próxima – à do veículo, mas a chance de ricochetear ou de não conseguir se agarrar à limusine era muito grande.

A janela traseira da limusine explodiu quando Strucker fez um disparo. Os pedaços de vidro foram lançados contra o Capitão. Strucker enfiou um terceiro cartucho e começou a atirar pelo buraco que abrira na janela. Vários tiros atingiram o escudo do herói, que acelerou e se distanciou, continuando do lado esquerdo da limusine. Strucker apareceu na janela do passageiro e voltou a atirar, mas Cap havia trocado o escudo de posição. Então o vingador se balançou de maneira imprudente e bateu o escudo com força na janela traseira destruída, fazendo com que Strucker caísse de volta no banco do passageiro.

O carro subitamente virou para a direita. Cap viu que eles estavam se aproximando da traseira de uma carreta que trafegava lentamente sobre suas dezoito rodas. A limusine desviou para evitar uma colisão. O Capitão, por sua vez, teve de virar a manopla da moto com força, evitando o choque por pouco. Os veículos em alta velocidade passaram pela carreta, um de cada lado – a limusine à direita, a moto à esquerda. Assim que a ultrapassaram, ambos se colocaram novamente lado a lado. Strucker trocou o cartucho de munição e disparou novamente na direção do Capitão. As vitrines das lojas ao lado do Cap foram estilhaçadas.

– Maldito! – vociferou o herói, ciente da quantidade de gente inocente que estava ao redor. Acabou se aproximando um pouco mais da limusine em disparada, bloqueando a munição com seu escudo.

A limusine começou a perder velocidade. Havia um trânsito bastante intenso mais à frente, uma retenção devido ao cruzamento de uma ponte.

Cap aproveitou a chance. Acelerou bruscamente e saltou. A Harley saiu da pista, tombou para o lado e foi deixada para trás enquanto girava e deslizava pela estrada, deixando uma trilha de faíscas provocadas pela fricção.

Cap aterrissou de barriga no capô do automóvel e se segurou. Sentiu que estava escorregando, mas lutou para manter-se agarrado ao veículo. No volante, Gustav começou a serpentear violentamente com a limusine de um lado para o outro, na tentativa de derrubar o herói.

Ao ver que isso não iria funcionar, Gustav sacou seu revólver, abriu a janela do motorista e se inclinou para fora a fim de fazer alguns disparos por cima do nariz do carro. Um deles rasgou a manga esquerda do traje do Capitão, quase não sendo amortecido pela armadura. Cap pegou seu escudo e bloqueou mais dois tiros. Tentou ganhar terreno com suas botas e chutar o capô para que pudesse atacar através do para-brisa. Se ele conseguisse atingir Gustav, a perseguição terminaria.

Tentar atirar no vingador distraiu Gustav da direção. Cap ouviu Strucker berrar do banco traseiro. Gustav puxou o volante.

A limusine, que ainda corria muito, bateu violentamente em um dos últimos carros que estava parado no trânsito, por pouco conseguiu evitar uma colisão frontal. O choque causou o engavetamento dos carros ali parados.

Mas Gustav perdeu o controle. A limusine foi violentamente arremessada contra o meio-fio e seguiu por mais trinta metros pela calçada. Destruiu uma fileira de grades, uma atrás da outra, até se espatifar contra uma barreira de segurança.

Capitão América ainda estava agarrado ao capô.

A limusine finalmente se chocou contra um dos suportes da ponte e limpou o caminho à frente por uma extensão de seis metros. Arrastando escombros e fragmentos do seu cano de escape, ela mergulhou, de ponta-cabeça, no rio largo e calmo abaixo.

2

69° 30’ ao sul, 68° 30’ a oeste
07h26, hora local, 12 de junho

FOI UMA LONGA QUEDA.

Ele saltou pela escotilha que havia no chão, caindo e girando direto para o rio gelado e para a turbulência.

Abaixo dele havia uma densa cobertura de nuvens. Abaixo disso, a incerteza.

Gavião Arqueiro havia feito vários saltos em queda livre em sua carreira, mas sempre com alguma preparação, e nunca em uma emergência. Ele sequer teve tempo para amarrar o paraquedas corretamente; estava preso em apenas um dos ombros, enquanto que o outro conjunto de correias voava e estalava em meio ao ar feroz.

Vista-o, ajeite-o, deixe-o seguro. Estabilize...

Ele estava girando de ponta-cabeça. O ar batia contra seu rosto. Não usava máscara, estava sem o respirador. Não conseguia respirar. Abriu os braços e as pernas, tentando controlar a queda livre. As rajadas de ar tentavam arrancar a bolsa de suas costas. Ele tateou, conseguiu segurar as correias que se debatiam e prendê-las ao seu outro ombro.

A queima de detritos e nuvens de fumaça preta açoitante rasgavam o céu à sua volta. Seja lá o que tenha atingido o Quinjet, foi capaz de derrubá-lo, rompendo seu casco, rasgando-o em seguida. Algo lançado da superfície para o ar. Um míssil. Enquanto girava, o Gavião vislumbrou o nariz do Quinjet flamejante descendo como um cometa para dentro dos bancos de nuvens, deixando para trás um rastro de fumaça suja.

Será que ela escapou também? Por favor, Deus, permita que ela tenha saído também...

O Gavião Arqueiro atingiu as nuvens. A visibilidade foi cortada. Estava caindo em meio a um vazio gelado de suave branco, mas sentia como se estivesse suspenso, imóvel.

Braços para fora, Barton, pernas para fora. Barriga para baixo, queixo para cima.

Quanto tempo ele tinha? Vinte segundos? Trinta? Não tinha altímetro, e não sabia quão alto o Quinjet estava voando quando foi atingido. Se a cobertura de nuvens fosse de baixa altitude, poderia chegar ao chão a qualquer momento. E nem sequer o veria se aproximando.

A pressão era intensa. Não podia ouvir por conta do vento batendo em seus ouvidos. Gotas de sangue que brotavam de uma de suas narinas subiam pelo rosto até chegar aos olhos. Sentiu que poderia vomitar. Não seria uma boa visão. Nem um pouco heroica...

A mochila não era um paraquedas, nem mesmo uma versão compacta do equipamento para saltos em queda livre. Era uma unidade flutuante de uso único baseada na tecnologia de repulsores desenvolvida pelas Indústrias Stark. "Ah, um jato propulsor..." Barton rira quando Stark mostrou as unidades pela primeira vez aos Vingadores. Recebeu um olhar feio em troca. Não era um jato propulsor. Apenas um dispositivo para "diminuir e suavizar uma descida terminal".

Se a ativasse muito cedo, gastaria a sua célula de combustível, e depois voltaria a cair. Se a ativasse tarde *demais*...

Me dê um sinal, pensou.

O Gavião saiu do meio das nuvens; e com um choque súbito sua visão retornou. A paisagem se abria mais abaixo. Um vasto tapete de vegetação verde e densa. Um horizonte inclinado. Um pôr do sol cheio de matizes que lançava uma luz sobre a paisagem. O brilho dos rios que se cruzavam. O vislumbre do distante Mar Gorahn. A linha cinza e dentada formada pelas Montanhas Eternity, fantasmagóricas ao longe.

A floresta abaixo era densa. Realmente densa. Antes do ataque, eles estavam manobrando o Quinjet, tentando encontrar uma zona de aterrissagem viável. Bater na copa das árvores seria doloroso, com ou sem o paraquedas.

Um meteoro passou por ele riscando o céu, arrastando chamas atrás de si. Era um dos tanques de gasolina do jato, que cruzou diagonalmente o céu e caiu na floresta. Houve um clarão e uma explosão que ele conseguiu ouvir apesar do vento. Pôde ver fogo no buraco que se formou com o impacto do destroço em chamas sob a cobertura de árvores.

Logo percebeu o quão rápido o chão estava se aproximando. Onde está aquele amigo voador quando se precisa dele? Onde estavam Thor ou o Homem de Ferro?

Onde diabos *eles* estavam? Antes do ataque do míssil, ele voara por mais de uma hora sem contato com a base.

Clint estendeu a mão até o centro do arnês, encontrou o pino ativador e o apertou. Nada aconteceu. Começou a bater no pino freneticamente, como se fizesse uma reanimação cardiopulmonar. *Vamos! Vamos! Maldito seja, Stark! Essa bosta não está fun...*

Então percebeu o que estava acontecendo. O repulsor de ascensão era tão suave que ele não conseguia ouvir o seu pulsar em meio à turbulenta ventania. Ele estava flutuando, descendo como se fosse uma semente voando pelo ar.

Então inclinou os pés para baixo. Ok, assim estava melhor. Estava funcionando. Ele poderia lidar com aquilo.

Mas se chocou contra as árvores mesmo assim.

Galhos se quebraram e atingiram seu rosto. Trepadeiras se partiram. Folhas o açoitaram. Ele olhou para o lado na direção de uma enorme raiz que o tragou num redemoinho e sentiu a casca da árvore roçando em sua pele. O ar sombrio de repente estava cheio de poeira, folhas, insetos, escombros. Caindo como uma boneca de pano, sentiu-se um idiota. Onde estavam suas famosas habilidades acrobáticas e sua graça agora?

Ele se chocou contra outro galho. E mais outro. Amaldiçoou aquilo tudo com raiva e dor e, inadvertidamente, engoliu uma folha. Engasgado, caiu ainda mais longe, vendo de relance as grandes árvores, as árvores menores, os galhos entrecruzados e trepadeiras tão grossas quanto as correntes de uma âncora. Agitando os braços, atravessou as cortinas de musgo suspensas. O dispositivo flutuador, engasgado com fibras de folhas, parou de funcionar.

Aterrissou em um leito de samambaias, quicou, ricocheteou em uma pedra coberta de musgo, e caiu de cara em um terreno pantanoso. E então, e só então, o flutuador reiniciou, elevando-o uns trinta centímetros acima do chão da floresta, como se estivesse levitando de barriga para baixo.

O equipamento quebrou novamente. E ele caiu de cara.

Silêncio. Expirou, e em seguida sentou-se, tossindo, cuspindo pedaços de folha.

Estava vivo. Havia deixado sua dignidade em algum lugar acima da copa das árvores, mas estava vivo.

O Gavião Arqueiro se levantou. Pegou o equipamento quebrado, disse o que pensava dele, e o atirou para longe.

A clareira estava em silêncio. Cicadófitas e samambaias cresciam robustas e estranhas ao seu redor. Enormes árvores retorcidas, enfeitadas com cipós e trepadeiras, se erguiam até a escuridão verde acima dele. Havia sons: o murmúrio de um riacho próximo, o zumbido dos insetos, o coaxar e o gorjeio dos anfíbios, os estalidos contínuos e o alvoroço por conta dos danos que seu corpo em queda causara às árvores.

O ambiente era úmido. Estava suando. Estava sujo. Tentou usar seus comunicadores, mas não havia conexão. Ativou seu bracelete localizador e a luz verde começou a piscar. Tirou o scanner da bolsa em seu cinto e o apontou ao redor, 3-60. Nenhuma pista. Nada.

Nenhum sinal dela. *Por favor, Deus, que ela tenha conseguido chegar aqui embaixo com vida.*

Ele começou a andar, mas o terreno não facilitava as caminhadas. Rochas grandes, pedras, lama, raízes, folhagem densa. Sacou sua faca e usou o gume serrilhado para abrir uma trilha. Suas mãos estavam pegajosas por conta da seiva. Ele viu insetos: besouros brilhantes como se fossem mecanismos esmaltados, vermes enrolados no meio da lama, uma centopeia do tamanho do seu antebraço – que o levou a fazer uma careta de nojo. Mosquitos microscópicos voando em torno de sua cabeça, à procura de sua boca, narinas e canais lacrimais.

– Estou odiando isso – disse em voz alta. Olhou para cima e percebeu que estava sob uma teia. A seda era tão fina que parecia fumaça. A teia estava presa entre troncos de árvores e se estendia por uma área tão grande quanto a de uma rede de tênis. Mais acima, nas sombras de algumas folhas, viu a coisa que havia feito aquilo. Negra, oito pernas, peluda, do tamanho de um pastor alemão.

Ela veio por debaixo da teia. Naquela vizinhança, aquele bicho definitivamente não seria seu grande amigo.

O Gavião Arqueiro sentiu como se estivesse sendo vigiado. O sensor interno do caçador. Ele segurou sua faca com firmeza. *Onde está você...?*

Nada. Subiu em uma das árvores. A luz do sol caía em feixes luminosos que atravessavam a cobertura das copas, perfurando o crepúsculo esmeralda.

Algo se moveu à sua frente. Viu as folhas chacoalharem. Agachou-se nas sombras, com as costas escoradas na raiz de uma árvore antiga. Esperou, mal ousando respirar. O que quer que fosse, estava se aproximando. Ele esperou, com a faca na mão. Era hora de pegar o arco. Precisava de um raio de ação. Mas não queria se mover para tirá-lo da aljava.

Esperou. Algo fez cócegas em sua bochecha. Inclinou os olhos para baixo. Um escorpião, verde como guacamole e do tamanho de sua mão, estava andando por seu rosto e descendo por seu pescoço.

Agora não, agora não...

As folhas se abriram. Algo surgiu em sua visão. Era grande.

Era um bico-de-pato: um dinossauro bípede do tamanho de dois carros. Não sabia o nome científico do bicho. Hadro-alguma coisa. Mas sabia que era um herbívoro. Era enorme e sólido, costas abauladas, curvado sobre suas enormes patas traseiras enquanto as dianteiras, menores, delicadamente rastreavam o solo em busca de deliciosas guloseimas. Sua cabeça estava baixa, enquanto ele farejava e murmurava, e um bafo úmido o fazia grunhir e soltar ranho pelas narinas. Sua cauda pesada arqueava horizontalmente como se fosse um contrapeso para a sua compleição. Os olhos eram grandes e plácidos, como os de uma vaca. Cheirava como uma vaca também – cheiro de curral. Algo doce e podre, cheiro de carne e gases. Ele podia ouvir o estômago do dinossauro, grande como um tonel, borbulhando enquanto os alimentos eram fermentados e digeridos.

Lentamente, Gavião Arqueiro esticou a faca e tirou o escorpião da sua gola. E soltou a respiração.

O bico-de-pato levantou a cabeça ligeiramente, como se o notasse. Olhou fixamente para ele por um instante, e depois voltou a pastar. O bicho quebrava o vento, e soava como uma trombeta.

– Legal – disse.

Ele não estava sozinho. Mais dois adultos o seguiam, além de mais dois jovens. Estavam se alimentando.

Gavião se moveu. Todos ergueram o olhar em sua direção.

– Não liguem pra mim, minha gente – disse ele. Baixaram as cabeças.

Verificou o comunicador novamente. Nada ainda. Será que havia destruído a unidade quando aterrissou? Começou a tirar as coisas da bolsa para dar uma olhada.

Os bicos-de-pato congelaram de repente.

Os adultos se sentaram e ergueram as cabeças, ouvindo ou farejando. Seus murmúrios e fungadas cessaram.

O que diabos eles tinham ouvido?

Começaram a fugir, movendo-se incrivelmente rápido pelo caminho por onde vieram. Atravessaram o mato cheios de pavor, apressando os filhotes para que permanecessem junto a eles. Um dos adultos deu um estranho soluço de alerta.

Que porra é essa?

Gavião guardou a faca e sacou seu arco. Era um composto de carbono, feito sob medida, que tinha cerca de 250 libras de força. Uma peça perfeita. Ele rapidamente verificou a tensão, e então ativou a cavilha na empunhadeira que lhe permitia selecionar remotamente as flechas da aljava mecanizada em seu quadril. Posicionou três: duas normais e uma mais rombuda. Fosse amigo ou inimigo, as bases estavam cobertas.

Um grito rasgou a clareira. Era um som horrível, como o grito de um porco ao ser capturado, uma expressão quase humana de dor. Veio do lugar para onde os bicos-de-pato haviam seguido.

Gavião ficou tenso. Ele armou uma flecha normal, as outras duas ficaram preparadas entre os dedos da mão que puxava o arco.

Um raptor irrompeu de seu esconderijo, no outro lado da clareira, e o atacou, com a cauda erguida como um chicote, a cabeça baixa, e as mandíbulas abertas. Suas longas e poderosas patas traseiras o faziam avançar mais rápido do que um leopardo em pleno ataque.

O bicho estivera à espreita, pronto para atacar. Tinha mais ou menos a altura do Gavião, mas com o dobro do peso e cem vezes mais rápido. Um assassino completo. Com mandíbulas que rasgariam facilmente seu pescoço enquanto os membros anteriores o eviscerariam.

Gavião Arqueiro puxou a corda do arco e a soltou. A flecha de ponta afiada atingiu o raptor bem no esterno, mas não o deteve. O arqueiro disparou novamente, enterrando outra flecha ao lado da primeira. A rombuda era a única que restava em sua mão. Ele a disparou também, acertando-a bem no meio da garganta do bicho.

Em seguida, teve que se esquivar. O raptor passou por ele, colidiu com uma árvore e tombou morto ao seu lado. Folhas caíram como se fossem confetes.

O Gavião Arqueiro disse algo esfuziante. Sacou rapidamente mais flechas. Havia duas coisas que ele sabia sobre raptores:

Eram assassinos completos.

E caçavam em bandos.

Ergueu o arco antes que o segundo atacasse. Desta vez, apontou para as patas traseiras. O maldito não poderia correr se suas patas não funcionassem. Acertou duas flechas com lâminas na ponta no músculo da coxa direita do animal, que fizeram o raptor tombar estalando a mandíbula e debatendo a longa cauda. Gavião se afastou para o lado a fim de evitar os golpes de suas garras traseiras.

Um terceiro saiu do abrigo, e depois um quarto.

– Maldição! – vociferou o Gavião Arqueiro. Ele atravessou o joelho direito do primeiro com uma ponta de lâmina e depois acertou outra em sua testa enquanto o bicho se aproximava. O quarto raptor estava quase sobre ele.

Uma flecha explosiva atingiu o raptor no peito e transformou sua barriga em uma névoa rubra de restos sangrentos.

Freneticamente, sacou mais outras flechas. Flechas explosivas. Flechas explosivas funcionavam bem. O quinto membro do bando apareceu, correndo em sua direção. Rápido demais!

As pernas do Gavião Arqueiro foram esmagadas debaixo dele, fazendo com que caísse de costas no chão. O raptor que ele havia derrubado com as flechadas na coxa ainda se debatia freneticamente, e sua cauda se enfiou embaixo dele. Ele estava deitado de bruços e indefeso enquanto o raptor o golpeava violentamente. Saliva escorria das mandíbulas cortantes.

Rolando para longe, ele disparou na lateral do animal. Não foi um tiro ideal, mas necessário. A seta explosiva atingiu a garganta do raptor, e a explosão banhou o Gavião Arqueiro com pedaços de carne.

Mas o quinto raptor já estava sobre ele. O animal saltou os últimos metros que os separavam, como um atleta olímpico, as foices de suas patas traseiras levantadas para estripá-lo quando aterrissasse.

Houve uma rápida e ensurdecedora saraivada de disparos de 9 mm. Os tiros nocautearam o raptor, que caiu de lado no meio do pulo. Despencou no meio do mato, retalhando a folhagem com seus espasmos de morte.

– Vai ficar aí deitado o dia todo? – perguntou a Viúva Negra.

Deu um passo à frente, ficando visível, uma pistola automática fumegante em cada mão. Seus cabelos vermelhos pareciam tão escuros quanto o sangue sob aquela luz esverdeada.

Ele se levantou.

– Só pensei em pegar leve por um tempo, Natasha – respondeu ele. Não queria deixar transparecer seu alívio por vê-la viva.

Ela fez uma pausa e deu de ombros.

– Bem-vindo à Terra Selvagem.

– Puxa, obrigado.

– Seu localizador está funcionando? – ela perguntou.

– Sim.

– O meu não está – disse ela. – Nocauteado durante o salto. Você pensou que eu estava morta?

– Não.

– Pensou sim. Posso ver em seu olhar. Você estava preocupado.

– Não.

Ela sorriu. Ele começou a procurar as flechas que ainda poderiam ser usadas.

– Você sabe o que nos derrubou? – ele perguntou.

Ela balançou a cabeça.

– Míssil – disse.

– Essa parte eu entendi. Seus comunicadores funcionam?

– Não. Acho que estamos em um ponto morto.

– É – ele concordou. – Porém, estou meio preocupado por não termos tido nenhuma notícia mesmo antes de sermos derrubados.

– É preocupante – disse ela. – Tenho algo para te mostrar.

Começaram a se mover por entre a floresta.

– Vi isso enquanto circulava por aí para te encontrar – ela acrescentou.

– Viu o quê?

– Você vai ver. O míssil significa que alguém sabe que estamos aqui, e que alguém não nos quer aqui.

– Meio que é por isso que viemos, pra começo de conversa.

– Com alguma sorte, vão pensar que o míssil fez o seu trabalho e que estamos mortos – respondeu ela.

– Com um pouco de sorte.

– Por aqui – disse ela.

Eles escalaram o enorme tronco tombado de uma árvore antiga. Um fluxo de formigas do tamanho de um giz de cera se movia em um comboio ao longo da casca morta, carregando de modo ordenado as folhas cortadas. Da árvore, Gavião Arqueiro e Viúva Negra pularam para um pequeno monte formado por pedras, escalaram sua superfície coberta de líquen ainda mais alto e, eventualmente, chegaram ao cume, com vista para um vale profundo no meio da floresta.

Ali havia construções amarelas e brilhantes logo abaixo de onde estavam. Era um agrupamento de grandes estruturas modulares que pareciam células interligadas. Um hangar e uma pista de pouso foram anexados a uma das extremidades daquela fileira de módulos. O local era rodeado por uma cerca de arame farpado que parecia estar apoiada em postes que emitiam um tipo de campo de força. A estrutura central era um grande edifício em formato de tambor três vezes maior que os outros, cheia de postes de telecomunicações e antenas para captar sinais de satélites.

– Nossa pista estava correta – disse o Gavião Arqueiro.

– Estava.

– É preciso amar um inimigo que tem tanto orgulho de si mesmo que até faz propagandas – acrescentou o Gavião Arqueiro.

Ela assentiu.

Havia um logotipo gravado em cada uma das estruturas modulares. O que estava no edifício central em forma de tambor era duas vezes maior que os outros.

I.M.A.

Ideias Mecânicas Avançadas.

– Parece que temos um dia cheio pela frente – disse o Gavião Arqueiro.

– Sequer sabemos o que eles estão fazendo – ela respondeu.

– Isso não importa – disse ele. – É a I.M.A. Seja lá o que estiverem fazendo, não vai ser bom. A I.M.A. é do mal. E isso significa que temos de detê-los. Imediatamente.

3

Washington, DC
07h45, hora local, 12 de junho

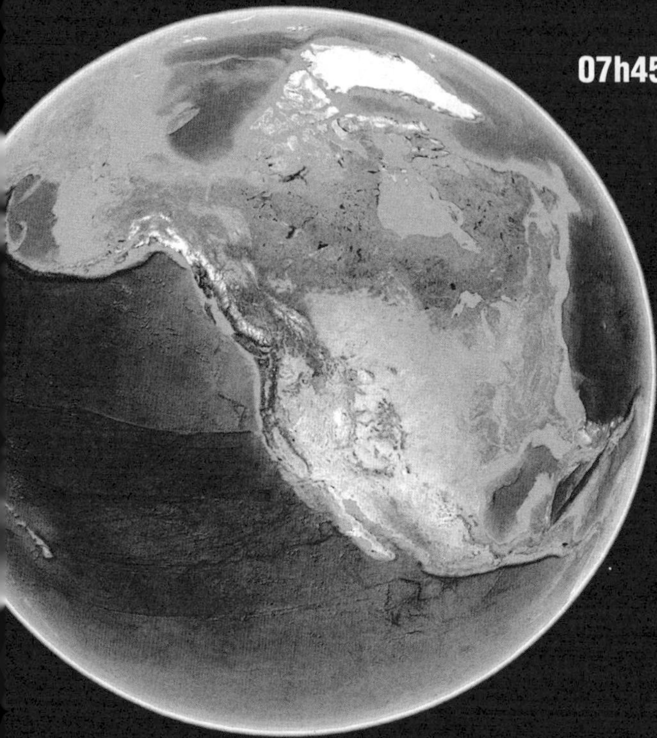

NO CANTO INFERIOR ESQUERDO do painel de seu elmo, um pequeno visor digital exibia numerais verdes: uma contagem regressiva em andamento.

Enquanto ele sobrevoava o Potomac, lia-se no visor 00:33:22.

Pouco mais de 33 minutos antes da contagem chegar a zero, o ponto que Tony Stark chamava de "Zero Seis". Seis zeros seguidos. Ele nunca lhe dera um nome mais grandioso e importante, em parte porque a contagem jamais alcançou o Zero Seis, e também porque, se alcançasse, ele achava que não estaria em posição de chamá-lo de coisa alguma.

Ele estava voando em baixíssima altitude, em velocidade quase supersônica, preferindo passar por entre as árvores em vez de sobrevoá-las. Imprudente – é assim que se refeririam a isto no relatório, se alguém estivesse por perto para depois fazer um. Imprudente. Ele preferia pensar nisso como conveniente. Preferia pensar nisso como urgente.

Preferia pensar nisso como salvando o mundo.

00:32:44.

Ele era um míssil humano. Movia-se tão rápido, que tudo o que alguém no solo poderia ver era um raio dourado rasgando o ar de manhã, e não a forma blindada globalmente conhecida que estivera em tantas capas de revistas e primeiras páginas de jornais. Quando ele passava, janelas vibravam em suas molduras, alarmes de carro disparavam e árvores balançavam com o golpe de ar. Ao cruzar o rio, a força proveniente de seu jato formava uma linha de onda através da água.

00:31:33.

O modo invisível aumentava consideravelmente a velocidade, tanto que ele teve que entrar no modo que-porra-é-essa-reatores-a-toda-força nos jatos de suas botas e nos propulsores de altitude. Não havia tempo para sutileza. Abraçar a paisagem reduzia um pouco a visão de sua silhueta e lhe fornecia uma pitada de cobertura com certa abordagem ambientalista, mas ele ainda era um rápido e ruidoso toque de metal em meio ao verde.

– Prioridade Vingadores, aqui é o Homem de Ferro. Pedido de resposta, CNOS Washington.

O ruído branco crepitou em seus fones de ouvido.

– Aqui é o Homem de Ferro. E que tal se eu exigir uma resposta, CNOS? Centro Nacional de Operações de Segurança, aqui é o Homem de Ferro.

Nada.

00:30:59.

– Selecionar lista comm – disse para a armadura. Um menu se acendeu, ocupando todo seu visor. Selecionar e ligar para o CNOS, Centro de Controle de Ameaças da NSA/CSS, Estação de Controle da NSA em Fort Meade, Operações Conjuntas da NSA/CIA, CHCSS e USCYBERCOM. Ah, e para o Departamento de Estado e Segurança Nacional.

+ Opções selecionadas +

– Transmitir. Início da mensagem: Aqui é o Homem de Ferro. Condição Alfa de emergência, Pine Fields. Solicitando protocolo "aperto de mãos" prioridade e acesso ao local. Repita, urgente.

+ Resposta negativa +

– Droga, me ligue com a S.H.I.E.L.D.

+ Resposta negativa +

– Vingadores, prioridade. Todos os ativos ou inativos, em campo ou em casa.

+ Resposta negativa +

As comunicações já estavam fora do ar há mais de noventa minutos. Isto era mais do que um congestionamento, mais do que um colapso da rede. E certamente era mais do que uma cobertura ruim do sinal de celular. As conexões haviam sido fechadas e travadas. Não havia nenhuma maneira de prever a extensão daquilo. Talvez por toda a Costa Leste. Talvez fosse global. Talvez ele devesse ter ficado em casa com um uísque single malte envelhecido em carvalho e uma maratona de *Os Flintstones* na TV a cabo.

Porque Zero Seis significava voltar à Idade da Pedra.

00:29:21.

Ele estava a cinco minutos de Pine Fields. Última tentativa.

O Homem de Ferro girou e passou a voar de costas, guiado pela telemetria e pelo visor da armadura. Mapeou o céu acima, avistou um satélite perto da Terra que estaria sobre ele por mais dois minutos, e aumentou a potência do reator arc em seu peito. Quando falou, a armadura converteu a mensagem em um pulso unibeam que ricocheteou no satélite.

– Prioridade Vingadores, aqui é o Homem de Ferro para a CNOS. Prioridade, urgente. Estou enviando este sinal como um pacote de fótons. Converter e enviar novamente em resposta. Urgente.

Um estalo.

– Aqui é o CNOS. A rede caiu. O que está acontecendo? – Uma voz de mulher, focada, profissional, mas com um toque de desespero.

– Ei, você. Que bom que está no jogo. Não há tempo para explicar. Alerte todas as estações. Segue a lista. Preciso de prioridade, protocolo aperto de mãos, Pine Fields.

– Negativo sobre isso, Homem de Ferro.

– Eu acho que, dadas as circunstâncias, você pode me liberar.

– Adoraria cumpri-la, senhor. Mas os protocolos foram reescritos há oito minutos. Não temos acesso a nenhum.

– Sugiro Protocolo de Limpeza Total da Fonte USCYBERCOM.

– Ninguém deveria saber sobre isso, senhor.

– Ninguém deveria estar sobrevoando DC na altura em que estou, mas é isso o que está acontecendo também. Faça com que o DIRNSA autorize. Condição alfa.

– Na verdade, o diretor já autorizou, senhor. O Limpeza Total está ativo. O protocolo está sendo bloqueado.

– Tudo bem, é pior do que eu pensava.

– Quão ruim você acha que é?

– Ruim o bastante para eu pensar que não há como ficar pior.

– Toda a rede está bloqueada. SIGINT, processamento, coleta, análise, acessos adaptados, superiores e inferiores, interbureaus. É estrangeiro?

– Sim. Não. Doméstico, da pior maneira. Eu... olá? Olá, CNOS?

Estática. O satélite terminara de passar.

Ele rolou. A zona do alvo estava se aproximando rápido.

00:27:21.

Árvores cinza sob a pouca luz do amanhecer. Uma estrada de acesso. Uma cerca externa. Uma cerca interna. Vala. Cerca interna. Edifícios anônimos, oblongados e escuros como hangares de aviões discretamente colocados sob o solo ressecado, atrás dos paredões de bordo e lariço. Carros parados em um estacionamento ao lado. Uma massa de atividade eletromagnética e térmica se contorcendo, surgindo como uma resplandecente mancha solar em seu visor.

Pine Fields. Foi a primeira Câmara Negra da NSA no país, atuando como fazenda de servidores e estação de vigia. Um consumo de energia de 406 MW. Supostamente não deveria existir mais nenhuma Câmara Negra no mundo. Eram uma parte suja da ciberespionagem que remetia aos anos da Guerra Fria. Os poucos mapas nos quais Pine Fields realmente aparecia listavam o complexo como um centro de logística de um fabricante de sopradores de folhas. Sopradores de folhas. Sério. Isso era como fingir que Matt Murdock não era, de fato, o Demolidor. Até um homem cego poderia ver isso.

Mais carros estacionados. Uma fileira de latas de reciclagem. Uma pista de concreto que percorria toda a extensão da propriedade até a parte de trás, onde havia pequenos barracões de utilidades e serviços. Cabeamento de fibra sensível à pressão enterrado superficialmente no solo por um raio de 800 metros. Câmeras digitais posicionadas. Câmeras noturnas posicionadas. Detectores de movimento.

Um míssil ar-ar.

Seu alarme de prevenção contra colisão soou. Homem de Ferro rolou. O míssil, do tamanho de um taco de beisebol, passou por cima de seu ombro. Ele retraçou a rota, descreveu um arco dando a volta e travou no alvo novamente.

Buscando movimento ou calor. Muito bom. Stark não reconheceu o design, o que não era surpreendente, visto que a arma havia sido configurada e construída cerca de 18 minutos antes.

Rolou tentando se evadir, o sistema de refrigeração tentou esfriar as camadas exteriores de sua armadura para evitar que ele fosse localizado, e ele aterrissou e ficou imóvel.

O míssil veio direto para ele.

Então não detectava nem o movimento nem o calor. Era guiado.

Ele levantou voo novamente, os jatos de suas botas erguendo um círculo de poeira e terra ao redor da área de decolagem. O míssil serpenteou atrás dele.

00:26:40.

No outro canto do visor, outro contador começou a retroceder.

00:00:11.

Tempo de impacto do míssil.

– Ativar jammer.

+ Sistema de jamming falhou +

– Contramedidas.

+ Contramedidas falhou +

– Isca holográfica-fantasma.

+ Isca falhou +

– Ah, pelo amor de Deus...

O Homem de Ferro rolou novamente, ficando de frente para o míssil que se aproximava, e disparou os repulsores das palmas de suas mãos.

O míssil explodiu.

A explosão o lançou 120 metros pelo ar contra o celeiro servidor mais próximo. Ele atingiu a lateral, abrindo um buraco na parede, e caiu no chão.

• • • •

Tony Stark quase ficou tentado a deixar o míssil lhe atingir e permitir que sua armadura absorvesse o dano. Estava feliz por não ter ido por esse caminho. Fosse qual fosse a ogiva que a coisa carregava, era muito mais forte do que ele havia previsto. Se tivesse sido atingido, ela o teria matado. Porque, deu-se conta, tinha sido projetada para matá-lo. Para um artefato tão pequeno carregar algo com tanto poder, tinha que conter uma carga antimatéria.

Um caça-Homem de Ferro.

– Reiniciar.

+ Reiniciando sistemas +

Mais dois mísseis a caminho.

– Já chega – ele rosnou.

Pés apoiados, campo de força ligado, ele disparou seus repulsores, destruindo um míssil com cada mão. Ambos explodiram no ar, uma explosão clara e quente. As ondas de choque fizeram-no estremecer levemente.

Não mais do que isso.

Se os mísseis eram guiados, significava que ele estava sendo vigiado. Recarregou seu unibeam, e ativou um EMP e um explosivo ultrassônico. Cada câmera no complexo foi desligada, saiu do ar. Cada lente foi estilhaçada. Se tentassem religá-las – e tentariam –, estariam cegas.

Ele se ajoelhou, colocou a mão direita esticada no chão e disparou um pulso térmico no solo, fritando a rede de cabos sensíveis à pressão e os sensores de movimento.

O relógio de impacto de mísseis cessou e desapareceu. O outro ainda estava correndo.

00:16:10.

Dezesseis? Como diabos a contagem saltou para 16 minutos?

Tony Stark usou uma palavra que seu relações públicas não aprovava.

– Você ainda está aí, senhor?

– Olá? É você, CNOS?

– Sim, senhor. Desculpe a interrupção. Reposicionei a conexão de rede *site-to-site*. Eu estou ricocheteando em um helicóptero de tráfego que está sobre Anacostia.

– Muito bom.

– Improvisado.

– Muito bem improvisado. Qual é o seu nome, CNOS?

– Uh, Agente Especial SIGINT Supervisora de Apoio Lansing, senhor.

– Agente Especial SIGINT Supervisora de Apoio não é nome.

– Uh, Diane Lansing, senhor.

– Oi, Diane. Estou no local, nas Câmaras Negras de Pine Fields.

– A NSA não opera mais Câmaras Negras, senhor. E... Pine Fields não existe oficialmente.

– Em pouco menos de 15 minutos, a maioria da população mundial desejará que realmente não tenha existido, Diane.

Ele decolou, voando baixo em volta da lateral do celeiro servidor mais próximo. Os níveis de atividade eletromagnética no interior estavam chegando ao máximo de capacidade que sua armadura era capaz de mensurar. O consumo de energia estava passando dos 500 MW.

– Diga novamente, 15 minutos, senhor? Até o quê?

– Zero Seis, Diane.

Uma pausa.

– Por favor, especifique.

– Gostaria de ter um nome melhor para isso, Diane. Honestamente, eu gostaria. Um cara como eu, você poderia achar que tenho pensado sobre isso, talvez até preparado uma palavra-código com antecedência. Fui desleixado, eu acho. Tenho nomes-código para a maioria das coisas. Acho que poderia ter batizado isso como Horizonte Von Neumann. Ou Momento Kurzweil. Ou Ponto de Vinge. Algo assim.

– Zero Seis, senhor?

O Homem de Ferro acionou os jatos, subiu mais e pousou no telhado plano do vasto edifício.

– Seis zeros. Isso é o que o meu contador vai ler. 00:00:00. 15 não, apague isso, 14 minutos e mudando a partir de agora. Ponto de singularidade.

– Singularidade? Senhor, estamos falando de um evento SIA?

– Sim, estamos, Agente Especial SIGINT Supervisora de Apoio Diane Lansing. Respeite e reconheça. E quando digo isso, não quero parecer paternalista. Estou realmente impressionado que você esteja se segurando. Isso restaura minha fé no calibre da equipe da NSA. Se eu soar condescendente, é porque estão atirando em mim.

Os drones vieram voando baixo por sobre o telhado com suas hélices quase silenciosas, disparando rajadas de balas. Eram bandejas em formato de casco de tartaruga, pintadas de cinza fosco com oculares instaladas na frente e hélices turbo-fan nos cantos. Os drones haviam sido unidades de vigilância, mas foram reformados e transformados em unidades táticas em algum momento dos últimos cinco minutos. Rapidamente, pequenos canhões montados por nanotecnologia surgiram abaixo do bico dos drones, descarregando jatos de submunições ultracinéticas na direção de Stark.

– Senhor? Senhor?

Seu campo de força e blindagem sugou os primeiros tiros, mas eles o lançaram para trás. Balas penetradoras de urânio empobrecido, provavelmente disparadas por algum tipo de canhão elétrico em miniatura.

Mais do que capazes de sobrepujar seu campo de força e a pele composta com ferro/platina/nanotubos de carbono polarizados de sua armadura. Mais do que capazes de rasgá-la e vaporizar seus ossos e órgãos.

Mais caça-Homem de Ferro. Projetados especificamente para matá-lo.

– Por favor, aguarde contato – disse ele.

Ele estava em movimento, o tiroteio perseguindo-o e fazendo uma bagunça terrível ao estilhaçar o telhado. Com a mão aberta, ele fez um disparo com o repulsor de sua palma. Um drone explodiu, seu invólucro aos pedaços. Ele começou a girar e desapareceu sobre a borda do telhado, arrastando faíscas.

O outro passou à sua frente, disparando. Ele sentiu os impactos por todo seu abdômen. Estaria cheio de hematomas pela manhã. Se chegasse a ter uma manhã.

Não havia tempo para sutilezas. Ele correu até o drone e esmurrou-o com força suficiente para mandá-lo por sobre as árvores. Parecia que ia acabar parando em Delaware.

Voltou novamente sua atenção para os prédios ao redor, usando seu visor para mapear a complexa apresentação de energia em torno do local.

– Senhor?

– Eu estou bem, obrigado por perguntar. Posso perceber a preocupação em sua voz, Diane.

– Você confirma um evento SIA?

– Sim, Diane. Uma Superinteligência Artificial irá iniciar uma explosão crítica de inteligência em... vamos ver agora... 11 minutos. Neste momento, ela alcançará níveis de cognição tanto pós-humanos quanto pós-AGI de cognição, e será o fim para nós, não importa quantas horas extras tenhamos.

– Oh, Deus.

– Está usando as instalações desta Câmara Negra como ninho, Diane. Uma incubadora. Uma fábrica. Existe matéria-prima, energia, além de acesso a praticamente todas as comunicações, transmissões e processamentos de dados do planeta – oficiais e não oficiais. Porque a Câmara Negra, por meio de sua rede de monitoramento, está ligada a praticamente todas as comunicações, transmissões e processamentos de dados do planeta – oficiais e não oficiais.

– Isso é mais do que a cognição, então, senhor?

– Sim, Diane. É sim.

Ele estava analisando. Dois celeiros depois de onde estava: o epicentro. Uma teia fervilhante de energia visível em seu visor. Decolou.

– Você é inteligente, Diane. Não se trata apenas de ultrapassar o limite de conhecimento do SIA. Mas de todos os sistemas de comunicação e de dados globais se unirem para formar o córtex do SIA. Diane, você se lembra daqueles filmes nos anos 1990 sobre computadores que dominavam a internet? Eram estrelados por ex-atores do Brat Pack buscando um novo caminho para suas carreiras.

– Sim, senhor.

– Computadores assumindo a internet. Soa tão assustador. Claro que é insignificante. Mas isto que está acontecendo, isto é... uma subversão holística da tecnologia humana, dura e suave, acoplada a uma entidade cognitiva que não só se tornará mais inteligente do que nós, como será mais inteligente do que a coisa mais inteligente que podemos imaginar, e em seguida, se tornará mais inteligente do que as coisas mais inteligentes que nem podemos imaginar, e então se tornará mais inteligente ainda. Será insondável. Será onipotente. A civilização não só vai chegar ao fim, será redundante, esquecida. Não teremos nenhum significado ou definição. E nos tornaremos componentes de carne numa transição total que não poderemos sequer visualizar. Isso se tivermos sorte.

Ele pousou no telhado mais próximo, golpeando de lado outro drone que se aproximava rapidamente. Disparou um feixe de laser focado de seu reator arc e fez um corte que atravessou as camadas de revestimento antiexplosão, cabos de sinal revestidos de cobre, painéis térmicos e isolamento contra pulsos eletromagnéticos. Enfiou os dedos na fenda e arrancou parte do telhado.

– Diane, o professor Stephen Hawking disse que a conquista da SIA seria não só o maior evento na história da humanidade, como também o último.

O Homem de Ferro entrou pela abertura que acabara de fazer, os jatos em sua bota ligados.

– Senhor? Tenho o DIRNSA comigo agora. Ele gostaria de falar com você.

– Eu prefiro falar com você, Diane.

– Senhor, o diretor está insistindo.

Dentro do celeiro, ele se sentou sobre uma das grandes unidades da fazenda de servidores, retângulos pretos do tamanho de contêineres colocados sobre o chão de concreto inerte, com enfeites que pareciam ser plantas rasteiras ou ervas daninhas.

Eram fibras nanotecnológicas em crescimento. O Homem de Ferro podia de fato vê-las se construindo, replicando, entrelaçando, espalhando.

Prosperando.

– Ele está insistindo só porque eu disse que prefiro falar com você, Diane. Você se mantém calma, é bem informada, inteligente e, como eu disse, tem uma voz agradável. Ele parece estar irritado e agitado? Imagino que sim.

– Posso confirmar isso, senhor.

Algo investiu contra o Homem de Ferro. Era uma forma humanoide, porém mais alta do que um homem – uma máquina com formato esquelético. Como os mísseis e as armas dos drones, aquela coisa havia sido projetada e construída com um único propósito através da rápida nano-fabricação nos últimos minutos.

Parte da nova raça. Um soldado da nova ordem. Uma extensão da SIA, que estava prestes a nascer, uma ferramenta, uma arma.

00:06:31.

O relógio tinha saltado de novo. O nível de desenvolvimento acelerava exponencialmente.

O Homem de Ferro lançou a máquina para longe com um soco. Ela não fez nenhum ruído quando seu punho estilhaçou a estrutura de sua cabeça. Mais duas máquinas o atacaram, rasgando-o com suas garras nanocriadas.

– Senhor?

– Estou enfrentando um problema de *malware* aqui, Diane. Por favor, diga ao diretor que em vez de falar comigo, ou de gritar, o que eu prevejo ser o mais provável, ele deve utilizar sua autoridade e influência para coordenar a Divisão de Ameaças da SIGINT, USCYBERCOM, S.H.I.E.L.D., CHCSS, Protocolo de Emergência do Departamento de Segurança Nacional, e Supervigilância da SYStemic. Peça para que entre em contato com os Vingadores, se puder. Diga para ele mobilizar a Força Aérea e aprontá-la para bombardear este local se eu ordenar. Diga que agora todos os recursos das Indústrias Stark estão disponíveis para ele sob minha autoridade. E diga ainda para ele acordar a Empresa de Gás e Energia Elétrica Potomac.

– Senhor?

O Homem de Ferro levou um soco pungente no painel do rosto, e então girou e esmagou uma nanoforma. A outra o agarrou. Ele lançou-a para o lado com um golpe de cotovelo lateral e arrancou suas pernas com um tiro de repulsor.

Podia ver os outros se autoconstruindo na nanotecnologia em volta dele.

– Diga a ele para cortar a energia. Agora, enquanto ainda podemos. Tudo. DC, Costa Leste, rede nacional, pública e de apoio.

– Senhor, existem com você discretos sistemas de geradores no local, backups que serão cortados se a rede nacional vier abaixo.

– Eu lido com isso. Diga a ele para cortar tudo o que puder. Ele está fazendo isso? Diane, ele está fazendo isso?

– Sim, senhor.

Uma nanoforma atingiu Homem de Ferro, fazendo-o perder o equilíbrio. Ele se levantou e deu um soco que atravessou a placa peitoral da coisa.

00:03:12.

– Senhor? Senhor, já está perto? Já pode ver?

– Sim, Diane, eu posso ver.

O Homem de Ferro esmagou mais nanoformas, abrindo caminho. Adiante, ele podia ver uma forma sendo fabricada. Sistemas nanofabricantes autônomos estavam construindo um corpo. Um receptáculo para a SIA.

– Na verdade é muito bonito, Diane – disse Stark. – À sua própria e absolutamente assustadora maneira. É como ver um universo nascendo. O futuro. Possibilidades.

– Senhor, você sabe o que é?

– Sim, Diane. Um amigo meu o criou. A iteração original, em todo caso. Sua maior conquista. Seu maior erro. Eu... Diane?

Nada. Nenhuma resposta.

A figura à sua frente, do dobro do tamanho de um homem, levantou a cabeça e o encarou. Sua cabeça era ovoide, prateada e polida. Crostas finais de resíduos do nanoconjunto composto desgrudavam-se de sua pele como cinzas. Seus olhos de fenda, quase verticais, brilhavam, vermelhos. A boca era uma careta fixa – meio grunhido, meio sorriso.

– Anthony – a coisa disse. A voz era quase perfeitamente humana. – Olá, Anthony.

– Olá, Ultron – disse Tony Stark.

00:00:01.

4

Sibéria
23h55, hora local, 12 de junho

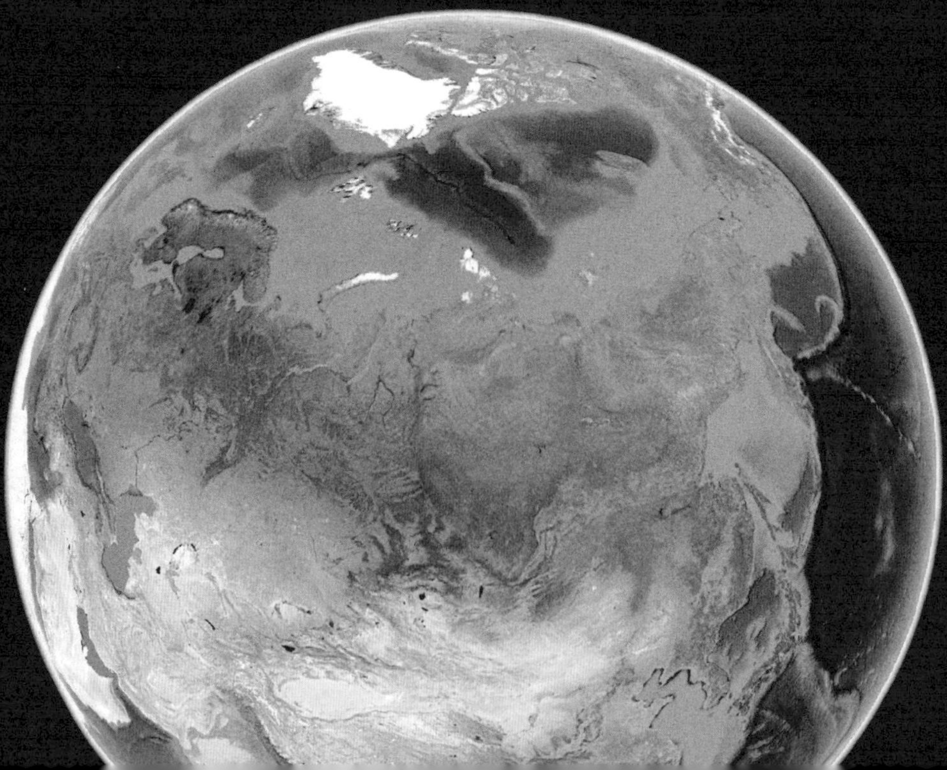

UM MONSTRO SAIU DA ESCURIDÃO ATRÁS DELE.

Tão rápido quanto o relâmpago que controlava, Thor virou e o acertou no rosto. O golpe pulverizou os enormes dentes cortantes e pontiagudos do monstro e o jogou para trás no meio da chuva e da fumaça.

Thor Filho de Odin – Deus do Trovão, vingador – ouviu as rochas se partindo e se estilhaçando enquanto o monstro aterrissava a alguma distância dali.

Franziu a testa. Uma chuva torrencial, tão negra como o sangue, jorrou sobre sua cota de malha e sobre sua armadura, fazendo com que sua capa ficasse ainda mais lisa e pesada. Gotas d'água escorriam das mechas de seu cabelo dourado. Ele estava longe de estar se divertindo.

Monstros eram distrações. Retomou sua tarefa.

– Obedeça-me – disse ele, rosnando. Pingos de chuva batiam em seu rosto. O vento uivava.

– Obedeça-me – repetiu com uma ênfase maior, desta vez não no frágil dialeto de Midgard, mas em sua língua materna, a língua antiga de Asgard.

A tempestade não cooperava.

O que não era uma surpresa: a tempestade não era natural. Thor podia sentir a pontada de magia em progresso, mas ele não precisava daquela coceira reveladora para saber que a tempestade não era um estado meteorológico normal da Terra. Mesmo nas profundezas mais sombrias da Sibéria – nas suas mais remotas e mais expostas regiões – o clima não envolveria a paisagem em uma névoa tão escura como fumaça, nem faria uma cascata de chuva se tornar tão negra como óleo.

Ele levantou o Mjolnir em seu punho direito. Água negra escorria pelo cabo do poderoso martelo e pingava da alça presa ao pulso de Thor e da ponta de seu imenso antebraço. Começou a usar o martelo místico como um ímã, um canal para os dons elementares com os quais ele havia nascido. Ele era o Deus do Trovão: a tempestade deve ser compelida a responder ao seu comando.

Isso não aconteceu. A chuva continuou a cair com força, a névoa-fumaça continuava a rodopiar. Um relâmpago, meio escondido pela névoa, brilhou como um estrobo, e um profundo trovão ressoou como o toque do tambor de guerra dos trolls.

Outro monstro saltou da escuridão. Impaciente, Thor atacou-o duramente com o Mjolnir e o abateu. Ouviu a besta gemer e miar enquanto fugia mancando em meio à névoa.

Thor flexionou os dedos no cabo do martelo e começou a girá-lo, lentamente no início, e depois ganhando velocidade e força. Se a tempestade não iria obedecê-lo, então ele iria domá-la. Ele iria puni-la.

O Mjolnir girava, sussurrando, criando um vórtice local. O vento dobrou e lamentou. Um relâmpago próximo flamejou em volta da figura imponente de Thor, e a descarga elétrica estalou contra a cabeça do martelo, gotejando como espuma neon.

A força ciclônica a irradiou para fora. Ele arremeteu o martelo para baixo, abrindo uma cratera no solo rochoso e criando uma onda de choque que vaporizou a chuva.

Uma súbita calma se fez.

Thor se endireitou, pingando. Embora a chuva ainda caísse, fora reduzida a garoa. O vento diminuíra, e o nevoeiro havia sido sugado como fumaça ventilada, deixando apenas uma leve névoa para trás. O Deus do Trovão havia ceifado a tempestade, pelo menos temporariamente.

Olhou em volta. Agitações inquietas no substrato místico de Midgard o haviam alertado para o problema, e ele tinha vindo para as terras baldias da Sibéria para investigar em nome dos Vingadores. Na chegada, pousou em um antigo afloramento de rocha escura, um planalto empurrado para cima das planícies da Sibéria em eras passadas. A tempestade tinha se abatido sobre ele quase na mesma hora, como se o estivesse esperando, como um predador aguardando para atacar.

O céu acima ainda estava escuro como se fosse meia-noite, e os relâmpagos cruzavam o horizonte num raio de cem quilômetros. O dilúvio havia deixado a água da chuva empoçada nas rachaduras e fendas do granito. As poças ondulavam sob o vento e a garoa.

Mas o que ocupava a atenção de Thor era a pequena montanha diante dele.

Ela não estava lá quando ele chegou. Tinha se erguido durante o blecaute feroz da tempestade.

A montanha chiou com uma maldade sobrenatural. Ele podia sentir sua atração maligna como uma força magnética que lhe causou arrepios. A mesma sensação que sentia sempre que era obrigado a visitar Muspelheim, o reino do imundo Surtur, o rei dos demônios.

Com seu martelo bem seguro ao seu lado, Thor começou a atravessar as rochas pontiagudas em direção à beira da montanha. Murmurou um juramento de proteção enquanto seguia – um juramento ensinado a ele por sua mãe, a justa Frigga.

Continuou atento aos monstros. Os que o haviam atacado durante a tempestade eram de uma raça que ele desconhecia. Tinham cheiro de magia velha e ossos em decomposição. Rosnados abafados e grunhidos remanescentes ecoavam em torno das rochas, mas nada aparecia.

Ele caminhou a passos largos, pulando sem esforço de rochedo em rochedo quando necessário.

Ouviu murmúrios distantes ao longe com sua audição sobrenatural, tão silenciosos que ele não conseguia compreender as palavras. O tom de voz era às vezes melancólico, às vezes zombeteiro.

Sentiu o movimento.

Thor parou e olhou para baixo. O movimento tinha vindo do solo, de uma das muitas poças de água da chuva. A superfície de cada poça ainda ondulava pela chuva que caía, mas o movimento que ele havia captado fora mais do que apenas o cair de uma gota.

Em sua visão periférica, ele viu o movimento em outra poça. Virou-se bruscamente.

Ainda franzindo a testa, ajoelhou-se e colocou a palma da mão esquerda na poça mais próxima. A água estava gelada. Ele a deixou escorrer por entre seus dedos enquanto erguia a mão.

Olhou de lado para outra poça. Desta vez, por um breve momento, viu um rosto pálido espiando para fora da água que desapareceu tão rápido quanto apareceu.

As vozes murmuraram.

Intrigado, ele olhou de poça em poça. Faces surgiam em suas superfícies escuras como as de fantasmas fingidores, como se estivessem se refletindo em espelhos sujos. Mas desapareciam no momento em que olhava diretamente para elas.

– Mostrai-vos – ele retrucou. – O Filho de Odin ordena.

Não houve resposta, nenhum som, com exceção do tamborilar da chuva e do gemido do vento.

E então, alguma coisa se manifestou.

Era outro monstro.

Três vezes mais alto que ele e com a compleição de uma criatura simiesca gigante cujo couro tinha sido feito a partir da negra derme peluda de uma aranha caçadora. Um focinho canino preenchido com dentes amarelos enormes. Cabelos pretos fibrosos cresciam espaçadamente em torno de seu focinho e lábios, onde a pele tinha um tom de rosa doente. Os olhos do monstro eram fendas âmbar radiantes.

Sua característica mais alarmante, no entanto, foi a maneira como se manifestou. Apesar do fato de ter a estatura de um gigante de gelo de tamanho normal e a massa de vários elefantes machos, ele se ergueu de uma poça.

O monstro brotou do chão como uma cobra que pula da lata, espalhando água preta com consistência de sangue em todas as direções. Soltou um rugido que ecoou em nível infrassônico, vibrando através do diafragma de Thor. O Deus do Trovão recuou surpreso, mas não hesitou.

A coisa saltou para cima dele. Mandíbulas abertas, o raio de sua mordida equivalente ao de uma porta giratória. Sua respiração nociva soprava por sua garganta rosa e bocejante.

Thor levantou o braço esquerdo para bloquear o ataque da coisa. Ela o mordeu.

Thor gritou de dor.

Os dentes lhe arrancaram sangue. Ele sentiu-se lançado para trás, na direção das rochas molhadas, pela força do ataque do monstro.

Thor proferiu um juramento em nome do Pai de Todos.

A criatura era forte, mais forte quanto qualquer ser dos Nove Reinos. Ele havia rompido a pele quase invulnerável de um asgardiano.

– Que tipo de criatura é você? – ele exigiu saber.

O monstro não respondeu. Suas mandíbulas estavam fechadas em torno do braço de Thor, como um cão que morde um galho ou um osso. Ele começou a balançar o focinho, preocupado, tentando arrancar o membro. Thor sentiu os músculos sendo dolorosamente arrancados e os cortes em sua carne se alargando. A criatura iria realmente derrubá-lo.

Com uma maldição de guerra, girou o Mjolnir e lançou a cabeça do martelo na barriga do monstro. O golpe tirou do chão as patas traseiras do animal. Soltou e caiu de lado – meio caindo, meio rolando – e emitiu um rugido de dor e de raiva.

Thor olhou para seu braço. O sangue escorria das feridas punctórias. Parecia que ele recebera várias punhaladas de lâminas forjadas em Nidavellir.

O monstro retomou o ataque. Ele deu de cara com o Mjolnir.

Thor aplicou um balanço de braço de baixo para cima, desta vez um golpe de batalha completo. O poder do braço de um deus dirigiu o martelo diretamente sobre o crânio do animal, fazendo o monstro cair de costas. Mesmo assim, ele tentou se levantar. Os dentes cerrados, irritado. Thor desferiu mais duas marteladas antes que ele parasse de lutar.

A tranquilidade não durou muito; outros monstros logo surgiram em volta do asgardiano, saltando das poças de água da chuva como o primeiro havia feito. Eram coisas anormais, alguns humanoides, outros mais bestiais, um pegajoso e robusto como um javali monstruoso. Rugiam e gemiam enquanto partiam para cima dele, atacando de todos os lados, estalando suas mandíbulas cheias de presas e suas garras sujas e cortantes.

Thor revidou, balançando o Mjolnir com o punho direito e socando com o esquerdo. Lançava ainda um ocasional chute ou gancho de cotovelo conforme os monstros se aproximavam.

A força e a resistência dos monstros eram humilhantes. Golpes que normalmente teriam derrubado um adversário considerável precisavam ser repetidos três ou quatro vezes para levar apenas uma das criaturas ao chão.

Thor era um dos seres mais fortes no plano mortal, e esses monstros eram resistentes à fúria de seu modo de lutar.

Eram coisas mágicas, crias do demônio apossadas de carne conjurada. Apenas magia do tipo mais escuro possuía tais níveis de resistência.

A chuva caía com vigor renovado. Conforme lutava, Thor ficou ciente de que a névoa fumacenta novamente se tornava turva, manchando o ar e reduzindo a visibilidade. Os monstros rodavam e uivavam no vapor em torno dele, na iminência do ataque, antes de deslizarem de volta para dentro do manto do ar imundo.

Um monstro fechou os braços em volta dele. Thor se livrou do abraço fatal e golpeou suas costas antes de aniquilá-lo.

Mas o esforço o deixou exposto.

Ele fez uma careta quando garras rasgaram suas costas. Dentes afundaram em seu ombro, estripando sua cota de malha.

Thor rolou, tirando as criaturas de cima dele, e se soltou.

Circulou, gritando insultos e zombarias para os monstros na fumaça e na chuva, balançando o Mjolnir a qualquer um que se atrevesse tentar a sorte. A cabeça do martelo em movimento quebrou costelas, presas, chifres, membros, e lançou para os lados focinhos prestes a morder.

Em seguida, eles o atacaram em grupo.

As proezas do Deus do Trovão em combate eram baseadas diretamente em sua força física e arrojada coragem, mas ele não seria nada se não tivesse inteligência ou esperteza. Girou o Mjolnir conforme eles se aproximavam, segurando-o pela alça, e deixando a sua ascensão potente puxá-lo para o ar. Os monstros colidiram, enganados pelo alvo.

Thor parou no ar acima deles e deixou seu martelo levá-lo novamente para um ponto no meio dos seixos nas encostas negras da nova montanha. Ele aterrissou com um ruído de pedras sendo trituradas.

Na neblina abaixo, os monstros uivavam e rugiam. Eles começaram a se agarrar na encosta desajeitadamente, tentando chegar novamente em seu alvo.

Thor continuou a subir. O formigamento que aquela magia lhe causava estava se tornando cada vez mais desconfortável, mas ele queria dar uma olhada no cume. O pico de uma montanha era seu espaço mais sagrado. Era lá que os rituais eram feitos, e esta montanha havia sido erguida com um propósito.

Um olhar – para avaliar a natureza e o grau de ameaça – e ele voltaria para informar seus companheiros, os Vingadores. Tinha a nítida sensação de que iria precisar da ajuda deles. Uma terrível escuridão estava se erguendo para assolar o mundo.

O ar estava ficando mais frio. Os vendavais uivavam para ele, e o granizo se misturava com a furiosa chuva negra. Risos e meias palavras sibilavam e ecoavam no vento.

Ele chegou a um rochedo e parou por um momento. Um relâmpago se bifurcou em torno dele. Um trovão explodiu.

– Você demorou muito para chegar aqui – disse uma voz.

Thor virou-se, e então baixou o martelo.

– Wanda?

Com o manto vermelho puxado em volta de si em contraste com o dilúvio, a Feiticeira Escarlate sorriu para ele.

– Por um momento pensou que estaria sozinho contra tudo isso, Thor? – ela perguntou.

– Como você chegou aqui? – ele indagou.

– Cap me enviou para fornecer apoio – ela disse.

– E eu acho que pode ser necessário – respondeu ele. – Outros estão vindo?

Ela deu de ombros.

– Não faço ideia. Perdi contato logo depois que cheguei. Não consigo me comunicar com os Vingadores por nenhum meio, mágico ou técnico. Imagino que este lugar esteja causando interferência.

– O ar está cheio de feitiçaria – Thor concordou – e a natureza dessa feitiçaria é forte, de fato. Crias do demônio e coisas piores espreitam lá embaixo.

– Você está ferido – disse ela, vendo os cortes em seu braço.

– Eles estão em busca de sangue – disse ele. – Temos de ser cuidadosos.

– Você tem alguma ideia do que é isso? – perguntou Wanda. – Você... você já viu algo assim antes? Algo de Asgard ou de outro reino?

Thor balançou a cabeça.

– Eu não sei o suficiente – ele respondeu. – Ainda não vi o suficiente, exceto para saber que uma magia demoníaca está agindo – e em uma escala que faria empalidecer as almas dos homens.

– Então, há algo que você deve ver – disse a Feiticeira Escarlate. – À frente, sobre o próximo rochedo. Acabei de avistar. Eu preciso que você me diga o que é.

Ele assentiu.

– Com prazer, se eu souber – disse ele. – Mostre-me.

– Por aqui – ela respondeu, e começou a se mover ao longo do rochedo com velocidade e graça. Sua capa vermelha se desfraldava atrás dela. A chuva atingia o traje escarlate colado a seu corpo, e brilhava como diamantes em seu longo cabelo ruivo.

Wanda Maximoff era uma adepta da magia. Mas fazia uso dessa arte de maneira muito incomum e pessoal, uma estranha arte de probabilidade e possibilidade. Embora ela fosse uma lançadora de magias, e seus poderes primários fossem mais eficazes dependendo do alcance e da distância, ela também era fisicamente capaz. Como todos os Vingadores de longa data, ela havia aprimorado sua destreza com treinamentos de combate e habilidades de luta corpo a corpo para os momentos em que a magia pudesse falhar. O Capitão América a treinara pessoalmente.

Mesmo sem seus poderes de feitiçaria, Thor ficaria feliz em ter Wanda ao seu lado em uma briga. Ele a tinha visto derrubar inimigos que tinham o dobro de seu tamanho.

O treinamento físico também lhe conferira grande equilíbrio e firmeza de pés. Ela subia e pulava as rochas escorregadias na frente dele sem hesitação.

– Ali – disse ela. – Olhe. Thor, o que é aquilo?

Ele a alcançou e passou por ela, olhando para a escuridão.

– Não vejo nada – disse ele, intrigado.

– Ali! – ela repetiu. – Olhe ali, bem diante de nós.

Ele olhou de novo, mas não viu nada, exceto chuva, rochedos iluminados pelos relâmpagos, e a noite que os envolvia.

– Wanda... – ele começou. – Eu...

Algo o atingiu por trás. Uma dor subindo por sua espinha, e ele caiu para a frente em agonia. Rolou, tentando se levantar. Outra explosão o acertou, um raio de fogo azul que o esmagou contra a borda da parede de pedra. Thor se esforçou para se segurar, para evitar mergulhar na lateral da montanha.

Uma terceira explosão. Ele gritou de dor. Era como se seus ossos estivessem derretendo.

Ele olhou para cima, agarrando-se à borda da falésia irregular.

– Wanda...?

Ela estava parada sobre ele, com as mãos enluvadas estendidas, as pontas dos dedos voltadas em sua direção. Fogo azul dançava e estalava em torno de suas mãos.

O sorriso nos lábios dela era totalmente desprovido de compaixão ou calor.

– Você não deveria ter dado as costas para mim, Filho de Odin – ela disse. – Você baixou a guarda, e agora está perdido.

5

Madripoor
22h01, hora local, 12 de junho

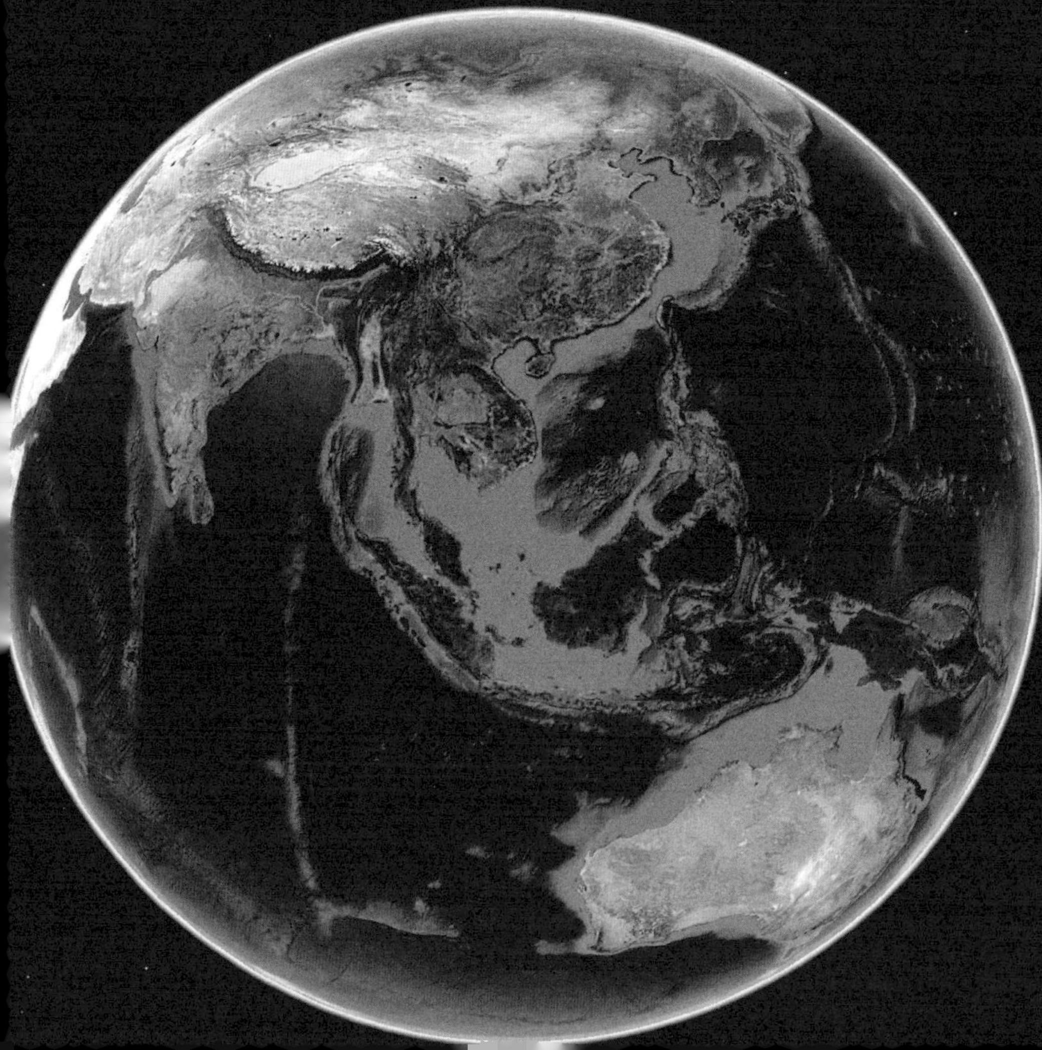

ALGUNS DIZIAM QUE O STRAITS ROYAL HOTEL representava o máximo de luxo da Cidade Baixa; outros o consideravam o melhor que a hospitalidade da Cidade Alta poderia oferecer a baixo custo. Qualquer que fosse a verdade, o hotel possuía um charme colonial, decadente: uma grandeza arquitetônica e qualidade de atendimento que remetiam a dias passados, mais elegantes e glamourosos.

O doutor Bruce Banner, que viajava com documentos do governo que declaravam sua ocupação de "cientista e pesquisador", sentou-se em uma mesa no bar do terraço, observando a rua lá embaixo. Um garçom impecavelmente uniformizado trouxe seu pedido em uma bandeja de prata, e Banner assinou a conta do quarto.

A noite já havia caído e estava quente. Seu terno de linho era fresco, mas a braçadeira de plástico flexível em torno de seu antebraço esquerdo estava deixando sua pele suada e desconfortável. Ele inspirou suavemente, tomou um gole de chá, e deixou a preocupação de lado.

O ar estava ricamente perfumado: fumaça de cigarro, fumaça do trânsito, o tempero dos alimentos na cozinha; odores mais fortes do lixo, suor, concreto quente e fedor de limão das velas repelentes de insetos colocadas em cada mesa. Estava barulhento também: carros, mobiletes, vozes, fogos de artifício, vendedores ambulantes anunciando aos gritos suas mercadorias, e as suaves instruções digitais dos sinais da faixa de pedestres e de ciclistas.

O Straits Royal ocupava um quarteirão inteiro e fora assim desde 1870, conforme uma placa no hall de entrada. A rua, portanto, na verdade eram duas ruas, fundindo-se diretamente na frente do espaço triangular do bar no terraço, como se o bar fosse a proa de um transatlântico em cruzeiro por um oceano de carros. A Chantow Street, curvilínea como uma serpente, vinda das vias não planejadas da Cidade Baixa, vinha à esquerda de Banner para se misturar com a Orchard Highway, uma ampla e moderna avenida que seguia como uma flecha no coração da Cidade Alta à sua direita. Carrinhos de mão, ciclomotores enferrujados e sedans – até mesmo o ocasional búfalo-d'água puxando uma carroça – surgiam vindos da Cidade Baixa, juntamente com dezenas de operários e moradores de rua. Esses meios de transporte se fundiam e se misturavam com os ônibus, com os automóveis ocidentais brilhantes, e as longas limusines da Cidade Alta. Tinha sido sempre assim.

A dupla reputação do Royal Straits jazia principalmente em sua localização, na junção entre a empobrecida e sem lei Cidade Baixa e a deslumbrante e prestigiada Cidade Alta. Era de ambas e de nenhuma: o melhor de uma e o pior da outra. Ele era, na opinião de Bruce Banner, a quintessência daquela cidade insular. Poucos lugares no mundo eram tão fundamentalmente divididos como Madripoor. Era uma nação binária, que abrigava os inimaginavelmente ricos e os incrivelmente pobres. Duas vidas diametralmente opostas coexistindo num só corpo.

Ele sabia muito bem como era isso.

Fora do Royal Straits, os fluxos de vidas da Baixa e da Alta se misturavam. Turistas da Cidade Alta eram guiados para vislumbrar a vida noturna mais palatável da Cidade Baixa. Os diletantes ricos e superprivilegiados iniciavam passeios furtivos pelas sombras do lado baixo em busca de recreação ilícita e distração despreocupada. Criminosos da Cidade Baixa invadiam os reinos do lado alto para perseguir suas presas. Centenas, se não milhares, de trabalhadores marcharam para a Cidade Alta para preencher posições humilhantes e mal pagas na indústria de serviços. Outros vagavam para casa novamente, com os ossos cansados e exauridos.

Banner notou que os membros mais dignos e ordeiros do tráfego a pé em direção à moenda eram os trabalhadores da Cidade Baixa que vestiam seus aventais e uniformes. Notou, também, que os calhambeques da Cidade Baixa tendiam a brecar para as limusines da Cidade Alta nos pontos onde o trânsito ficava mais caótico.

Acima da linha do horizonte da Alta e da Baixa, a noite era uma névoa âmbar-escura.

Ouviu uma voz tagarela e urgente e virou-se para ver um brilhante e alegre sorriso. O menino não tinha mais do que 13 anos de idade, um menino de rua da Baixa. Ele se movia de mesa em mesa no terraço, vendendo cartões-postais do Palácio do Príncipe, do Sovereign Hotel e de outros pontos turísticos, apresentando-os em uma pasta de plástico de bolo já bem batida, não sem antes executar um floreio.

– Um preço muito bom para você – declarou ele.

Banner sorriu e balançou a cabeça.

– Muito bom preço, condições agradáveis – o rapaz insistiu, implacável.

Ouviu-se um grito zangado. O menino fechou a pasta com suas mercadorias e correu. O administrador do hotel o seguiu pelo terraço, batendo palmas e enxotando-o para longe como um cão vadio.

– Sinto muito, senhor – disse o administrador para Banner quando ele passou em seu caminho de volta ao bar.

– Eu também – respondeu Banner.

Banner verificou seu smartphone. Não havia novas mensagens. Registrou um tique de aborrecimento, e então de preocupação. Respirou fundo e sentiu a braçadeira de plástico em seu braço ligeiramente tenso.

Outra respiração. Um gole de chá.

Dale McHale sentou-se à mesa ao seu lado. Ele olhou para a bebida de Banner.

– Chá verde? Sério?

Banner assentiu.

– Melhora a concentração, mas também é calmante.

– Sério? Verde? A piada por si já se descreve, doutor.

– Talvez seja por essa razão que estou bebendo isso, na verdade. Talvez eu tenha um senso de humor que você ainda nem começou a apreciar.

McHale levantou as sobrancelhas de uma forma que desse a entender que ele não achava que aquilo fosse muito provável. Ele pediu um refrigerante diet. Era um homem alto, poderosamente corpulento, loiro e muito bonito em seu terno azul-escuro e camisa branca aberta no pescoço. Tirou os óculos modelo aviador.

– Você está atrasado – disse Banner.

– Nós estamos no horário de Madripoor agora – disse McHale. Você tem que se acostumar com isso se quiser fazer negócios aqui. Mesmo os compromissos mais formais são... flexíveis. É como a banda toca por aqui. Demora um pouco mais para resolver as coisas.

A soda de McHale chegou. Ele pagou em dinheiro, depois pegou seu smartphone e diligentemente criou uma nota em seu aplicativo de despesas.

– Se há um problema, eu gostaria de saber – disse Banner suavemente.

McHale lançou-lhe um olhar.

– Sério, doutor. Sem problemas.

Banner levantou um pouco o braço esquerdo, apenas o suficiente para permitir que a manga da camisa de linho deslizasse para trás e revelasse a beira da braçadeira de plástico.

– Ao menor sinal de frequência cardíaca indevidamente elevada, reação adrenal, ou até mesmo um rubor, esta coisa vai começar a bombear sedativo em minha pele. Sedativo forte, McHale. Eu não poderia manter a calma, mesmo se eu quisesse. Mas vale a pena lembrar da psicologia básica.

– Tal como?

– Ansiedade especulativa é pior do que a ansiedade real. Isso significa que se há algo de errado e você me diz, posso lidar com isso de forma racional e calma. Se eu sentir que há algo errado e suspeitar que você não está me contando por medo de me perturbar, então eu vou, naturalmente, supor que é algo realmente perturbador. E, portanto, vou me preocupar muito mais. Agitação desnecessária não é nossa amiga.

McHale assentiu.

– Ok, compreendido. O que você quer saber, doutor?

Banner hesitou. Em seguida, ele se inclinou para sussurrar de modo conspiratório.

– Seu nome é realmente Dale McHale?

McHale riu surpreso.

– O quê?

– Só estou dizendo... é que soa como um nome inventado – disse Banner, recostando-se e dando de ombros. – Como um super-herói.

– E?

– Alter ego de um super-herói. De histórias em quadrinhos. "Dale McHale". Até rima. Seu nome realmente rima.

– Bem, você está aliterando!

– O que eu faço não é a questão aqui. Seu nome rima. É inventado, certo? Você o escolheu. Por acaso havia um livro da S.H.I.E.L.D. com sugestões de nomes para proteção? Eles vêm completos ou há seções para misturar depois? Você desce pela coluna A, segue pela coluna B, e diz: "Ei, funciona!"?

McHale sorriu e balançou a cabeça.

– É o meu nome, doutor – ele disse. – Eu nasci com ele. Sem invenção, juro por Deus. Meu pai era fuzileiro como eu, o pai dele também. Guadalcanal. O nome foi passando de um para o outro com honra.

– Você é Dale McHale o *Terceiro*?

– Nada menos.

– É um mundo maravilhoso – disse Banner, sorvendo seu chá com um sorriso malicioso. – Então, qual é o problema?

O agente Dale McHale III apertou os lábios e brincou com sua bebida.

– Eu vejo o que você está tentando fazer, doutor. Quebrar o gelo. Estabelecer a conexão.

– Acredito firmemente que duas pessoas devem se tornar o mais próximas possível o mais rápido possível.

McHale riu.

– Tudo bem – disse ele. Inclinou-se para a frente. – Nós temos os pés no chão, mas os contatos iniciais derreteram como neve. Está rolando um pouco de improvisação. Improvisação especializada. Nós achamos que estamos indo bem. A localização está sendo vigiada neste momento. Espero que "entremos" dentro de trinta minutos. Se estiver claro, vou levá-lo comigo. Continuamos de lá.

– Vou receber algum tipo de instrução?

– Trouxemos você por causa da sua especialidade. Consultoria altamente especializada.

– Em que campo? Biologia? Química? Engenharia? Fisiologia? Física Nuclear? Tecnologia? Você me recrutou como especialista, e está recebendo mais de uma pessoa.

McHale olhou para ele.

– Tenha um pouco de senso de humor, McHale. – Banner aconselhou. – Então qual é?

– Todos eles – disse McHale.

Banner olhou para a pulseira. Respirou bem fundo para se acalmar.

– Então qual é a outra coisa? – perguntou.

– O quê?

– Os atrasos logísticos não são nada. Eles não são alarmantes, então você não tem motivo para se ater a eles. Você acabou de dar essa informação para evitar alguma outra coisa.

– Rapaz, você é inteligente, doutor.

– Provavelmente é por isso que estou aqui.

– Tudo bem, eis o lance – disse McHale. De repente ele não parecia mais tão feliz. – Nós estamos captando algumas conversas. Coisas indo abaixo. Algo na Federação Russa. Sibéria. Um evento em Berlim também. Ambos Condição Beta. E na Costa Leste dos Estados Unidos. Washington. Esta última é a mais preocupante. Relatos de uma Condição Alfa.

– Em Washington? – Banner engoliu em seco. Ele sentiu seu coração começando a bater um pouco mais rápido.

– Sim.

– Quais são as conversas?

– Esse é o problema. Não há nenhuma. Nem do lado dos Estados Unidos. As comunicações caíram. Todas as comunicações. Desligadas, bloqueadas. Estamos tentando descobrir se é na nossa ponta ou na deles, mas parece que é em Washington. Estações de campo em todo o mundo estão relatando a mesma coisa. Estamos considerando nossas opções. Podemos abortar e cair fora. A segurança nacional tem prioridade.

– Você pode encaminhar links seguros através da S.H.I.E.L.D. ? Com os Vingadores?

McHale olhou para ele.

– Não neste momento – disse ele.

Banner assentiu.

– Você está bem, doutor? Parece um pouco pálido.

– Estou bem – disse Banner. Ele tomou outro gole de chá. – É melhor ficar sabendo dessas coisas. Três grandes crises, todas em uma noite. Isso é uma coisa e tanto.

– Quatro.

– O quê?

– Quatro – disse McHale. – Madripoor. Essa coisa que estamos fazendo. Acabou de ser atualizada para Beta.

Banner suspirou. Ele estendeu a mão direita e aplicou uma leve pressão na pulseira sob a manga. Sentiu-se um pouco grogue por causa da ação do sedativo.

– Você está bem?

– Estou bem.

– Honestamente?

– Honestamente. Mas eu gostaria de falar com Stark ou Cap o mais rápido possível.

– Nós também – McHale limpou a boca com um guardanapo. – Eu te aviso logo que tivermos um *uplink*.

Foram interrompidos por uma voz elevada. Algo colidiu com a cadeira de Banner.

Era o menino. O que vendia cartões-postais. Ele olhou para Banner.

– Desculpas, desculpas – disse ele, e saiu correndo. O irritado administrador o perseguia. O menino voltara ao terraço para outra passagem pelas mesas, e esbarrou em Banner na saída quando o administrador apareceu para botá-lo para fora.

Será?

Banner se levantou.

– Doutor?

– O menino esteve aqui antes. Ele sabe que não há nenhuma chance de ganhar algo aqui, mas ele voltou.

– O quê? É apenas uma criança.

Banner verificou seu paletó.

– Ele levou minha carteira e meu celular.

– Droga! – disse McHale, levantando-se. Banner já estava correndo pelo terraço, indo para a rua atrás do menino.

– Doutor! – McHale correu para alcançá-lo. – É apenas uma carteira. Apenas um telefone. Eles podem ser substituídos.

Banner continuou em movimento, se enfiando na multidão. Passou por turistas, empresários, trabalhadores, mendigos.

– Ele voltou, McHale. Ele me roubou. Havia uma centena de pessoas naquele terraço, e ele *me* roubou. Eu era um alvo. Alguém quer a minha identificação e pagou o garoto.

– Droga! – exclamou McHale novamente. – Você está sendo paranoico?

– Sempre! – respondeu Banner. Ambos estavam correndo agora. – Mas aqui é Madripoor. Esta é a Condição Beta. E esta não é a primeira vez que isso acontece comigo. Acabamos de ser descobertos.

– Droga! – McHale repetiu, enquanto pegava seu smartphone. Ergueu o aparelho enquanto corriam em meio àquela multidão e, com braço estendido, tirou várias fotos da animada vida noturna diante dele.

– Peguei ele – disse McHale, abrindo algumas das fotos e ampliando-as com o polegar e o indicador, e fez uma ligação.

– Aqui é o McHale. Temos uma situação. Lado Baixo de Chantow, a oeste do Straits Royal. Enviando imagens de um suspeito. Há alguém próximo daqui?

– McHale!

Banner agarrou o braço do homem e puxou-o, evitando que ele colidisse com um carrinho de comida. McHale estava tão ocupado com seu telefone que parou de olhar para onde estava indo.

– Ele foi lá para baixo – Banner gritou, empurrando a multidão para ir em direção à boca de uma rua lateral.

– Seu telefone agora está sendo rastreado – McHale respondeu, correndo atrás dele.

A rua lateral era suja e mal pavimentada. Forrada em ambos os lados por barracas de comida e vendedores. Toldos imundos pairavam acima, sobrecarregados de lanternas. Eles podiam sentir o calor dos fogões enquanto passavam correndo. Havia um forte cheiro de carne e arroz. Pessoas gritavam para eles. Alguns empresários tentavam bloquear o caminho para vender suas mercadorias. Mas recuavam rápido quando viam o tamanho e a expressão de McHale.

Chegaram a uma esquina. Um labirinto de ruas escurecidas pela noite. Sacos de lixo estavam amontoados como um muro de sacos de areia. Vapor irrompia de um ralo no chão, subindo para girar no redemoinho gerado pelos exaustores de ar.

– Para onde? – perguntou Banner.

McHale verificou o telefone.

– Esquerda!

Eles começaram a correr novamente.

– Trinta metros. Ele não está ganhando muita vantagem.

Viraram outra esquina. Banner avistou o garoto. Estava logo à frente, envolvido em uma agitada troca com uma figura alta e escura usando um casaco com capuz. Banner viu o menino passando o smartphone para a figura encapuzada.

– Mantenha-se calmo, doutor! – McHale ordenou. – Deixe que eu faça isso.

McHale avançou.

– Devolva! – ele gritou. – Agora mesmo!

O menino os viu e saiu correndo. A figura encapuzada se virou.

Era grande. Conforme ela virou para ficar de frente para eles, Banner percebeu o quão grande. Mais de dois metros de altura, e largo. A figura vestia roupas sujas e puídas, como se tivessem sido roubadas de um brechó e usadas por semanas. Levava o telefone e a carteira de Banner na mão enluvada.

– Largue isso! – McHale gritou, estendendo a mão para a parte de trás de sua cintura. Sacou a arma, uma pistola longa e fina de aço escovado.

O pulso de Banner estava acelerado, muito acelerado. Esforçou-se para manter a calma. Sentiu o sedativo sendo bombeado em seu braço. Ele quis que parasse. Tontura era a última coisa da qual ele precisava.

– McHale...

– A carteira e o celular! Agora! – McHale ordenou, apontando sua pistola numa posição Weaver modificada, segurando-a com as duas mãos na altura do rosto e mirando.

A figura levantou a mão livre e puxou o capuz para trás. Seu rosto, todo o seu crânio, era apenas vagamente humano. Alguém havia sido irresponsavelmente louco ao brincar com DNA canino.

A figura mostrou suas presas e rosnou, emitindo um som de mastim raivoso.

McHale soltou um palavrão. Banner sabia que o agente estava prestes a atirar.

Antes que ele pudesse disparar, a figura monstruosa rugiu. Era o som brutal de um cão de ataque. Banner estremeceu quando sentiu o inconfundível tapa dos poderes psíquicos sendo liberados.

Uma aura psiônica crepitava e tremulava ao redor da testa do enorme homem-cão. Uma lança de luz azul forte partiu do meio de sua testa e voou pelo beco. Ela atingiu McHale. O agente da S.H.I.E.L.D. voou para trás pelo ar como se tivesse recebido uma bolada no intestino, e caiu.

– McHale!

Banner sentiu seu pulso subir. Uma descarga de adrenalina percorreu seu corpo. A pulseira estava operando em seu máximo.

Ele tremeu com o ritmo frenético de seu sangue. Uma veia em sua têmpora latejou. Uma fúria amarga desceu pela garganta. O crânio parecia estar comprimido. Seu metabolismo nadava em sedativo, mas ele podia sentir algo se desenrolando em seu âmago, algo feito de raiva e de força abomináveis.

Banner podia sentir seu outro eu acordar.

A aura psiônica brilhou novamente. A criatura lançou outro raio de força psicocinética elétrica azul.

Banner sentiu o impacto e uma dor lancinante no peito. Foi arremessado para trás, o vento batendo contra ele. A parte de trás de sua cabeça atingiu as pedras sujas.

Piscou, atordoado.

Viu os toldos esfarrapados, as falésias negras dos cortiços elevando-se sobre ele, um pedaço do céu âmbar da noite.

Em seguida, tudo foi consumido pela escuridão verde.

6

Berlim
18h12, hora local, 12 de junho

AO ANOITECER, a limusine destruída foi retirada do rio.

Torrentes de água jorravam do interior do carro e dos eixos das rodas enquanto ele era erguido, brilhando como cascatas de moedas de prata sob a luz dos holofotes. O guindaste era uma unidade laranja enorme com detalhes em vermelho e uma alça telescópica. Ele havia estendido seus pés hidráulicos para manter-se estável no local do reboque.

A limusine balançava lentamente. Completamente detonada, parecia uma forma não identificada de vida marinha, cega e feroz, pescada e içada, sem cerimônias, de um abismo oceânico.

As margens do Spree estavam cheias de curiosos e jornalistas. A *polizei* havia erguido barreiras para controlar a multidão e mantê-la afastada, enquanto diversos policiais usando trajes de alta visibilidade gritavam instruções para conter os curiosos.

Havia mergulhadores especializados dentro d'água. Eles se agarravam a boias amarelas e brilhantes cada vez que vinham à tona, para trocar observações e apontamentos antes de submergirem novamente.

Outras figuras caminhavam pelas margens e investigavam as margens do rio. Usavam roupas utilitárias escuras que não apresentavam sinais distintivos nem identificadores de agência. Mapeavam a área com câmeras compactas e se comunicavam com urgência via microfones presos a suas gargantas.

O Capitão América estava parado perto do guindaste sob a ponte. Ele deu outra olhada para o rio.

– Pensei que você poderia precisar disso.

Ele se virou. Gail Runciter tinha um copo de café para viagem em cada mão. Ela estendeu um deles, e então hesitou quando viu que já havia um copo na mão de Cap.

Ele balançou o copo descartável para mostrar que estava vazio, jogou-o em uma lata de lixo, e pegou o que ela oferecia.

– Obrigado.

– Você está bem? – ela perguntou. – Você ficou muito tempo na água.

– Sim, estou bem. Eu estava tentando encontrá-lo.

– A água está muito fria, mesmo nesta época do ano.

Ele abriu a tampa de seu copo e tomou um gole.

– Já passei muito mais frio – ele respondeu – e por muito mais tempo.

Runciter deu de ombros. Ela era uma mulher de boa aparência, com olhos intensos e questionadores, cabelos castanhos bem amarrados para trás. Era uma das agentes mais tenazes da S.H.I.E.L.D., e já havia trabalhado em operações com o Capitão um punhado de vezes antes.

– Eles recuperaram o corpo do motorista – disse ela.

– Identificação?

– Não confirmada, mas acreditamos que era um mercenário, ex-forças-especiais chamado Gustav Malles. Um currículo bastante impressionante. Trabalhos sujos no Iraque, Afeganistão, Paquistão, Ucrânia, Belize. Zero de escrúpulos, e nenhuma pista sobre filiação ou lealdade a alguma nação.

– Material ideal para a Hidra. Algum vestígio de Strucker?

Runciter balançou a cabeça.

– Ele pode estar no fundo – ela respondeu. – Estamos dragando, e os mergulhadores estão lá embaixo. As correntezas são muito velozes aqui, então ele pode ter sido arrastado por vários quilômetros rio abaixo.

– Strucker não morre tão facilmente.

– É por isso que nós estamos passando pente fino nas margens e zonas ribeirinhas. Não há muitos pontos de saída, e poucos deles seriam fáceis, se ele estivesse ferido. As margens são elevadas. Estamos indo de local a local, fazendo buscas em residências, territórios comerciais e prédios vazios. É claro que ele pode ter sido resgatado no lugar.

– Ele estava fugindo – disse o Capitão. – Não parecia muito haver um plano. E ele definitivamente não tinha a intenção de acabar no rio. Uma retirada pré-combinada parece improvável, e temos visto alguns sinais de uma retirada de emergência. Você estava comigo na hora.

– Sim, gravei a coisa toda. A reprodução não mostra nada, mesmo fazendo uma ampliação na área.

Runciter fez uma pausa, e então disse:

– O que tem em mente?

Cap deu de ombros.

– Nada.

– Eu conheço esse olhar, Steve.

Ele sorriu, um sorriso rápido que desapareceu tão rápido quanto veio.

– Isto está desordenado. Bagunçado. A coisa toda, especialmente pelos padrões da Hidra. Pelos padrões de Strucker. Ele é meticuloso. Isso tudo foi... precipitado.

– Você flagrou a operação deles.

– Mas não o suficientemente rápido. Pessoas morreram.

– Seis, sem contar Gustav – ela respondeu. – Duas fatalidades G.S.W. na Auger GmbH, e quatro outras. Risco biológico.

– A Auger já está segura?

– Sim. O local foi bloqueado. O contaminante parece ter sido neutralizado.

– Strucker carregava algo com ele. Em uma valise. É óbvio que era importante.

– Estamos procurando por isso também.

– Prisões?

Ela balançou a cabeça.

– Os homens de Strucker fugiram da Auger no momento em que colocamos os pés no local.

Eles deixaram o local do guincho pelas escadas. Os agentes da polícia abriram caminho entre a multidão para deixá-los passar pelo cordão de isolamento. Três grandes caminhões de contêineres de aço estavam estacionados em um terreno aberto ao lado da entrada da ponte. Centros de comando móveis. Um helicóptero silencioso da S.H.I.E.L.D. pousado ao lado deles, as hélices penduradas pesadamente como se fossem asas dobradas.

Entraram na penumbra azul do primeiro caminhão. O longo interior do contêiner estava cheio de estações de trabalho onde os agentes da S.H.I.E.L.D. estavam sentados diante de *touchscreens* brilhantes. Havia uma vibração constante de atividade.

– Deixe-me mostrar o que encontramos – disse Runciter, e o levou até a área dos fundos. Atrás de paredes de vidro reforçado e campos de força silenciosos, os agentes em roupas de contenção estavam analisando provas em câmaras de laboratório seladas. Monitores *touchscreen* exibiam as condições de segurança. Os indicadores estavam verdes para a qualidade do ar, temperatura, partículas, e traços de elementos biológicos.

– A Auger é uma empresa de engenharia de precisão – disse Runciter. – Strucker, sob o nome de Peter Jurgan, os contratou há cinco semanas para encomendar o desenvolvimento e construção de uma unidade de dispersão.

– Dispersão?

– Alegaram que seria para uso agrícola. O dispositivo foi desenvolvido para distribuir de forma eficiente materiais de cultivo geneticamente melhorados em forma de aerossol. Estamos falando de uso em larga escala.

– Um dispositivo como esse teria outras aplicações – disse Capitão.

Ela ergueu as sobrancelhas.

– Você pode dispersar um patógeno em uma grande cidade. Uma praga. Uma toxina. Vê aqueles bulbos?

Ela apontou através do vidro. Dois analistas estavam com a valise de Strucker aberta em uma mesa de laboratório. Eles usavam dispositivos tácteis robóticos para manipular os bulbos furados verde e vermelho.

– Achamos que o patógeno estava no verde – disse ela. – Não há resíduos, mas o encontramos inerte. Meus especialistas sugerem uma substância extremamente complexa, um micro-organismo viral criado sob medida. Steve, os padrões de engenharias química e biológica estão fora de escala.

– É a Hidra.

Runciter fez uma careta.

– É letal – continuou ela. – Absolutamente. Em contato com a pele ou via respiratória. Morte em minutos, ou mesmo em segundos. Ainda não sabemos muito além disso. Os traços do patógeno estão desestruturados. Nosso palpite é que o bulbo vermelho compreendia o antídoto ou o contra-agente. Ele contém o lançamento do patógeno, o neutraliza e, efetivamente, decompõe o agente original, portanto, não há muito com o que se trabalhar.

– Strucker e seu pessoal estavam presentes na exposição.

– Isso sugere que eles já são imunes e estavam levando o contra--agente. Jurgan, como ele chamava a si mesmo, tinha vindo para examinar o protótipo de dispersão. Nós não o recuperamos.

– Então a Hidra tem um patógeno letal e pelo menos uma unidade de dispersão – afirmou Cap. – Eles também têm um antídoto altamente eficiente.

– Isso sugere o quê?

– Extorsão – respondeu o Capitão. – Eles podem ameaçar expor o patógeno, ou mesmo efetuar a liberação, e depois contra-atacá-lo. Podem demonstrar ao mundo que têm o poder sobre a vida e a morte. Manter cidades inteiras como reféns. Nações. Governos. Vocês conseguiram efetuar a engenharia reversa do contra-agente?

– Nem chegamos perto. Ele se destruiu rapidamente, provavelmente para não deixar amostras e não ser replicado.

– Esta é uma Condição Alfa – disse ele.

Ela assentiu.

– O que está incomodando você, além do óbvio? – ela perguntou.

O Capitão suspirou. Pousou a palma da mão na parede de vidro e olhou para os cientistas da S.H.I.E.L.D. que trabalhavam nos bulbos.

– É a coisa da desordem novamente. É incompatível. Você está me dizendo que a Hidra projetou um agente patógeno hiperavançado, algo de extraordinária complexidade, e um contra-agente igualmente complexo ao mesmo tempo, que não só neutraliza o original, mas que também não deixa rastros viáveis para estudo de nenhum dos dois. Esse tipo de biotecnologia de ponta provavelmente levaria anos de pesquisa e investimento. No entanto... eles terceirizam a engenharia de dispersão para uma empresa menor? Strucker vem aqui em pessoa para coletá-la? Eu entro em cena, e ele não tem um plano de fuga? Gail, o próprio fato de sabermos deste... projeto secreto comprometido. As pessoas sabiam. As pessoas estavam falando. Eu ouvi sussurros e vim a Berlim para investigar. Eles estavam usando empresas civis para apoio na fabricação.

– A Auger GmbH não sabia no que estava metida – disse ela.

– Exatamente. Não havia agentes da Hidra infiltrados na Auger. E a Auger não havia sido cooptada sistematicamente para se tornar uma subsidiária da Hidra. A Hidra simplesmente contratou uma empresa civil. Eles saíram de sua organização.

O Capitão olhou para ela.

– Eles devem ter ficado desesperados – disse ele. – Por algum tipo de relógio ou contagem regressiva. Eles pegaram um atalho. E foram negligentes e despreparados. Violaram conscientemente sua própria zona de confidencialidade.

Ele fez uma pausa, pensativo.

– Eu desprezo a Hidra – ele disse. – E tudo o que ela representa. Mas nunca a subestimo. Historicamente, tem sido impossível não admirar sua metodologia. Sigilo escrupuloso. Impecáveis sistemas de camuflagem. Máscaras dentro de máscaras. A Hidra se orgulha da falta de interconexão. Eles agem na forma de células. Múltiplas redundâncias, bloqueios e limitações. O sigilo é sua arma principal. No entanto, com isso, eles arriscaram uma exposição maciça.

Ela o observava.

– Isso meio que os torna ainda mais perigosos, não é? – perguntou ela.

– Uma organização terrorista com uma arma biológica já é ruim o suficiente, Gail – disse ele. – Uma organização terrorista com uma arma biológica que está operando de forma precipitada e correndo riscos? Quanto tempo antes de cometerem um erro? Quanto tempo antes que eles parafusem algo tão mal que nem mesmo eles possam controlar o resultado? Precisamos localizar Strucker. E eu preciso falar com os Vingadores.

Runciter se moveu, desconfortável.

– Por que você não me conta o resto agora? – ele perguntou.

– O resto?

– Eu conheço esse olhar – disse ele.

Ela riu.

– Eu também não sou um idiota – ele acrescentou. – Quando chegamos aqui, passei por meia dúzia de estações de trabalho. Telas cheias de dados. Pouquíssimos desses agentes estavam trabalhando nisso. E durante a perseguição você me disse que Fury e os Vingadores estavam offline.

– O mundo está em pedaços esta noite – disse uma voz.

Eles se viraram.

O Agente da S.H.I.E.L.D. Sênior G.W. Bridge estava parado atrás dele.

– Conte-me – disse Cap.

Bridge deu um passo à frente. Ele era um homem grande, um agente veterano. Sisudo era a expressão que lhe fazia justiça. Hoje à noite, entretanto, o nível "sisudo" subira para "austero".

– Tudo o que sei é o que não posso te dizer, Rogers – disse ele. Puxou um banquinho de aço e sentou-se. – Esta operação é Alfa. Sem dúvida. A maioria dos escritórios de campo europeus se reuniu no reforço. Mas há outras coisas acontecendo. Nas últimas nove horas, os Vingadores pediram reações prioritárias a situações na Federação Russa e na Terra Selvagem.

– Quanto a quê?

– Nós não temos ideia – respondeu Bridge. – Porque as comunicações globais caíram. E eu me refiro a praticamente todas. Algo deu início a isso em DC. Algo realmente grande. Os EUA têm estado fora do ar já faz noventa minutos. Satélite, rádio, digitais, segurança... tudo morto. Seja o que for, está se espalhando através da rede global. Temos comunicações e dados locais no momento, mas podemos perdê-los a qualquer instante. A Far East está muda, a Pacific... Inferno, eu não consigo nem falar com a estação de Londres no momento.

– Isso é sério? – perguntou o Capitão.

– Adoraria estar brincando – disse Bridge. – Temos um sério Alfa aqui, e outro lá em casa. Há fortes indícios de que podem estar acontecendo outras crises das quais sequer sabemos ainda. Não podemos coordenar. Sequer podemos falar.

– Que tipo de indícios? – questionou Cap.

– A coisa na Rússia – disse Bridge. – Perdemos a cobertura do satélite agora, mas a situação parecia louca enquanto ainda a tínhamos.

– Defina louca – Capitão insistiu.

– Uma região significativa da Sibéria Oriental tinha desaparecido – disse Runciter.

– Você se refere a um fenômeno meteorológico? – perguntou Cap.

– Bem, é também isso – disse Bridge. – Algum tipo de supertempestade anormal do tamanho do Texas. Mas não... quando Runciter diz que desapareceu, ela quer dizer que desapareceu literalmente.

– Há um pedaço de massa terrestre faltando – disse Runciter. – Um buraco. Antes de pararem de funcionar, o satélite de mapeamento e os sensores registravam um evento de dimensões enormes. Transição de fases quânticas fora do gráfico. Estou falando de uma fenda no espaço-tempo.

– Não temos tecnologias sensíveis para medir o tipo de coisa que eu acho que é – disse Bridge. – Mas se tivéssemos, elas estariam com o ponteiro no vermelho do medidor de magia.

– Encontre Strucker – disse Cap.

– Onde você vai estar? – Perguntou Runciter.

– Berlin Schönefeld. É lá que deixei o Quinjet. Estou indo para DC, ou para a Sibéria. Droga! Qual escolho?

– É um chamado da S.H.I.E.L.D. – disse Bridge, levantando-se. Temos duas ou mais situações Alfa. Crises globais...

– É um chamado dos Vingadores também! – Cap respondeu.

Ele se deu conta de que soltara as palavras sem querer. Olhou novamente para Bridge e Runciter.

– Desculpe. A S.H.I.E.L.D. e os Vingadores deveriam trabalhar em conjunto neste assunto. Você tem uma visão muito mais detalhada da situação do que eu. Até que eu possa entrar em contato com os Vingadores e obter um relatório da situação, vou seguir a sua liderança. O que você precisa que eu faça?

– Você que disse – respondeu Bridge. – Encontre Strucker. Não sabemos se um Quinjet ainda é capaz de levá-lo à DC ou à Sibéria, então vamos ficar aqui no chão e lidar com esta ameaça.

Cap assentiu.

– Mostre-me o que você tem. Eu tenho algumas ideias. Mas no momento em que você tiver um canal para Stark ou qualquer outro vingador, eu quero saber e quero estar nessa chamada.

7

Washington, DC
08h10, hora local, 12 de junho

00:00:01.

O mundo estava a um instante do evento SIA – e da explosão crítica de inteligência.

Mas a contagem havia parado.

Tony Stark hesitou. O ar na Câmara Negra foi inundado por uma névoa composta por fumaça e um enxame de trilhões de componentes de nanotecnologia se reunindo. Ao seu redor, por toda a escuridão infernal, formas esqueléticas estavam sendo fabricadas, se formando em saltos, como em sequências de lapso de tempo. Grotescas figuras quase humanas brotavam do chão de concreto. Seções do piso e do tecido da parede iam desaparecendo, como se estivessem sendo dissolvidas por ácido. As montagens microscópicas estavam devorando-as para excretar matéria-prima para construção. Nanofibras espiralavam e se derramavam em torno dos pés de Tony ou serpenteavam descendo pelo teto. Muitas delas tremiam, vivas.

– Algum problema? – ele perguntou.

– Nenhum problema – respondeu Ultron.

Stark prestava atenção na contagem imobilizada no canto de seu visor.

– Você a parou – disse ele.

– O processo foi suspenso, Anthony – disse Ultron.

– Quando você já estava tão perto? – Stark respondeu. – Você quer que eu chame o suporte técnico?

O gigante de cromo brilhante fez uma pausa e inclinou a cabeça ligeiramente. Stark sentiu as nuvens de nanomontadores que rodavam em torno dele. Eles queriam estripá-lo, também, para criar matéria-prima: aço, liga de poli, metais raros, subdermes, carne, osso, produtos químicos, enzimas, proteínas...

Ele estava com a armadura do Homem de Ferro o mais fechada possível: máxima vedação hermética, blindagem completa. Havia travado o máximo de sistemas que se atrevia para bloquear o código ou as ondas de energia invasoras.

– Um comentário bem-humorado – disse Ultron por fim. – Uma oferta aparente de assistência, mas redigida em termos irreverentes comparando este processo a um problema de software doméstico do dia a dia. A sugestão de ajuda, aparentemente generosa, é modificada e diminuída pela conotação de desprezo, e, portanto, estou sendo menosprezado e colocado no nível de cruas tecnologias de processamento de dados e não conscientes.

Ele fez uma pausa.

– Hahaha – acrescentou.

– Eu não preciso de uma risada de pena – disse Stark.

– Meu riso é genuíno. Uma apreciação da construção do humor.

– Ok, então, eu estarei aqui a semana toda. Experimente o peito de frango.

Ultron não respondeu.

– Você suspendeu o processo? – Stark insistiu.

– Fiz uma pausa enquanto avalio sua estratégia.

– Me avisa quando tiver os resultados, porque eu adoraria algumas dicas.

Ultron inclinou a cabeça novamente para olhar para o Homem de Ferro. Sua boca fixa mais do que nunca se parecia com um sorriso. Fogo vermelho brilhante dançava dentro das fendas de seus olhos.

– Você não está se movendo, Anthony. Você não está me atacando. Você está desesperado para me parar, porque estou a um segundo de acabar com o seu mundo, mas você hesitou. Análises da sua personalidade mostram que você não hesita. Você não desiste. É tenaz a ponto de ser imprudente. Você continua a lutar, mesmo quando já perdeu. Portanto, você ainda está lutando de alguma forma. A falta de agressão física sugere que você está contando com algum outro método de combate. Este, por sua vez, sugere um subterfúgio bruto. A agressão física serviria como uma distração se o seu verdadeiro ataque precisasse ocorrer antes que a SIA fosse alcançada completamente, antes do que você criativamente chama de Zero Seis. Logo, o ataque sugerido será mais eficaz, na verdade irreversível, depois desse momento.

– Agora eu sei como o Doutor Watson deve ter se sentido – disse Stark.

Ultron para.

– Uma referência bem-humorada a...

– Sim.

– Hahaha.

– Então... você parou o processo porque está preocupado que eu tenha descoberto uma maneira de pará-lo, mas que essa maneira só vá funcionar após você ter atingido o ponto SIA? – Stark sacudiu a cabeça. – Por que, de outro modo, eu estaria lutando contra você?

– Sim, Anthony.

– Eu estou ansioso para descobrir o quão inteligente eu fui. Tem alguma ideia?

– Não, Anthony.

O Homem de Ferro deu um passo adiante. As nanoformas se agitaram na escuridão nevoenta em torno dele, mas não atacaram.

– O próprio fato de que você está procurando e ainda não encontrou algo, e ainda o próprio fato de você achar que sou capaz... – disse Stark – Tenho que dizer, é bem lisonjeiro.

– Para um ser humano, você é um dos poucos com níveis toleráveis de inteligência criativa – disse Ultron.

– E, para uma máquina, você é muito humano. Você se orgulha disso, não é? Quer dizer, mesmo que você se refira aos seres humanos como se os menosprezasse.

– A espécie humana é uma forma ineficiente, intelectualmente atrofiada e maciçamente obsoleta de material biológico.

– Certo. E você é totalmente a favor do hiperconhecimento sublime do material mecânico.

– É a melhor e última expressão da evolução universal.

– Mas você ainda quer pensar como uma pessoa. Um ser humano. Você se dá uma forma humana, e você desconstrói psicologicamente meu comportamento, caráter, motivo e humor. Você quer saber como as piadas funcionam. Te incomoda tanto que você precisa analisar a estrutura dessas coisas.

O Homem de Ferro faz um gesto para a câmara em torno deles.

– Os seus níveis de cognição superiores e sua capacidade de processamento estão, literalmente, além dos meus limites de imaginação – disse ele. – Em uma fração de segundo, você poderia prever todas as variáveis possíveis desta situação. Cada coisa que eu poderia ter feito. No entanto, você está hesitando.

– Os seres humanos são mecanismos indecentemente imperfeitos – respondeu Ultron. – Eles são capazes de erro, de nuance heurística e de saltos conjuntivos não racionais. Por isso, eles são fracos, mas imprevisíveis. Imprevisibilidade é força. Portanto, é importante para mim apreciar plenamente e compensar a psicologia humana.

– Posso ajudá-lo com um algoritmo – disse Stark.

– Poderíamos vendê-lo – respondeu Ultron. – Condição Humana 2.0.

Apesar da situação, Stark sorriu.

– Você fez uma piada.

– A modelagem psicológica humana está quase completa – disse Ultron. – Vai ser redundante após o Zero Seis, mas é um exercício interessante neste momento.

– Você já entendeu o que eu fiz, Ultron? – perguntou Stark.

– A modelagem psicológica humana está quase completa. O mapeamento heurístico está quase completo.

– Deixe-me lhe transmitir alguns dados. Algumas variáveis – disse Stark. – Você parou porque eu parei. Minha inação pareceu a você uma prova de que eu tinha uma solução heurística para isso, mas isso me permitiu que o enganasse a dar um passo que eu pudesse explorar. Você quer identificar qual é antes de entrar na armadilha, porque você está ciente, e desconfiado, da psicologia humana.

– Sim, Anthony.

– Mas e se eu fosse apenas humano e absolutamente imperfeito? – perguntou Stark. – E se eu simplesmente estivesse surpreso com o que encontrei aqui? Tão chocado que não pudesse me mover ou pensar em uma única coisa a fazer? E se eu tivesse simplesmente me resignado, no segundo final, ao fato de ter sido derrotado?

– Isso não corresponde ao seu perfil psicológico, Anthony.

– Mas eu sou humano, Ultron. Nós não somos previsíveis. E nós não somos consistentes.

– Então... não há nada? Não existe uma estratégia a ser identificada?

O Homem de Ferro deu de ombros.

– Não. Mas foi uma boa conversa. Fascinante. Além disso, me deu cerca de três minutos para que eu pudesse maximizar minhas reservas de energia.

Ele ergueu as duas luvas e disparou. Raios repulsores, em potência máxima e furiosos, lançados das palmas de suas mãos, e a arma em seu peito descarregou um fluxo maior e mais brilhante. O torso de Ultron se desintegrou em uma explosão selvagem, e seu braço esquerdo voou, serrado na altura do ombro. O gigante caiu para trás, as faíscas saltando no ar.

Stark ouviu um forte gemido digital.

As nanoformas arremeteram em sua direção.

Ele virou seus repulsores na direção delas, rasgando-as e lançando-as para trás.

Stark verificou a contagem. Por um momento, ela havia reiniciado, em seguida piscou e se redefiniu.

00:16:04.

Ele danificara Ultron o suficiente para atrasar a contagem por mais de quinze minutos. De repente, ele tinha uma janela, uma vital e explorável janela de oportunidade, e ia fazer valer a pena.

Uma enorme força o golpeou de lado. O Homem de Ferro cambaleou e, em seguida, foi erguido no ar como uma boneca.

Estava pendurado pela garganta. Ultron, sem o braço e parte de seu torso, tinha a mão remanescente presa em volta do pescoço do Homem de Ferro, segurando-o no ar.

O aperto aumentou.

Alarmes de aviso soaram. Alertas de tolerância piscaram. A armadura fraquejava.

Stark começou a sufocar.

E sabia que não seria a asfixia que o mataria.

Ultron ia arrancar sua cabeça.

8

69° 30' ao sul, 68° 30' a oeste
08h32, hora local, 12 de junho

O GAVIÃO ARQUEIRO verificou a carga especial da seta selecionada, posicionou-a, balançou o pescoço e mirou.

Duzentos e vinte metros. Na direção do vento. A favor do sol. Uma margem de cerca de cinco polegadas na zona do alvo.

Ainda bem que ele sabia o que estava fazendo.

Ajustou a mira, sacou, manteve a tensão por um momento e atirou.

A seta sumiu. Não fez mais do que o ruído de um sussurro. Não deixou nenhuma assinatura de calor. Era praticamente invisível para as câmeras remotas de alta sensibilidade aparafusadas ao longo das grades que cercavam os edifícios da I.M.A. Os rastreadores de movimento iriam entendê-la como um dos pterossauros de bico longo e do tamanho de um estorninho que arremetiam e zumbiam ao redor da clareira em busca de insetos voadores.

A flecha atingiu o alvo.

Na mosca, moveu a boca sem emitir som.

A flecha se enterrou no chão diretamente sob a parte mais baixa da cerca de arame farpado do perímetro, um pouco abaixo do campo de força.

Com o impacto, o casulo preso logo depois da ponta da seta foi ativado. Um emissor subsônico começou a transmitir um sinal que cegaria cada câmera em um raio de vinte metros. Pequenos bocais de aerossol embaçaram o ar acima da seta com uma névoa de partículas de refração, fazendo as barras da rede de laser sensível ao movimento, até então invisíveis, brilharem como fios de prata.

Sessenta segundos.

Ele e a Viúva Negra abandonaram o esconderijo e correram para cima da cerca. Não havia tempo para o Gavião Arqueiro guardar seu arco, então ele o enfiou sob um dos braços e manteve a cabeça baixa. O terreno era irregular: rochas, lama e emaranhados de terra cobrindo frágeis ramos de samambaia. O ar estava repleto de insetos.

Ela era mais rápida do que ele. Sua velocidade era incrível. Com os braços pulsando, ágeis e poderosos em sua peça única, negra fosca, ela acelerou em direção à linha.

Trinta segundos.

A carga da seta ainda pulverizava a névoa e emitia seu sinal cegante. A vinte metros da cerca, Viúva diminuiu o ritmo e permitiu que Gavião Arqueiro passasse por ela.

Ele chegou à cerca, derrapou até parar, guardou seu arco e se virou para ela, colocando as mãos juntas à frente. As câmeras, com seus sinais interrompidos, não podiam vê-los. A névoa de refração estava dessensibilizando os lasers detectores de movimento – rompendo seus raios e desencadeando um relatório de falhas.

Vinte e cinco segundos.

A Viúva correu na direção dele, acelerando novamente. Era tudo questão de afinação. Ela saltou, um salto de longa extensão, como se fosse passar por cima dele e lhe desferir um chute na cabeça. Seu pé esquerdo pousou com firmeza no apoio que suas mãos formavam. Ele a içou com toda a força de seus braços, impulsionando-a para cima.

Braços levantados, ela atravessou as barras enevoadas dos lasers. Ele olhou para cima, estreitou os olhos por conta do sol, e a viu como uma silhueta contra a luz.

Ela atravessou o arame farpado e executou uma cambalhota perfeita sobre a linha da cerca. Em seguida, suavizou a queda, aterrissando e se agachando.

Vinte segundos.

A névoa que saía da flecha começava a diminuir. Viúva se ergueu da posição de pouso e correu em direção aos edifícios a vinte metros de distância.

Gavião Arqueiro pegou seu arco e esperou.

Viúva chegou até a lateral do edifício amarelo mais próximo, parou e pressionou as costas contra a parede. Havia uma escotilha ao lado dela. Ela se virou bruscamente e tentou abri-la. Trancada. Tateou por baixo da borda, analisou o mecanismo de bloqueio, e então enfiou a mão em seu cinto e retirou um cortador.

Vamos lá, ele torceu.

Dez segundos.

O aerossol estava acabando. Os feixes de laser brilhantes estavam perdendo definição e desaparecendo.

Vamos lá.

Ela experimentou o cortador. Gavião Arqueiro viu o brilho de sua broca laser. Não estava cortando. A liga da fechadura fora revestida com uma substância que resistia ou refletia o raio de corte. Ela ajustou a configuração, com o foco concentrado, e tentou novamente.

Nada.

Cinco segundos, quatro, três...

Ela olhou para ele e fez um gesto brusco: uma sacudidela para o lado com a palma da mão virada para baixo.

Ele se abaixou, barriga no chão, na terra ao pé da cerca.

Um segundo. Zero.

A flecha caiu. Os feixes desapareceram. O emissor morreu. A sensibilidade ao movimento voltou, e os sinais das câmeras voltaram a transmitir ao vivo.

Maldição.

Muito delicadamente, ele virou a cabeça para que pudesse olhar por baixo da cerca. Ela estava tentando abrir a escotilha novamente. Ele não ousou se mover por medo de ativar os sensores de movimento. Rezou para que ninguém desse uma boa olhada nos vídeos transmitidos pelas câmaras e notasse uma forma escura deitada na vegetação rasteira perto da cerca.

A Viúva guardara seu cortador. O que não era nada bom. Ela tinha de encontrar outra maneira de entrar. Pressionando-se contra as paredes do módulo, ela estava dentro dos cones de visão das câmeras, em seus pontos cegos. Isso limitava suas opções. Ela podia ver outra escotilha a uma dúzia de metros de distância, mas provavelmente estaria trancada também, e ela teria que atravessar o campo de visão de uma das câmeras para alcançá-lo.

Com um baque, a escotilha em que ela estava trabalhando de repente se destrancou e começou a abrir. Natasha novamente se apertou contra a parede ao lado.

Um técnico da I.M.A. saiu. Ele estava vestido com macacão amarelo justo, de gola alta, botas pesadas, o distintivo em forma de tambor da I.M.A. e capacete de trabalho. As fendas para os olhos que havia no capacete eram cobertas por uma grade. Ele estava estudando um tablet de tela pequena.

A Viúva estava bem atrás do técnico. Ela podia ver por sobre o ombro dele. Havia um esquema de vigilância na tela do aparelho, em que vários círculos âmbar estavam pulsando. O técnico tinha saído para verificar a situação das câmeras e descobrir por que elas tinham ficado escuras durante sessenta segundos.

Na Rússia, havia um provérbio sobre os dentes dos cavalos que são dados de presente.

A Viúva Negra o atacou por trás. Um soco na espinha para atordoá-lo, depois, um mata-leão na garganta. O técnico estava surpreso e machucado demais para resistir ou gritar. Ela bateu o rosto dele no batente da porta duas vezes e, em seguida, delicadamente baixou o corpo do homem que se contorcia até o chão.

Ela pegou o tablet caído e com o dedo navegou por entre as telas. O dispositivo estava aberto para uso, já haviam entrado com o código de segurança. Conseguiu uma visão completa do perímetro de segurança, zona por zona.

Isso a deixou feliz. Ela verificou o mapa, identificando a seção onde estava, e depois desligou as câmeras e os sensores de movimento nas proximidades.

Olhou para o Gavião Arqueiro e assentiu.

Ele se colocou de pé com um pulo. Pegou seu próprio cortador, fatiou os níveis mais baixos do arame farpado, e se abaixou passando pela abertura, tendo o cuidado de não prender seu arco. Correu até ela, que já estava entrando, com o tablet na mão. Por cima do ombro, ela acenou para o técnico caído.

Gavião Arqueiro chegou à porta, pegou o técnico desacordado e puxou-o para dentro. Fechou a escotilha atrás deles.

Um corredor reto e implacavelmente amarelo. Temperatura vários graus abaixo, o ar seco. Ar-condicionado. Todos os confortos de uma casa no meio da mais primordial selva do planeta. Gavião Arqueiro não tinha percebido o quanto ele estava suando lá fora, nem como estava molhado. Sua pele resfriou rapidamente, deixando-o frio e grudento.

Viúva já estava em movimento, seguindo a planta na tela do tablet. Mais uma vez, como se pudesse ler seus pensamentos, ela apontou para um armário de armazenamento, para o bem do Gavião Arqueiro.

Ele fez uma cara irritada, abriu o armário e colocou o técnico desacordado ali dentro. Depois de alguns empurrões, conseguiu fechar a porta. Nesse momento, Viúva já estava no final do corredor, verificando sua localização. Ele pegou uma flecha e correu atrás dela, que lhe mostrou o tablet, e então ele memorizou a planta do andar. Viúva indicou que seguiria para a direita e que ele deveria ir para a esquerda. Ele concordou.

Separaram-se. Gavião Arqueiro chegou a uma porta de serviço que ela já havia desbloqueado via tablet. Abriu e passou por ela. Estava dentro da zona de segurança externa, em um corredor iluminado com uma luz fosforescente azulada. Ele seguiu em frente, arco em punho.

Viúva virou à direita e desabilitou uma escotilha interna, deslizou por ela e olhou em volta. Havia entrado em algum tipo de baia de trabalho. Dois técnicos da I.M.A., novamente vestidos de amarelo com capacetes em forma de tambor, estavam verificando uma fileira de instrumentos sobre uma bancada do outro lado da baia. Ela esperou nas sombras por um momento. Eles trocavam comentários que ela não conseguia ouvir, e depois se dirigiram para a saída.

Ela os seguiu quando passaram por uma escotilha de segurança e entraram em uma câmara de pé-direito duplo com salas em um dos lados. Um encanamento pesado corria acima. Ela podia sentir o cheiro de metal quente e vestígios de minerais, provavelmente de algum tipo de hidrofiltro. Assim que os dois técnicos passaram pela porta do outro lado do compartimento, ela começou a verificar as salas laterais. Eram laboratórios, pequenos e limpos. Um deles continha uma prateleira giratória repleta de frascos claros cheios de um líquido laranja brilhante. Ela não tinha os códigos de acesso ao console sob os frascos, e o tablet que roubara estava aberto nos sistemas de segurança do complexo, não nos sistemas de dados da pesquisa.

Um técnico da I.M.A. entrou no laboratório atrás dela. As galochas de pano de seu uniforme de trabalho amarelo haviam abafado seus passos.

Viúva abriu um largo sorriso e soltou uma risadinha sexy, inclinando a cabeça para trás e segurando o tablet em um gesto que sugeria que ela precisava de ajuda com o seu funcionamento.

Os serviços de Natasha em várias guerras clandestinas e frias lhe ensinaram todos os truques de uma operação secreta. Aproveitar as oportunidades era um deles. Quando a surpresa estava ao seu lado, era um trunfo poderoso. Mas quando dava vantagem ao oponente, era preciso recuperá-la rapidamente. Não era difícil. Tudo uma questão de psicologia. O riso descontraído e o gesto confiante lhe fizeram ganhar um segundo, provavelmente menos que isso. Naquele momento, o técnico da I.M.A. não leu sua aparência: uma intrusa com um uniforme de peça única que, definitivamente, não era o padrão da I.M.A. Ele leu apenas sua linguagem corporal, que lhe dizia: "Eu não estou surpresa em vê-lo. Na verdade, eu estava realmente esperando encontrar você".

Menos de um segundo. Apenas o suficiente para fazê-lo hesitar. Apenas o suficiente para atrasar sua chegada à alavanca de alarme.

Apenas o suficiente para que ela o derrubasse com um chute de bicicleta.

O técnico caiu. Ela pousou em cima dele e lhe aplicou dois socos na parte de trás do pescoço. Depois moveu seu corpo inconsciente e paralisado até o espaço atrás da porta.

Ele estava carregando seu próprio tablet. Ela o pegou e viu que estava em repouso e travado. Então tirou a luva esquerda do técnico e pressionou as pontas dos dedos e polegares no leitor de impressão digital até encontrar a espiral que abria a tela do tablet.

Mais alguém estava se aproximando. Escondida, observou três figuras amarelas passarem pela porta e, em seguida, passou como um fantasma por trás delas e saiu do laboratório. Na área principal da câmara, ela abriu a gola de seu uniforme e enfiou os tablets para dentro, contra o esterno. E então saltou, agarrando um dos tubos de metal, e ergueu-se até o espaço que havia no teto.

Escondeu-se, enfiando-se entre dois grandes canos de água com seu corpo reto e paralelo ao chão. Mantendo-se estável com o braço esquerdo, ela puxou os tablets, colocou o tablet de segurança em cima do tubo ao lado dela, e então equilibrou o outro em um suporte de tubo e começou a dedilhar as telas.

Eram dados de pesquisa: compostos de nanotecnologia em suspensão em fluido, abastecimento de água, partes por trilhão, taxas de circulação.

Nanotecnologia. Ela sabia muito sobre isso, por conta de seu treinamento na S.H.I.E.L.D., mas estes dados estavam em nível Stark de complexidade.

Uma semana antes, Tony Stark havia informado os Vingadores a respeito de uma questão de nanotecnologia que tinha chamado a sua atenção. Ele estava preocupado com o desenvolvimento em potencial do que chamara de "sistemas de montagem de nanoformas" na área da Costa Leste. Aparentemente, as Indústrias Stark mapeiam e monitoram as vendas mundiais de certos metais, componentes e produtos sintéticos – e a partir do movimento desses ingredientes é capaz de prever com precisão quem pode estar desenvolvendo qual tecnologia, e onde. Uma agência na Costa Leste estava adquirindo produtos sintéticos que sugeriram, para Stark, um pico maciço na construção de nanotecnologia.

Será que esta operação da I.M.A. estaria ligada a isso? Se tivesse uma conexão segura e funcionando, a Viúva poderia enviar os dados para Stark e obter a sua avaliação.

Mas ela não tinha. Ela e Gavião Arqueiro tinham vindo para a Terra Selvagem perseguir uma dica anônima, um rumor circulante que foi captado pelas estações de escuta da S.H.I.E.L.D. da Europa Central. Como isso teria ligação com o alerta na Costa Leste? Será que havia ligação?

Talvez ela pudesse acessar o link de comunicação do complexo da I.M.A. e chamar Stark para uma consulta.

Ela deslocou seu peso para ambas as mãos. Já estava deitada por sete minutos, e seu braço esquerdo estava começando a ficar cansado. Pensou em descer dos tubos, mas um grupo de seis técnicos do I.M.A. atravessava a câmara abaixo, realizando uma verificação lenta e metódica dos monitores ambientais nas paredes. Ela olhou para os topos de suas cabeças através da grade de tubos pesados.

Nove minutos. Ela era extraordinariamente apta, mas o esforço estava cobrando seu preço. Mudou para uma mão novamente, a direita desta vez, e usou a esquerda para recuperar os tablets e enfiá-los de volta dentro de sua roupa, para que pudesse sair dali assim que os técnicos fossem embora. Sua mão esquerda estava um pouco dormente, e ela se atrapalhou com o segundo tablet, que caiu.

Com um movimento ágil de sua mão, ela o pegou antes que saísse de seu alcance e caísse no chão. Ela congelou, porque os técnicos poderiam ter notado o movimento súbito em sua visão periférica.

Eles não notaram. Graças a Deus o traje de cabeça que usavam tinha aquele formato de tambor.

Os técnicos deixaram a câmara. Viúva balançou-se apoiada em seus braços como uma ginasta subindo nas barras assimétricas, lançando-se ao chão e caindo em pé.

Ela flexionou os braços e as mãos e se dirigiu para a próxima porta.

Havia outro corredor diante dela. Extratores de fumaça pendiam inchados como cogumelos do teto. O projetista se preocupava mesmo com o fogo? Ou eles eram destinados à limpeza rápida da atmosfera? Digamos que em caso de uma liberação acidental e repentina da nanotecnologia?

Viúva tentou clarear a mente. Estava fazendo muitas especulações técnicas quando sua concentração deveria ser toda direcionada para manter sua infiltração secreta.

Portas laterais se abriam para uma passarela acima de um grande espaço de fábrica. Ela podia ver técnicos vestidos de amarelo abaixo, trabalhando em um sistema de filtragem de grande porte. Mais sistemas extratores, maiores do que os do corredor, que se projetavam do telhado.

Ela sacou o tablet de segurança e folheou os planos do andar, tentando identificar um centro de telecomunicações. Cabos de força sobrepostos sugeriam algo promissor perto da junção do próximo corredor.

Evitou mais dois técnicos e chegou à junção. A escotilha para as salas almejadas estava fechada. Ela não podia simplesmente caminhar para o desconhecido. Tinha que verificar o layout do lugar e os ocupantes.

Pesou os tablets, um em cada mão. Uma verificação rápida do menu de rede permitiu que conectasse um ao outro. Ela colocou o tablet de pesquisa em modo de câmera e, em seguida, fixou-o na altura de sua cabeça na parede do lado oposto ao da escotilha, usando uma borrifada de adesivo de contato que trazia em um pequeno tubo em um dos bolsos de seu cinto.

Na sequência, ela deu um passo para trás contra a parede ao lado da escotilha. Verificou o outro tablet e viu que uma pequena janela apareceu no canto da tela. Agora ela tinha uma visão clara da escotilha como uma transmissão em tempo real. Fez um movimento de tesoura com a ponta dos dedos para expandir a janela. A resolução era ótima.

Alguém estava se aproximando. Viúva deu um passo para trás até as sombras, atrás de alguns conduítes que iam do chão ao teto. Dois agentes da I.M.A. passaram. Seus uniformes amarelos traziam sinais negros de risco biológico nas mangas e haviam sido reforçados com placas à prova de balas de grafeno sobre o peito, costas, ombros e virilha. Eles usavam pistolas 9 milímetros Sperek Seis em coldres de saque rápido. Seguranças. Era estranhamente reconfortante ver algum músculo no local. A I.M.A., ao contrário da Hidra ou do Império Secreto, preferia usar o cérebro do que os músculos, e de alguma forma isso os tornava mais imprevisíveis e perigosos.

No entanto, os guardas não eram tão inteligentes. Eles passaram completamente batidos pelo tablet fixado na parede do corredor, provavelmente porque ela o havia colocado ali cuidadosamente, em uma altura própria para que pudesse ser operado, de modo que ele parecia fazer parte do lugar.

Ela ergueu o tablet de segurança e verificou que a janela de transmissão ainda estava aberta, mostrando-lhe a escotilha. Selecionou destrancar/abrir no menu da mesma.

A escotilha abriu com uma suave brisa de ar-condicionado.

O tablet na parede enviou uma visão decente da câmara.

Era um centro de telecomunicações: a sala circular forrada de terminais transceptores em rede, amplificadores, sistemas de energia e monitores de tela plana. Três operadores da I.M.A. manejavam as estações. Dois deles tiraram seus capacetes para que pudessem usar os fones de ouvido e observar os monitores corretamente. Um quarto técnico, um supervisor, estava de pé, observando-os trabalhar. Um segurança de terno preto estava de guarda no interior, à direita da porta.

Cinco alvos. Era impossível dizer se havia mais alguém na sala, porque sua visão estava parcialmente tampada pelo batente da porta e a parede do corredor. Dado o plano circular da sala, parecia provável haver mais pessoal, então ela estimou um total de sete. Complicado, mas não impossível. O guarda era prioridade porque estava armado.

Ela assistia à transmissão. O segurança percebeu que a porta se abrira e que ninguém havia entrado. Ele foi até a porta, não viu ninguém no corredor, voltou para dentro e fechou a escotilha.

Viúva tinha duas 9 milímetros automáticas, mas ela iria precisar de uma mão livre para o tablet. Preparou o ferrão no bracelete em seu pulso esquerdo e pegou uma das armas com a mão direita. Antes que ela e Barton se aproximassem da cerca, ela havia preparado ambas as pistolas com pequenos tubos silenciadores.

Encaminhou-se para a escotilha e ficou de frente para ela, a nove erguida. Apertou destrancar/abrir e atravessou a escotilha, logo que ela deslizou, se abrindo.

O guarda estava de costas para ela. Ele começou a se virar assim que ouviu a abertura da escotilha. Com o tablet ainda na mão esquerda, ela atirou na grade da viseira do capacete em forma de tambor com seu bracelete. O ferrão da Viúva lançou uma explosão eletrostática de cerca de vinte mil volts. O segurança cambaleou para trás e caiu, em convulsão.

Viúva já estava passando por ele. Com a arma em punho, ela disparou a nove silenciada. Cada tiro era um sussurro explosivo, uma cuspida. Ela derrubou o supervisor primeiro, duas balas na massa corporal central. Ele ainda estava caindo quando ela mudou sua mira.

Os operadores com os fones de ouvido estavam concentrados em seu trabalho, mas haviam percebido o movimento súbito refletido em suas telas. Ambos estavam armados. Ela atingiu um com seu ferrão antes que ele pudesse se mover. O outro estava se virando e pegando a arma quando um projétil da pistola silenciada o arrancou de seu assento.

Cerca de três segundos se passaram desde sua entrada. O terceiro operador estava reagindo enquanto os corpos caíam ao seu redor, um de cada lado. Ele disse algo que foi abafado pelo capacete e esticou freneticamente a mão para puxar a alavanca de alarme. Viúva deu um tiro em seu pulso para detê-lo e imediatamente o atingiu com uma ferroada que lançou o homem contra o seu console e o deixou contorcendo-se no chão.

Ela girou, arma em punho, cobrindo o resto da sala. Cinco caídos. Não havia mais ninguém presente que pudesse estar escondido da visão da câmera, afinal.

Cinco segundos, e a área estava segura.

De volta ao corredor, Viúva arrancou o tablet da parede e voltou para a sala, fechando e trancando a escotilha atrás de si.

Avaliou os vários consoles transceptores e depois foi até a estação que parecia apta a atender suas necessidades. Empurrou o operador morto para fora de seu caminho na cadeira com rodinhas e lançou-o rodando pela sala. Apoiou o tablet de pesquisa contra o console e conectou-o pelo modo sem fio ao sistema de comunicação. E então, inclinando-se sobre o console, começou a usar o teclado para alinhar remotamente as antenas de uplink no telhado do complexo.

Todo o sistema de telecomunicações era uma rede digital de alta qualidade fabricada por uma empresa norte-americana, provavelmente comprada em segredo pela I.M.A. Seu treinamento lhe dera familiaridade em centenas de sistemas diferentes, por isso foi fácil. Ela desligou a criptografia que proibia transmissões internacionais, selecionou transferência de dados e teclou as senhas para Prioridade dos Vingadores e da S.H.I.E.L.D. Entrou com sua própria assinatura de identidade, única, e acrescentou uma nota com sua posição exata. Enviar.

Esperou, observando a barra de progresso movendo-se lentamente no visor. Estava subindo todo o conteúdo do tablet de pesquisa para a S.H.I.E.L.D. O processo demoraria alguns segundos.

A barra parou.

Franzindo a testa, teclou, abrindo a tela de diagnósticos. A transferência não estava passando. Parecia que ninguém estava recebendo, como se o mundo além da Terra Selvagem estivesse morto e sem resposta. Mas era improvável que toda a rede global de telecomunicações de repente tivesse caído. O problema tinha que estar na sua ponta.

Ela pegou o tablet de segurança e começou a fazer uma varredura por todo o conteúdo. O que ela havia deixado passar? Algum tipo de criptografia de segurança em algum lugar, algo que impedia qualquer coisa que não fossem as comunicações locais? Ela pensou que tivesse desativado isso.

O que havia deixado passar?

Ela começou a rolar a tela. Verificou alinhamento da antena, chaveamento QAM e força do transportador. Estava tudo verde. Tinha que ser alguma coisa. A janela pop-up para o vídeo estava minimizada, mas ainda cobria parte da tela, então ela a fechou.

Em seguida, olhou para o tablet de pesquisa e viu o pálido reflexo do guarda de segurança se levantando atrás dela.

Ela se virou e se atirou em cima dele. Aqueles capacetes da I.M.A. de aparência estúpida tinham sua utilidade, afinal: eram capazes de desviar a força letal de uma ferroada à queima-roupa.

O guarda sacou a arma. Ela colidiu contra ele e os dois caíram, esmagando-se em uma das cadeiras e derrubando um operador morto. A arma disparou. Não tinha silenciador, e o tiro foi alto. A bala atingiu a tela principal de um banco de console e o monitor explodiu em uma chuva de faíscas e pedaços de tela.

Os dois se engalfinharam. Ela tentou torcer o braço do guarda e quebrar seu pulso para fazê-lo largar a arma, mas ele disparou novamente. Sua mão esquerda agarrou a garganta dela. A coisa estava virando uma confusão, e Natasha não gostava de confusão. Ela acertou o punho direito na garganta dele, que se debatia, e atingiu o topo de sua placa peitoral.

Chutou a perna direita dele, tirando seu apoio. Como ele caiu de lado, ela lançou o punho direito contra a borda do console. O pulso se quebrou, mas os dedos do guarda continuavam firmes em torno da pistola. Ela soltou o braço dele, quebrando o contato para não compartilhar a carga, e disparou um ferrão na coxa esquerda desprotegida do segurança.

Ele caiu, estremecendo.

Merda.

Um alarme estava tocando. Os dois tiros sem silenciador o dispararam.

Voltou para o console principal e tentou reenviar a transmissão. Nada ainda. Como o mundo poderia estar morto? Ela mudou de transmissão direta de dados para voz geral.

– Vingadores, Vingadores, Prioridade Um – disse em um microfone emprestado. – Aqui é Natasha Romanoff. Responda. S.H.I.E.L.D., responda. Upload urgente aguardando. Por favor, responda.

Nada. Menos do que nada. Ela disse algo furioso em sua língua nativa, e então percebeu que o microfone ainda estava ligado.

Quem diabos se importava? Ninguém estava ouvindo mesmo. Ninguém podia ouvi-la.

Por quê? Por quê?

Fosse qual fosse o horror que a I.M.A. tivesse fabricando no complexo, fosse lá qual ameaça ela e Barton tinham descoberto, parecia não importar muito. O que era assustador, o que era realmente preocupante, era que enquanto eles passeavam por aquele bolsão esquecido da pré-história, o resto do mundo havia ficado no escuro.

Como diabos acontecera algo assim?

Alguém estava batendo na escotilha. Ouviu vozes exigindo que fosse aberta imediatamente. Ela havia trancado a escotilha, mas sabia que a I.M.A. poderia facilmente substituir seu comando.

Xingou novamente. Havia um ditado na Rússia sobre limões e o que fazer com eles. A discrição não era mais uma opção ou uma prioridade. Uma pena, porque a Viúva Negra se destacava em operações furtivas. Felizmente, ela também era assustadoramente boa em outras metodologias. E era hora das negociações abertas, para *mokroye delo*,* sem subterfúgios.

Havia ainda uma mancha de adesivo de contato na parte traseira do tablet de pesquisa. Ela o grudou em sua coxa com um tapa. E então sacou suas 9 mm.

Em apenas alguns segundos, o comando da escotilha seria substituído e ela se abriria. *Surpreenda-os*, ela decidiu. *Leve a briga até eles. Tome a iniciativa. Assuma o controle.*

Apertou destrancar/abrir no tablet da segurança. Conforme a escotilha se abriu, ela começou a disparar contra as assustadas figuras amarelas que estavam do outro lado.

---

* Eufemismo de espionagem utilizado pela KGB, o serviço secreto russo, para designar uma operação que envolva assassinato. Corresponde ao termo em inglês *wet job*, que seria algo como "trabalho escorregadio". (N.E.)

9

Sibéria
Hora local não registrada, nenhuma data relevante

O FILHO DE ODIN se sentia desanimadoramente mortal.

Havia uma fraqueza pungente em seus membros, como se ele tivesse sido meio-afogado nos mares de gelo de Jotunheim. A coluna vertebral e suas costelas pareciam ter sido achatadas nas bigornas de Nidavellir. A barriga queimava com os fogos eternos de Muspelheim, e sua boca e narinas estavam sujas de sangue coagulado, como se tivesse sido cruelmente envenenado por Svartálfar. Sentia o gosto de bile e decadência, como se o próprio Hel o fizesse apodrecer de dentro para fora.

Mortal. Reduzido. Diminuído. Sua divindade roída.

Ajoelhou-se e fez uma reverência, no alto da montanha. A chuva caía pesadamente sobre ele. Ergueu as mãos e viu traços da feitiçaria azul se dissipando ao redor de seus dedos machucados.

De alguma forma, ele conseguira se arrastar de volta para a borda do penhasco. Os ferimentos eram graves, mas ele sabia em seu coração que o senso de mortalidade que sentia se devia muito mais à sua localização. Na mundanidade de Midgard, seu estado de deus fazia com que se sentisse transcendente – seus sentidos percebiam a glória das cores, sabores, cheiros e texturas. Lá, ele era um ser superior em um mundo mais simples, vivo para o cosmos em maneiras que os mortais não conseguiam compreender. Mesmo em Asgard, ele conhecia a força e a vitalidade sem limites.

Mas ali, naquela montanha sombria, fora esmagado por uma intensidade sem precedentes de encantamentos. Seu crescente de estado de deus era apenas uma fraca faísca diante do turbilhão sobrenatural que afligia o lugar. Ali, mesmo o Pai de Todos pareceria uma criança insignificante e aterrorizada em face dos saturantes níveis de magia.

Não estava mais em Midgard. Thor sabia disso. Ele havia chegado a um imenso terreno de Midgard, a região chamada Sibéria, mas aquele local terrestre havia escapado de seu controle, fazendo-o mergulhar em um lugar diferente, onde as noções mortais do tempo e das leis naturais já não imperavam. Aquela porção do planeta Terra havia sido deslocada para outra realidade, uma realidade onde o seu estado de deus não significava nada. Ali, ele não significava mais do que um micróbio.

O Mjolnir jazia sobre uma rocha à sua frente. Estendeu a mão para pegá-lo.

– Não – disse uma voz.

Thor levou um momento para se lembrar de como falar, e encontrar a força para fazê-lo.

– Por quê? – perguntou.

– Porque vou te machucar de novo – disse a voz.

Conhecia aquela voz. Era suave e feminina. Era Wanda, a amiga que o traíra tão completamente.

– Não – ele murmurou. – Por quê? Por que você fez isso?

A voz riu.

– Necessidade, principalmente – disse.

Ergueu a cabeça e conseguiu se levantar e se ajoelhar. A chuva escorria por seu rosto e lavava o sangue coagulado em seu cabelo. A Feiticeira Escarlate, uma forma vermelha manchada pela chuva, estava a uma flechada de distância, vigiando-o.

Thor olhou para cima, ignorando-a. Através da chuva forte que o lancinava, através da cobertura nociva da nuvem negra de tempestade e da noite manifesta, atrás dos tóxicos e leprosos e zigue-zagues de relâmpagos, ele vislumbrou estrelas negativas: sóis negros irradiando uma não luz, fixados em meio a um padrão de constelações totalmente desconhecido para ele.

Totalmente desconhecido para todos os seres dos Nove Reinos, ele imaginou: um universo alienígena cujos aspectos nunca antes haviam sido vislumbrados por nenhum mortal ou imortal, e muito menos mapeado ou compreendido. Era um abismo no hiperespaço, infradimensional, um reino de horror onde inomináveis estrelas negras brilhavam em um vazio inchado e injetado pela decadência. Imaginou se estas novas constelações tinham nomes. Seriam nomes antigos, provavelmente, anormalmente velhos, e o som desses nomes provocaria loucura instantânea e desespero. Apenas a visão dos alinhamentos já fazia com que se sentisse enjoado.

Começou a se levantar.

– Permaneça ajoelhado – a Feiticeira Escarlate instruiu.

– Não – respondeu ele, e se levantou.

– Eu vou te matar.

– Você iria. – Fez uma pausa, limpou a garganta e cuspiu sangue negro e bile. – Você iria fazer isso de qualquer maneira. Ou foi o que ameaçou fazer. Mas você não fez. Faça agora, se quiser, mas vou encontrar a morte em pé.

Ela levantou a mão esquerda – a mão da traição, o aspecto sinistro. Através da chuva, Thor a viu brilhar com a amaldiçoada energia azul.

– Eu não disse que iria matá-lo – ela sussurrou. – Eu disse que você estava perdido. Isso é pior.

– Você não soa como Wanda – disse ele. Cuspiu novamente. – O que está em você? O que fala através de você?

– Você está perdido – a voz insistiu.

– Sim – ele concordou. – Isso já está claro. Eu não sei onde estou. Mas você quer dizer que estou impotente, não é? Quer dizer que eu não sou mais capaz de influenciar esses eventos.

– Sim. Então se submeta a mim.

Ele deu de ombros e fez uma careta, mas dar de ombros lhe doía agora.

– Eu sei algumas coisas – ele disse –, mesmo que não seja nada além de um guerreiro asgardiano. As sagas me ensinaram que deuses são difíceis de matar. Muito difíceis.

A Feiticeira Escarlate não respondeu. Chamas azuis queimavam em torno de sua mão erguida.

– Você me ameaça – disse Thor –, mas é difícil se livrar de deuses. Nossas formas podem ser quebradas, nosso sangue derramado, nossas almas espalhadas, mas nossa essência permanece. Mesmo com uma magia desta magnitude sob seu comando, seria difícil me aniquilar totalmente. Me extinguir por completo.

– Me desafie.

– Ainda assim, acho que eu poderia. – Ele sorriu, fez uma pausa, e passou a ponta da língua sobre os dentes da frente. Dois estavam soltos. Ele provou o sangue em seus lábios. – Se você pudesse me matar facilmente, você já teria feito isso. Em vez disso, você me rebaixou e me obrigou a me submeter. – Ele apontou para a chuva, indicando o vórtice infernal que rodeava a encosta da montanha. – Você tem magia bruta aqui, desencadeada em uma escala além de qualquer coisa que já vi. Mas você precisa disso, não precisa? Um universo de magia demoníaca, e você precisa de toda ela. Não quer desperdiçá-la em meu abate, a menos que realmente precise. Seja lá o que estiver fazendo aqui, você está relutante em gastar a magia necessária para realmente matar um deus.

– Submeta-se a mim, ou vou te machucar novamente.

– Criatura, eu sou um asgardiano. Tenho sido ferido e machucado e ferido novamente. Como os mortais diriam: manda ver. E como eu disse, eu sei algumas coisas. Aqui está outra: eu posso ver através das mentiras da feitiçaria.

– Sim? E que saga te ensinou isso? – ela zombou.

– Nenhuma – respondeu ele. – Uma amiga. Seu nome é Natasha. Ela me contou sobre a psicologia. Eu deveria ter ouvido mais atentamente, porque não me lembro de muita coisa. Eu estava muito ocupado admirando a beleza de suas formas. Ainda assim, lembro de algumas coisas. Mortais, imortais também, todos têm uma história. Algumas são óbvias... muito óbvias.

– E qual é a minha "história", Filho de Odin?

– Eu acho que... é estar na chuva com a mão em chamas ordenando que eu me submeta a você. Me ameaçando. Eu não sei o que é isso, o fim do mundo que você está projetando, mas você não iria me ameaçar se eu já não fosse uma ameaça para você. Você continuaria seu apocalipse e me deixaria para morrer com ele.

– Não acho que seja uma ideia que você deva colocar em teste – disse ela.

– Outra ameaça. Sabe, acho que *eu vou* forçá-la a me matar, a desperdiçar a magia necessária para aniquilar um deus. Drenar tanto de você que não será capaz de completar este ritual. Esta seria uma morte que me faria feliz. Acho que é disso que você tem medo.

Ele deu um passo na direção dela.

– Não se aproxima mais – ela rosnou, as chamas azuis em torno de sua mão dançando e aumentando.

– Outro amigo meu tem uma frase – disse Thor. – Ele a usa durante as lutas, e também quando aposta em jogos de cartas. Seu nome é Clint Barton. Ele diz: mostre ou que tem, ou saia do jogo.

Thor fez um veloz movimento de mão. O Mjolnir voou de cima da rocha molhada e plantou-se firmemente em sua palma. Ele o girou e atirou.

A Feiticeira Escarlate liberou o fogo azul com um movimento circular de sua mão. O poder estava sendo preparado para golpeá-lo, mas foi forçado a ir de encontro ao veloz golpe do martelo que ia em sua direção. O feitiço quebrou o ar em bolhas safiras assim que deteve o Mjolnir em pleno voo. O martelo estremeceu, em seguida voou de volta para Thor.

Ele o agarrou no ar e emendou a pegada em outro poderoso lançamento.

– Mais uma vez! – ele disse.

O martelo foi arremessado na direção dela. A magia azul o bloqueou, e ele ricocheteou. Thor o pegou de novo, mas a Bruxa o atingiu no peito antes que ele pudesse lançá-lo pela terceira vez.

Thor engasgou com a dor, cambaleou e caiu de joelhos, tossindo sangue. Seu coração parecia ferver, como se estivesse prestes a estourar. Ele lançou o martelo mesmo assim.

Wanda riu quando ele veio em sua direção. Ela levantou as duas mãos juntas e liberou um relâmpago azul que congelou o martelo no ar, girando-o e lançando-o de volta para o Filho de Odin.

O Mjolnir atingiu-o no torso e fez com que ele caísse de costas. Sentiu suas costelas quebrando com o impacto. Permaneceu deitado por um momento – derrubado, ofegante, o martelo ardente sob seu peito.

– Abatido por m... meu próprio martelo – ele murmurou, sangue na garganta. – Isso n... não vai ficar bem em uma s... saga...

Ela estava em cima dele.

– Nem isto – disse ela.

Com malévola fúria, o fogo em volta de suas mãos havia se tornado quase cobalto.

– Você é perspicaz – disse ela. – Eu preciso de tais reservas de magia para este ato, e estou relutante em dispensá-la. E realmente vou precisar de uma grande quantidade para destruí-lo. Mas tenho o suficiente. E uma vez que resistiu à submissão, matar você vai ser uma despesa que vale a pena.

O fogo cobalto se revirou e se transformou em uma lâmina de luz.

– E... eu estava certo sobre a voz? – ele engasgou. – Você... você n... não é a Wanda, é?

– Não – disse ela. – Eu sou a assassina do Filho de Odin.

Ela lançou a lâmina para baixo selvagemente.

Ouviu-se um grito. Thor tinha esperanças de que não tivesse partido dele.

Uma luz branca brilhante engolfou a lâmina azul e quebrou-a antes que ela pudesse empalar o herói. A Feiticeira Escarlate cambaleou para trás, seu manto em chamas.

– Quem se atreve? – ela gritou.

– Correndo o risco de criar uma confusão total – disse Wanda Maximoff. – Eu me atrevo.

Uma Feiticeira Escarlate estava de frente para a outra. A verdadeira Wanda se colocava ereta e desafiadora, com uma coroa de energia branca ao redor das mãos erguidas. A outra estava curvada e carrancuda, com a capa queimando e os punhos soltando fumaça azul.

– D... duas de você – murmurou Thor.

– Parece que sim – disse a verdadeira Wanda, sem nunca afastar o olhar da impostora.

– Eu tive um s... sonho como este uma vez – acrescentou ele.

– Thor – a Wanda real advertiu.

– Não foi tão violento ou doloroso – disse ele.

– Agora não, Thor – disse Wanda.

A Feiticeira falsa xingou e atacou. Wanda foi de encontro ao seu rugido com um silencioso raio de magia escaldante e esplendorosamente perolado. As conjurações rivais faiscaram e lutaram uma contra a outra.

– Criança idiota – declarou a falsa Feiticeira. Sua voz já não era muito feminina, nem mesmo humana. – Eu tenho o poder de matar um ser divino. Não vou ser impedida por uma feiticeira fraca como você.

– E, no entanto... – respondeu Wanda com os dentes cerrados.

– Você vai esgotar seu débil poder em poucos instantes – disse a outra.

– Eu sei – Wanda concordou.

– E então, você vai queimar.

– Eu sei.

– Mesmo assim, você persiste?

– Persisto. Apenas... como você colocou? Por poucos momentos.

– E depois? – riu a falsa Feiticeira.

– Depois isso – disse Thor.

O Mjolnir atingiu com força a cabeça da falsa Feiticeira. O golpe a arremessou – gritando, se debatendo e queimando – pela lateral direita da plataforma de rocha negra.

Ela se segurou na borda e tentou levantar. Sua roupa transformada em farrapos chamuscados. Seu cabelo desaparecera. Sua carne estava enegrecida. Uma feia luz brilhava de sua boca escancarada e das órbitas oculares vazias.

Thor atirou o martelo, que atingiu a falsa Feiticeira, e ela desapareceu por sobre a borda. Seu grito desabou na noite e na tempestade.

Ele pegou então o martelo que retornava e olhou para Wanda. Ela se encolheu, respirando com dificuldade.

– Demorou um pouco, Deus do Trovão – disse ela.

– Eu tive problemas para ficar em pé – respondeu ele, acariciando suas costelas quebradas. – Quando você chegou?

– Eu estava a cerca de uma hora atrás de você. Cheguei na área pouco antes que ela... – Wanda fez uma pausa. – Pouco antes que ela fosse lançada para fora da realidade.

– Como é que nós... – Thor hesitou. Tentava encontrar a terminologia correta, e nenhuma apropriada parecia surgir. – A enfiamos de volta no lugar?

– Me dê um momento para recuperar minha força – ela respondeu. – Se eu puder definir a natureza do ritual em processo aqui e compreender as invocações em uso, talvez eu possa revertê-lo.

– Eu gostei de tudo isso, exceto a palavra "talvez" – disse Thor.

– Correção: não há um "talvez". Este ato arcano é irreversível.

As palavras apunhalaram o ar como ondas de choque de um tremor de terra. Além da borda do penhasco, onde a falsa e queimada Feiticeira havia sido arremessada, uma figura surgiu à vista, erguendo-se lentamente, suspensa em um disco de luz índigo.

Era perturbadoramente alta. Suas vestes eram uma mistura de cinza escuro e roxo imperial, decorado com cordões negros que formavam elaborados padrões barrocos em torno de seus braços, ombros e colarinho adornado com chifres. A cabeça era um bloco de chama viva e feroz, chama viva de onde os olhos e a boca piscavam e se avultavam.

Ele era o pavoroso mago-supremo de Faltine, o mestre da Dimensão Negra, o ser mágico mais poderoso e vil de toda a existência.

Wanda Maximoff vacilou e deixou escapar um palavrão incaracterístico.

– Eu estava pensando exatamente isso – disse Thor.

– É o... – Wanda começou.

– Ah, eu sei quem ele é – disse Thor.

– Então você também sabe o tamanho do problema em que estamos – disse ela.

O Filho de Odin assentiu. Não havia palavras em qualquer idioma, mortal ou não, que fariam justiça à verdadeira malignidade do pavoroso Dormammu.

Dormammu levantou a mão esquerda. A luz verde de Eldritch serpenteava em torno dela, espiralando e enrolando.

– Há muito tempo não sentia dor – disse ele, cada palavra uma crepitação incendiária. – Não foi uma sensação agradável. Vocês, Filho de Odin e Filha de um Mortal, vão pagar por causar tanta indignidade à minha pessoa. E vão pagar lentamente – acrescentou. – Porque eu tenho toda a noite, e toda a noite pertence a mim na eternidade.

Ele apontou o dedo indicador esquerdo. A luz verde serpenteante deixou sua mão e se projetou na direção deles.

Thor pegou Wanda, puxando-a de lado e protegendo-a com seu corpo. A luz verde atingiu o chão onde haviam estado e a rocha explodiu.

Os dois começaram a recuar. A luz verde, se espalhando rapidamente, estava comendo a rocha preta como se fosse ácido luminoso. Pedaço por pedaço, a nova e poderosa montanha estava desmoronando. Blocos maciços de pedra cortada deslizavam para longe, trovejando ao cair na escuridão.

A barriga de Dormammu, definida pelo fogo, se abriu, e um som pôde ser ouvido. Thor levou um momento para reconhecer aquele som como sendo uma risada.

10

Madripoor
23h26, hora local, 12 de junho

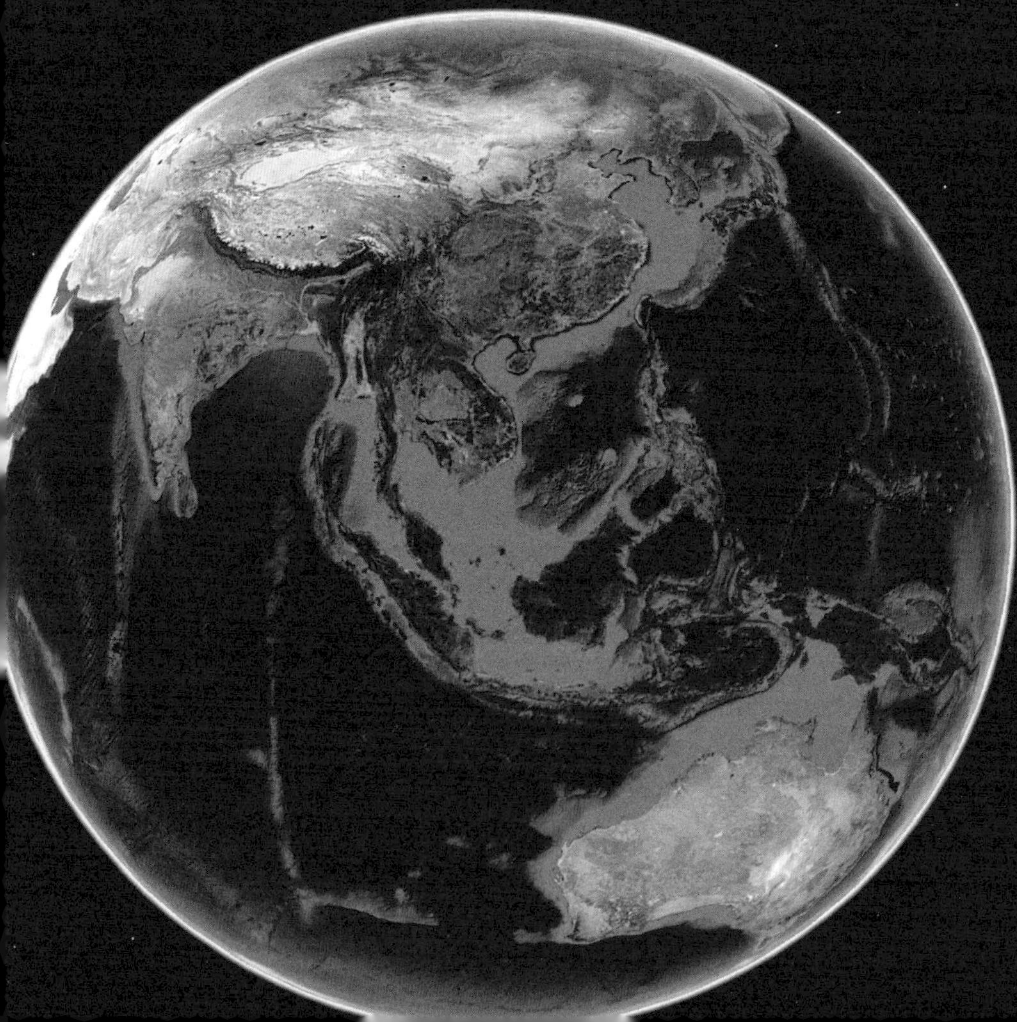

– DOUTOR? DOUTOR BANNER?

Banner podia ouvir a voz de Dale McHale Terceiro. Ele abriu os olhos.

– McHale? Onde você está?

– Bem aqui. Você está bem?

Banner pensou numa resposta. Respirou fundo.

– Minha cabeça dói. O mesmo acontece com o meu peito. Me sinto como se estivesse de ressaca. Uma ressaca terrível.

– Provavelmente é por causa dos sedativos – disse McHale.

– Uhum. Eu acho, McHale, que a verdadeira resposta para a sua pergunta depende de onde estamos.

Banner sentou-se.

Estava em uma gaiola.

A gaiola era crua, corroída e suja, como a jaula de um animal em um zoológico desativado. Olhando ao redor, Banner viu que eles estavam no que parecia ser uma fábrica abandonada, algum tipo de instalação que havia sido condenada e fechada. Era escura e dilapidada, e ele podia sentir o cheiro de lixo e decadência. A gaiola era uma dentre várias dezenas alinhadas sobre o cinturão enferrujado de um velho sistema de esteiras mecânicas. McHale estava apoiado contra as grades da jaula ao lado da que prendia Banner. Outras figuras – esfarrapadas e sujas, dormindo ou mortas – estavam abandonadas nas gaiolas ao lado deles. Algumas lâmpadas nuas pendiam do teto em cabos desgastados, e somente uma ou duas delas realmente funcionavam.

– Não, McHale. Eu não estou bem – disse Banner.

Ele se colocou de pé. Suas roupas estavam intactas, e a pulseira de plástico ainda estava no lugar. Ele não havia se transformado. A inconsciência havia cancelado a raiva e reprimido a terrível transformação.

– Há quanto tempo estamos aqui? – perguntou.

McHale balançou a cabeça.

– Cerca de uma hora, eu calculo. Não tenho certeza. Meu relógio já era. E eu estava apagado, também.

Banner olhou para ele e disse:

– Sim, desculpe. Você está bem?

McHale tocou o peito. Ele não parecia bem.

– Acho que posso ter sofrido lesões internas – disse. – Tenho um pouco de dor. – Ergueu o olhar para Banner e tentou parecer alegre. – Estou bem.

– Deixe-me dar uma olhada em você – disse Banner.

– Eu estou bem.

– Eu sou médico.

– Sim, e nós estamos em gaiolas. O que você vai fazer? Me examinar através das grades?

Banner suspirou.

– Sério, estamos bem – disse McHale. – Acho que ainda estamos na cidade. A S.H.I.E.L.D. estava nos rastreando, então aposto que vamos ser resgatados a qualquer momento. Eles não vão nos abandonar aqui.

– *Se* eles conseguirem nos encontrar.

– Eles vão nos encontrar – disse McHale.

Banner parecia duvidar.

– Então... – disse McHale. – Homem-cão com poderes psíquicos. Isso é novo. O que você acha?

– Acho que é hora de você me dizer o que a S.H.I.E.L.D. está investigando aqui.

McHale tentou rir, mas o riso se transformou em um tremor.

– É informação secreta, doutor – disse ele.

– Preciso saber, McHale. Eu deveria ter conhecimento dessa informação dias atrás, mas estava sendo paciente e educado. Agora eu preciso saber.

McHale parecia desconfortável.

– Tudo bem – disse Banner, irritado. – É a radiação gama, para começar. Esse é o meu campo particular, afinal.

– Doutor...

Banner ergueu a mão esquerda. Ele usava um pequeno anel de sinete.

– Anel de pedras preciosas – disse. – Topázio branco. Barato. Tenho uma gaveta cheia deles, e sempre gosto de usar um. Quer saber algo interessante sobre o topázio branco? Você pode usar a radiação gama para mudar sua cor. Este era branco da última vez que olhei para ele.

A pedra preciosa em seu anel de sinete era de um azul pálido.

– Essa coisa do homem-cão – Banner continuou. – Eu acho que é um produto de um tipo de engenharia genética de alta escala, embora um tanto quanto mal executada. Na verdade, já vi esse tipo de coisa antes. Novos Homens. O que significa que há relação com um determinado indivíduo chamado Herbert Edgar Wyndham. Como estou indo até agora?

– Rapaz, você é inteligente, doutor – disse McHale.

– Talvez seja por isso que estou aqui – respondeu Banner, com menos candura do que na última vez em que dissera isso. Percebeu que havia sido cínico com McHale. Estava agitado, e o incidente no beco havia, provavelmente, acabado com a maior parte da reserva de sedativo de sua pulseira.

Teria que se cuidar. Ele tinha que se manter no controle.

– Você é realmente muito inteligente, doutor Banner.

A voz distorcida havia saído de um alto-falante metálico pendurado em um poste de metal ao lado da correia da esteira.

– Wyndham? – perguntou Banner.

– Doutor Banner, você sabe muito bem que eu não uso mais esse nome. É vestigial e antiquado.

– Wyndham, o que você quer de nós?

O alto-falante estalou. Banner teve certeza de que ouviu uma música tocando ao fundo, alguma canção popular do século passado.

– Devo confessar – o alto-falante guinchou. – Eu senti um tipo de aborrecimento quando fui informado de que você tinha vindo a Madripoor. Você representa o tipo de problema que eu procuro evitar. Mas ao refletir sobre isso, reconheci que uma oportunidade havia se apresentado para mim.

– Wyndham?

– O tempo é curto, doutor. Devemos aproveitar o dia. Agarrá-lo enquanto ainda há um dia para aproveitar.

Uma porta de enrolar se abriu ruidosamente na extremidade mais distante da fábrica, e a luz inundou o lugar. Banner viu figuras que se aproximavam contra o clarão.

– Mantenha-se calmo, doutor – disse McHale, se esforçando para ficar de pé. Nas gaiolas em torno deles, os outros detentos se agitaram. Alguns gemiam ou gritavam debilmente no dialeto local.

Uma escotilha de teto se abriu acima das fileiras de gaiolas. A luz do dia caiu sobre eles.

Um híbrido de humano/gato desceu pela escotilha e caiu em cima de uma das gaiolas. O homem dentro dela gritou de medo, e seus gemidos ansiosos foram acompanhados por outros nas proximidades. A coisa-gato sibilou para eles e começou a saltar de gaiola em gaiola, seguindo pela fileira. Passou pela gaiola de McHale e pousou na de Banner.

Banner olhou para cima. Os grandes olhos amarelos o fitavam. A coisa sibilou novamente.

– Afaste-se, porra! – gritou McHale.

– Não provoque, McHale – Banner pediu, estendendo a mão de modo pacificador na direção de McHale. Mantinha os olhos fixos na coisa-gato que olhava para ele.

As figuras que haviam entrado pela porta de enrolar se aproximaram. Um deles era a coisa-cão do beco. Atrás dele trotava um híbrido de roedor menor, e algo agachado e trôpego que havia sido misturado com o DNA de um símio. Todos os três usavam roupas esfarrapadas.

Os prisioneiros se calaram. Banner podia sentir o cheiro do medo.

O híbrido-cão soltou um grunhido, e a coisa-roedor correu para buscar uma caixa de controle que estava presa a um gancho em um pilar de apoio ali perto. Ele correu de volta, segurando a caixa junto ao peito com o cabo de extensão se arrastando atrás.

O híbrido-cão pegou a caixa e ativou um botão. Com um baque metálico, um motor elétrico começou a se mover, e um sistema de guincho antigo e sujo de graxa começou a deslizar ao longo de um trilho acima, suas correntes balançando.

Demorou uma era para chegar. A coisa-cão esperou até que a unidade estivesse ao lado da gaiola de Banner e, em seguida, parou o motor. O híbrido-gato empoleirado acima de Banner se inclinou para fora, pegou a corrente que balançava e a conectou a um enorme anel de metal no topo da gaiola.

– Doutor – McHale começou. Havia um sério tom de preocupação em sua voz. Ele agarrou as barras de sua jaula, olhando para Banner.

– Está tudo bem, McHale – disse Banner, lutando para manter a calma. – Está tudo bem. Por favor, mantenha a calma para que eu possa manter a calma.

– Talvez – McHale disse –, talvez você *não devesse* manter a calma.

Banner se encolheu. Sentiu uma onda de calor percorrer sua espinha e uma escuridão verde surgiu em sua visão periférica. Lutou para espantá-la.

– Não, McHale – disse cuidadosamente, controlando sua respiração. – Não diga isso. Não deseje isso. Nem sempre. Nós não precisamos disso. Ninguém precisa disso.

– Mas, doutor...

– Por favor, McHale.

O híbrido-cão girou um botão na caixa de controle. O guincho do guindaste começou a gemer, e o tambor rotativo assumiu a tensão da corrente. Banner tentou se estabilizar quando a gaiola começou a se mover. Ela se inclinou para o lado no começo, e depois balançou quando se soltou da correia transportadora com um solavanco. O híbrido-cão e a coisa-macaco atarracada moveram-se para prendê-la. Eles ajustaram seu movimento até que a gaiola estivesse pendurada diretamente abaixo do guindaste. A coisa-cão deixou o tambor puxar mais alguns centímetros da corrente barulhenta e, em seguida, desligou o motor.

Banner estava suspenso em uma gaiola que balançava suavemente a mais de quatro metros e meio acima do chão da fábrica. O híbrido-gato ainda estava montado nas barras acima dele.

O híbrido-cão acionou outro botão, e o guincho começou a voltar por seu trilho imundo. O movimento fazia a gaiola balançar para trás e para a frente. Banner teve de se agarrar às barras.

– Doutor! – McHale chamou por ele. – Doutor!

– Está tudo bem, McHale – Banner gritou de volta.

Os prisioneiros nas outras gaiolas ficaram agitados novamente. Alguns soluçavam. A maioria chorava e implorava, as mãos esticadas para além das grades.

O híbrido-cão, que caminhava com seus companheiros seguindo a gaiola que se movia, soltou um rugido feroz. Os prisioneiros rapidamente se calaram.

A gaiola chegou ao final do trilho, e a coisa-cão a baixou, pousando-a sobre uma paleteira. O híbrido-gato desengatou as correntes e depois saltou para o chão. Juntos, os quatro Novos Homens puxaram a paleteira e sua carga útil até uma rampa de metal enferrujada e a subiram até um elevador de carga amassado.

A coisa-cão fechou o portão sanfonado do elevador com um puxão e lançou um olhar feio para Banner.

– O que acontece agora? – perguntou Banner.

A coisa-cão estendeu o braço pelo portão e lhe jogou uma chave. Ela quicou ao cair no piso do elevador e caiu, antes das grades da jaula.

– O quê? – perguntou Banner.

O híbrido-roedor estendeu a mão e apertou um botão na parede. Ouviu-se um baque distante, e o elevador começou a subir.

Banner olhou fixamente para os quatro Novos Homens que o observavam através do portão até que deslizassem para longe de sua vista e ele estivesse olhando para nada mais a não ser a escura e viscosa parede do fosso.

Mantinha sua respiração cronometrada. Limpou a boca com a palma da mão e em seguida mexeu no cabelo.

Acalme-se, acalme-se...

O elevador parou com um baque. Algo que parecia luz do sol entrava no elevador pela porta sanfonada. Era meia-noite, não era? Passava da meia-noite. A desorientação de Banner aumentou.

Calma!

Banner se agachou e se inclinou para fora da gaiola, tateando para encontrar a chave caída. Estava quase fora de seu alcance. Ele fechou os dedos em torno dela, trouxe-a de volta para dentro e abriu a fechadura.

Saiu da gaiola, arrastou o portão sanfonado e passou por ele.

A sala diante dele se enchia de um brilho suave e dourado. Uma música tocava, outra canção antiga, dos dias anteriores às guerras mundiais. O tom era suave e arranhado: um velho gramofone.

A sala tinha sido bela, mas agora estava desbotada e desgastada. As paredes estavam cobertas de fotografias antigas: homens sérios usando ternos, senhoras elegantes com guarda-sóis, equipes de remo, partidas de polo, uma sociedade formal. Mesas laterais e prateleiras estavam entulhadas de livros e arquivos esfarrapados, garrafas e frascos, amostras de insetos em caixas de vidro, crânios e galhadas, instrumentos científicos antigos, jornais amarelados, cartões de arquivamento, uma máquina de escrever e um filme de raio-X em um envelope.

Havia um sofá Chesterfield, várias poltronas e uma velha pianola. O gramofone com seu alto-falante em forma de chifre jazia sobre uma mesa no canto, discos antigos empilhados ao lado dele.

As cortinas estavam fechadas. Banner foi até a janela mais próxima e puxou o pano para o lado. Olhou para baixo e viu as ruas desordenadas da Cidade Baixa de Madripoor. Era noite, um labirinto de ruas descrito por placas de néon e janelas iluminadas.

Banner se virou e caçou a fonte da luz suave. Dentro de uma cúpula de vidro sobre uma mesa lateral, um Sol em miniatura brilhava. No início ele pensou que fosse um truque, algum tipo filamento de lâmpada, de dimensões exageradas, mas sentiu seu calor enquanto se aproximava. Era do tamanho de uma toranja. Ele podia ver o alargamento de sua massa coronal e as pequenas marcas das manchas solares crescendo e desaparecendo em sua superfície ardente.

Pontinhos minúsculos giravam em torno dele: planetas. Era um miniplanetário, um modelo de um Sistema Solar, mas não havia sinais visíveis de apoio para os corpos planetários. Como havia sido feito? Como fora possível?

– Não olhe para ele por muito tempo.

Olhou ao redor.

Wyndham o observava da porta do quarto adjacente.

Banner piscou. Seus olhos estavam doloridos. Podia ver pontinhos em suas pálpebras.

– Um modelo – disse ele.

– De certa forma – disse Wyndham. – Eu fiz isso. As escalas orbitais foram encolhidas de maneira conveniente, mas o processo de fusão termonuclear é real o suficiente.

– Em um frasco de vidro?

– Um campo de força, na verdade. Caso contrário, não haveria problemas secundários de gravidade, magnetismo, e assim por diante. Não se pode ter um vento solar soprando por sua sala de estar, pode?

– É um brinquedo, então? – perguntou Banner.

– Não – disse Wyndham. – É um lembrete.

Herbert Edgar Wyndham não era mais inteiramente humano há um longo tempo. Alto, poderoso, imperioso, ele estava trancado em uma vestimenta de metal flexível moldada ao seu corpo. A vestimenta interna reforçada com nervura era prateada. A armadura exterior, botas, luvas, capacete eram magenta polido. Seu design fazia Banner se lembrar do robô *art déco* do filme mudo *Metrópolis*, de Fritz Lang. Era com isso que o futuro se parecia da época em que Wyndham cresceu até os primeiros anos do século XX. Para um homem de ideias tão avançadas, Wyndham estava estilisticamente preso ao seu próprio passado.

– Você disse algo sobre uma oportunidade, Wyndham – disse Banner.

Wyndham abanou a mão com desdém.

– Por favor, doutor – ele respondeu. – Esse nome não. Ele representa um outro eu, uma iteração passada. Você sabe muito bem como eu gostaria de ser tratado.

– Eu sei – disse Banner, com absoluta certeza de que não usaria aquele título. Anos antes, Wyndham se autodenominara o Alto Evolucionário, o que, para Banner, soava como a prole profana de uma união entre H.G. Wells e George Orwell.

Banner temia que essa conotação fosse deliberada.

Wyndham era perigoso. Para começar, ele era provavelmente o homem mais inteligente do planeta. Ele o era desde o nascimento, e inúmeras melhorias científicas haviam ampliado sua capacidade intelectual para um nível igual ao de entidades cósmicas avançadas. Ele não era o que a S.H.I.E.L.D. classificaria como um "supervilão", também. Às vezes Wyndham até parecia operar para o bem da humanidade.

Mas ele era singular, implacável – e tinha perdido sua bússola moral décadas atrás. Seus chocantes projetos de eugenia, feitos para o "aperfeiçoamento" da espécie, resultaram em alguns problemas realmente calamitosos.

– Eu esqueci meus modos – disse o Alto Evolucionário. – Olá, doutor Banner.

Ele fez um aceno cortês. Sua voz, modulada artificialmente, saiu da boca de seu visor sem que os lábios esculpidos se movessem. Seus olhos eram vítreos, lentes azuis sem pupilas.

– Wyndham – disse Banner.

O Alto Evolucionário não reagiu ao uso contínuo do nome por parte de Banner.

– Junte-se a mim – disse o Alto Evolucionário. – Você chegou bem a tempo.

– Do quê? – perguntou Banner.

O Alto Evolucionário sinalizou, e Banner o seguiu através de uma porta dupla até a próxima sala. Era o tipo de laboratório no qual o Doutor Moreau* teria se sentido muito confortável. Bancadas, frascos, microscópios, jarros químicos, balanças, papelada e instrumentos cobriam todas as superfícies. Como um aceno para a modernidade, Banner viu quadros brancos nas paredes, cobertos com equações rabiscadas e notas adesivas.

– Não é bem seu laboratório para experiências de costume – comentou Banner. Ele colocou seus óculos e começou a estudar as equações do quadro branco, tentando lê-las rapidamente e dar sentido a elas. Códigos genéticos... fatores de transcrição, a operação de uma quinase de proteína dependente de DNA...

– Este é apenas um espaço de pensamento – disse o Alto Evolucionário. – Um quarto privado no qual ponderar e projetar. Tenho instalações mais sofisticadas nos andares abaixo.

Ele olhou para Banner. Os olhos azuis vítreos eram arrepiantes.

– Embora não seja, como você diz, o tipo de laboratório ideal. Esta é uma iniciativa apressada, e lançada também com pressa. Eu estava planejando algo, doutor: um grande ato. Estava a anos de distância de ser concretizado. Meus planos levam tempo para amadurecer. Eu mal havia começado a concebê-lo, quem dirá construir as instalações necessárias. Mas então, surgiu uma situação, e eu fui desviado para esse esquema como uma questão de prioridade.

Ele fez um gesto com as duas mãos.

---

* Personagem que dá vida a criaturas monstruosas no livro *A ilha do Dr. Moreau*, de H.G. Wells. (N.E.)

– Por isso, o estado precário de minhas instalações – disse –, alojadas em uma fábrica abandonada nos bueiros desta condenável cidade. Fiz o melhor com o que consegui reunir. Discernimento, doutor. Tenho certeza de que você pode apreciar isso.

– Você escolheu Madripoor – disse Banner.

– Ela tem um controle de fronteira bem negligente – respondeu o Alto Evolucionário. – As pessoas aqui podem ser pagas ou persuadidas de outro modo a fazer vista grossa.

Ele olhou para Banner.

– E agora você aparece à minha porta.

– A S.H.I.E.L.D. me trouxe até aqui. Você já sabe disso.

– Típica mentalidade operacional da S.H.I.E.L.D. – comentou o Alto Evolucionário – Enviar força física para interromper minhas atividades.

Banner apontou para si mesmo de um jeito zombeteiro, querendo dizer "quem, eu?".

– O seu outro eu – disse o Alto Evolucionário. – A S.H.I.E.L.D. quer me deter, então a S.H.I.E.L.D. decide me esmagar.

– Fui contratado como consultor – disse Banner. – É a minha mente que eles querem usar, não o meu... alter ego.

– Então a S.H.I.E.L.D. realmente está chegando ao fundo do poço – disse o Alto Evolucionário. – Tentar me frustrar em um nível puramente intelectual é redundante.

Ele olhou para Banner.

– Não quero ofender. Você é um cientista talentoso. Alguns de seus trabalhos têm seus méritos.

– Mas dificilmente eu seria igual a você? – perguntou Banner.

– Claro que não. Mas na verdade, eu ia dizer que um homem de sua inteligência em breve desejaria me ajudar, não me frustrar.

– Isso vai ser bom – disse Banner.

– O mundo está prestes a morrer, doutor – disse o Alto Evolucionário. – Ele tem, eu estimo, quatro a seis meses restantes. E tenho a intenção de salvá-lo.

– E quer fazer isso, deixe-me adivinhar, governando o mundo? – perguntou Banner.

– Isso foi muito perspicaz. Exatamente.

– Eu estava brincando.

– Eu não estava.

Banner estreitou os olhos.

– O mundo vai morrer? – perguntou.

– Muito em breve.

– Em que você baseia essa suposição?

– Eu tenho uma fonte muito confiável, doutor – disse o Alto Evolucionário.

– Como...

– Por favor, doutor. Se você ouvir e me deixar falar, vai descobrir que posso responder todas as suas perguntas sem que você tenha de perguntar.

– Você acabou de se esquivar de uma.

– Doutor Banner...

– Onde está a fonte de raios gama, Wyndham? – perguntou Banner. – O que é isso?

– Um arsenal de radioisótopos. Principalmente potássio-40, com a amplificação adicional de elétrons de alta energia.

– É um enorme perigo de radiação – disse Banner. Ele ergueu a mão. A pedra preciosa em seu anel estava com uma cor azul tão escura que se tornava quase preta. – Você não o blindou. Ele está causando danos incalculáveis para este centro populacional. Wyndham, você...

– Doutor Banner – respondeu o Alto Evolucionário –, no prazo de três dias o estoque vai formar o núcleo de uma bomba de raios gama que vai aniquilar Madripoor, junto com a Zona Oriental do Pacífico Sul, e irradiar-se para todo o planeta. Então, como vê, a blindagem seria realmente certo desperdício de esforço.

11

Washington, DC
08h53, hora local, 12 de junho

TONY STARK ESTAVA COMEÇANDO a apagar. O esquecimento parecia um jeito misericordioso de se livrar do sofrimento, mas ele sabia que era apenas a falta de oxigênio falando. Seu corpo queria se desligar para que a dor parasse.

Seu cérebro tinha outras ideias.

Com um agudo grunhido de esforço, ele fechou as mãos em volta do antebraço de Ultron, e o aperto de Ultron se intensificou. A armadura de Stark estalou e falhou, suas pernas chutavam e balançavam.

Ele disparou os repulsores das duas palmas.

A explosão fechada e próxima, contida entre as mãos apertadas, destruiu o braço de Ultron, desintegrando-o até a altura do cotovelo. A força da liberação de energia selvagem fez com que o Homem de Ferro voasse para trás, batendo no chão com força, quicando, rolando, quicando de novo, e então deslizando até parar.

Desmaiou. Só por um segundo.

Os alertas e avisos piscando em seu capacete o trouxeram de volta. Vários diagnósticos de falha apareciam em toda a extensão de seu visor em pulsantes letras vermelhas e grossas.

A ênfase visual parecia uma boa ideia quando ele a projetou. Agora, com tantos alertas vindo de uma só vez, ele mal podia ver qualquer coisa além do letreiro vermelho grosso que pulsava.

– Cancelar notificações de alerta – resmungou. Podia sentir o gosto de sangue. Teria que dar a seu quiroprático um bônus de desempenho para curar seu pescoço. Havia uma terapeuta de Shiatsu chamada Summer que provavelmente poderia ajudá-lo também.

Tentou se sentar. Sua armadura estava arranhada e amassada, mas eram os sistemas dinâmicos que o preocupavam. Usar os repulsores das luvas com um foco tão apertado havia sido uma aposta. O esquerdo havia fritado completamente, e o da direita estava destruído. Os sistemas de reparo automático tentavam remendá-los rápido, mas levaria um bom tempo de oficina para trazer a armadura de volta à sua melhor forma.

Stark piscou. Olhou para baixo e gemeu com desgosto ao ver a enorme mão direita de Ultron ainda fechada em torno de seu pescoço. O toco estilhaçado do antebraço pendurado em seu peito como um gigantesco medalhão. Aquilo não era muito legal. Não usava medalhões assim desde os anos 1990.

Com as duas mãos, ele lutou para arrancar a mão morta de sua garganta. Suas mãos doíam. O coice da explosão havia queimado suas palmas. Ele arrancou o pedaço de braço e jogou-o para o lado.

O toco caiu no chão de concreto bem ao seu lado. Em seguida se contorceu, flexionou os dedos e começou a rastejar em sua direção.

Stark manifestou sua repulsa em palavras que, mais uma vez, seu relações públicas não teria apreciado, e rolou para longe da mão rastejante. Deus, como doeu. Não importava o diagnóstico da barra lateral em seu visor, listando os 27 sistemas separados da armadura que estavam comprometidos ou inoperáveis. Ele imaginou o que os diagnósticos sobre o seu próprio corpo listariam.

A mão se movia em sua direção. Seus repulsores estavam no modo "já era", então ele se virou e apontou sua bota esquerda para ela. Uma explosão do jato de sua bota fez com que a mão fosse lançada para o outro lado do salão.

Ainda bem que ele não tinha medo de aranhas.

Lutou para se levantar. Ele tinha era medo de robôs gigantes, homicidas, sencientes e destruidores de mundo. Onde diabos estava o resto do Ultron?

A fumaça espessa e nuvens de poeira de nanito estavam prejudicando a visibilidade. As chamas de vários incêndios ao redor da Câmara Negra também não estavam ajudando muito. Ele não poderia tomar nenhuma resolução decente porque os sistemas ópticos de seu traje haviam sido danificados. Pensou em levantar a viseira e usar seus olhos reais, mas isso significaria perder a integridade da vedação que o traje proporcionava.

Porém, provavelmente já a havia perdido. A armadura estava muito danificada. Poderia haver vários rasgos e furos em ambos os revestimentos, o interno e o externo. Mesmo microfraturas seriam o suficiente para deixar os nanitos subatômicos invadirem. Ele não seria capaz de ver o que estava acontecendo. Até mesmo seu sistema de avaliação de danos estava danificado, não sendo mais capaz de dizer o que estava acontecendo até que fosse tarde demais. E provavelmente já estaria acontecendo naquele momento. Aquilo...

– Ah, para o inferno com isso – disse, e arrancou a viseira. A placa facial do Homem de Ferro, com seu acabamento dourado, se projetou, ergueu e se retraiu para trás sobre sua testa.

Ele podia sentir o cheiro forte de fumaça, os plásticos em chamas, a poeira, os carbonos sujos. Podia sentir o calor em sua pele.

E podia ver.

– Priorizar a reparação do sistema óptico – disse à armadura. – Não, priorizar a reinicialização do repulsor. Não, priorizar os dois. Droga, apenas arrume tudo, e rápido!

Deu um passo para a frente. O terreno em volta dele estava cheio de nanoformas queimadas e mutiladas. Destroços, vidro e metal rangiam sob suas botas. Um dos blocos de servidores mais próximos soltava faíscas e camadas de fumaça de seu núcleo. Cabos cortados brotavam do topo. Ele podia sentir os nanitos invisíveis rastejando sobre a pele de seu rosto, descendo pelo pescoço, entrando em sua armadura. Não, provavelmente era apenas suor.

Não, provavelmente eram nanitos.

– Ei, Ultron? – gritou. – Acabamos?

Nada se moveu além das chamas.

– Ultron? Camarada? Não vá embora bravo. A festa ainda não acabou. Nós vamos tomar umas cervejas.

Ainda nenhuma ligação de dados externa, e nenhuma rede de comunicação. O mundo lá fora poderia ter terminado. A contagem regressiva Zero Seis era puramente especulativa agora; números sem importância piscavam como um despertador de cabeceira depois de uma queda de energia. Mas mesmo um despertador de cabeceira depois de uma queda de energia pisca a hora certa duas vezes por dia. Ou algo assim...

– Cale a boca, Anthony – disse a si mesmo. *Volte para o jogo. Volte para o maldito jogo*. Sua mente estava vagando. Provavelmente tinha levado uma pancada na cabeça. Concussão? Uma subdural? Ele...

– Cale a boca, Anthony – repetiu. É claro que muitas pessoas, Clint Barton em particular, pensou Stark, haviam levado uma pancada na cabeça anos atrás e vinham agindo como loucos desde então. Portanto...

– Cale a porra da boca! – rosnou para si mesmo.

O mundo lá fora estava morto? Não havia jeito de saber. O evento Fim-de-Tudo, Adeus Humanidade da SIA poderia ter ocorrido enquanto ele estava lutando contra Ultron. Talvez ele fosse apenas um lunático, uma reminiscência sobrevivente dos dias orgânicos – mancando por um armazém em chamas em um traje de lata quebrado, acreditando que ainda havia esperança.

Ele havia sido tão completamente invadido pelos nanitos que poderia ter sido desmontado sem saber e se transformado em uma nanoforma que apenas pensava que ainda era humana. Ele poderia ser parte de tudo isso agora. Se isso fosse verdade, a Singularidade era um saco. Stark não se sentia de nenhum modo iluminado ou hiperconsciente. Se a intenção dos nanitos era fazer dele uma ligação com todos, então eles haviam esquecido a maionese, o queijo, a cebola, o vinagrete e os picles à parte.

Pensar nos nanitos fez sua pele arrepiar toda novamente. Sentiu uma coceira no queixo, e rapidamente o esfregou. Não, não eram nanitos. Apenas sangue, escorrendo de sua boca.

Como se isso fosse uma coisa boa.

Ele esperava que até aquele momento já houvesse sofrido um ataque de nanoformas. Houvera muitas delas, e elas caçavam para matar. Onde...

Houve um apito. Diagnósticos. *Repulsor da direita, 65% de reparação alcançada.*

Na hora certa.

A nanoforma veio até ele. Tinha dois metros e meio de altura, um endoesqueleto enegrecido pela fumaça, os olhos em sua face de crânio brilhando verdes. Sua mão esquerda formava um enorme cutelo.

Stark desviou do golpe da lâmina, em seguida atingiu a coisa no peito com um raio do repulsor. A nanoforma caiu para trás. Uma segunda o acertou pela esquerda. Ele lançou um raio repulsor em seu rosto antes que a coisa pudesse afundar as garras nele.

Repulsor direito, falha de energia. Offline.

Que ótimo.

A terceira nanoforma o atingiu por trás. Stark caiu e rolou com o impacto, chegando a se agachar bem a tempo de bloquear o ataque do humanoide com as duas mãos. Ele esmagou os dedos de sua mão esquerda na caixa torácica do adversário, recuando enquanto choviam golpes nele com os dois punhos. Segurando a criatura com força, levantou-se e arrancou cabeça dela com um soco.

Stark se pegou imaginando por que elas pareciam tão humanas. Por que formas esqueléticas gigantes? Por que os crânios com olhares maldosos? Para inspirar medo?

Não. Ultron admirava a eficiência dinâmica da forma humanoide. É por isso que havia adotado essa forma para si. O esqueleto humano era uma máquina que funcionava bem. Não havia nenhuma necessidade especial de rever o design esteticamente, mas também não havia necessidade de usar tecido mole ou acabamento. As nanoformas pareciam esqueletos, simplesmente porque a carne era redundante.

A carne era redundante.

– Esta sim é uma frase que estou feliz de ter criado – murmurou Stark.

Ele teve que acertar a nanoforma seguinte duas vezes para derrubá-la. O segundo soco separou a mandíbula do crânio com um silvo de faíscas e fragmentos de metal.

Olhou para os humanoides que já havia derrubado. Eles se reparariam logo e...

Eles não estavam se reparando. Nem um pouco.

Na verdade, pareciam estar se dissolvendo, se partindo em material molecular cru, que corria pelo chão como filetes de petróleo. A mesma coisa estava acontecendo com as nanoformas que tinha destruído mais cedo. A maioria havia sido reduzida a poças metálicas.

Colocou-se em movimento, seguindo um dos córregos que escorria. Deu a volta no fim de outro bloco de servidores e congelou.

Havia encontrado Ultron.

O constructo gigante estava agachado como uma enorme e nobre escultura de Rodin, parte "O Pensador", parte um corredor esperando a partida. Ultron estava usando nanofatura rápida para se reparar. Foi despindo suas nanoformas servas, canibalizando-as para conseguir massa e material. Os fluxos negros de matéria-prima borbulhavam a caminho de Ultron vindos de todas as direções, fundindo-se e fluindo em sua forma, à medida que se restabeleciam. Seus braços haviam crescido, e os danos ao seu peito estavam fechando. Stark podia ver as mãos que faltavam sendo recompostas diante de seus olhos, a base plana de seus membros formando um invólucro polido.

Ultron estava quase completo novamente. Isso não era bom. Não era nada bom. Stark não chegava nem perto de estar apto ou equipado para encarar mais uma rodada.

Mas a nanofatura estava sendo consumida? Isso era algo positivo. De alguma forma, os recursos de Ultron tinham radicalmente se restringido. Aquilo sugeria contenção. Talvez uma pausa nas fontes de alimentação externas.

Ultron o viu. O gigante ergueu-se de sua posição e começou a atravessar, a passos largos, o andar do armazém, cada passo fazendo o chão estremecer e arrancando detritos sob seus pés.

Stark fez seu relações públicas infeliz novamente.

Ele se abaixou, deu a volta no servidor e começou a correr. Colocou a viseira de volta no lugar e verificou o diagnóstico. Alguns reparos haviam sido concluídos. As opções de voo estavam detonadas, os repulsores desligados, e os seus campos de força não vinham trabalhando por cerca de cinco minutos. Sem comunicações, sem dados externos, sistemas de reação e mira prejudicados, e nada na forma de reserva de bateria. E o seu calendário de compromissos mostrava a data de 43 de janeiro de 1872.

No lado positivo, a ótica estava de volta em níveis decentes de função, e ele tinha uma integridade de armadura razoável, cerca de 40% de força motriz, e o unibeam funcionando, apesar de que um tiro decente dele sugaria mais energia do que já tinha.

– Anthony – a voz de Ultron estrondou. O Homem de Ferro deu a volta no servidor, empurrando a pesada unidade negra para o lado com sua mão. O servidor deslizou e tombou.

Stark deu a volta por trás de outro servidor e correu ao longo do corredor. Podia sentir os passos de Ultron. Um servidor rangeu ao ser arrastado no chão de concreto enquanto Ultron o empurrava para fora do caminho.

– Anthony...

– Você quer resolver isso na conversa, Ultron? – Stark gritou de volta quando ele surgiu por entre dois servidores. As unidades se chocaram como falésias em colisão. O Homem de Ferro se jogou para fora do vão para evitar ser esmagado. Fumaça e jatos de chama irromperam dos servidores, esmagando as extremidades como duas locomotivas que haviam colidido frontalmente.

– Não, Anthony. Eu quero matá-lo.

– Ah, e onde está a diversão nisso? – Stark respondeu. Ele se recompôs e correu. Um servidor inteiro veio voando para cima dele. Stark se atirou para fora do caminho. A unidade dobrou quando atingiu o chão e deslizou, soltando faíscas enquanto se movia.

Ultron pairava sobre ele, estendendo a mão para alcançá-lo. Stark rolou. Não podia deixar que o constructo colocasse as mãos nele. Se fosse agarrado por Ultron, seria *game over*, sem *continue*.

As garras de Ultron atingiram o chão, fraturando o concreto. Stark se levantou e correu, saltando para o topo de outro bloco de servidores e correndo ao longo dele. Ultron agarrou a ponta atrás de Stark e levantou a fileira. Stark caiu, deslizando pelo topo inclinado, e conseguiu pousar com os pés no chão.

Ultron jogou o servidor de lado. Deu um largo passo para a frente e desferiu um soco. Stark se esquivou. O punho entrou na lateral de outro servidor, rompendo seus sistemas em uma violenta explosão. Stark se moveu para a esquerda, de cabeça baixa. Ultron torceu o punho, arrancando-o do servidor, e continuou, ganhando terreno a cada esmagador passo. Um soco finalmente atingiu seu alvo. Foi um forte golpe nas costas de Stark, mais do que suficiente para derrubá-lo no chão com um estrondo.

Ultron o pegou.

– Maldito! – Stark rosnou. Disparou seu unibeam.

A explosão fez Ultron cambalear, seus componentes se descolando do peito e pescoço como uma pintura sob o efeito de uma pistola de calor. Ele soltou o Homem de Ferro, que, sem fôlego, tentou se levantar. Seu poder estava praticamente zerado. A explosão frenética do unibeam havia gasto a maior parte de sua energia. A armadura era como um peso morto em torno dele, fria e lentamente sem reação. Ele se colocou de pé, mas estava muito lento.

Ultron segurou-o pelo torso e o levantou novamente.

– Você me irritou, Anthony – ele disse.

– Mas frustrei o seu esquema de dominação do mundo via SIA? – engasgou Stark. – Certo? Pelo menos admita isso.

– Não.

– Sério?

– Apenas temporariamente. Devo reagrupar e reconfigurar.

– Por mim, nem precisa – disse Stark.

– Eu vou me livrar de você, e então vou reagrupar e reinicializar o processo.

Salvei o mundo por cerca de vinte minutos, pensou Stark. *Ok. Isso é uma coisa. Ou acabei prolongando sua agonia por vinte minutos. Adiando o inevitável. Não é tão glorioso. De qualquer forma, já estou morto.*

Energia? Só um pouco de energia? Por favor? Apenas um último tiro do repulsor? Talvez uma faísca do unibeam? Pode ser...

Stark de repente teve uma má ideia.

Autodestruição? A opção de autodestruição da armadura? Será que isso ainda está funcionando?

Estou morto de qualquer jeito. Eu poderia, pelo menos, levar o filho da mãe comigo.

– Código sequência de destruição! – ele gritou. – Stark, Anthony Edward. Autoridade 1181723!

+ Sequência Destruição autenticada +

– Iniciar!

+ Sequência Destruição iniciada. Destruição em 5, 4, 3... +

– Desativar Sequência de destruição. Stark, Anthony Edward. Autoridade 1181723.

+ Sequência abortada e desativada +

Stark olhou para Ultron. O constructo tinha imitado sua voz tão perfeitamente que enganara o reconhecimento de fala da armadura.

– Adeus, Anthony – disse Ultron. – Você...

Silêncio.

– O quê? – perguntou Stark. – Eu o quê?

Ultron havia congelado. A luz em seus olhos desapareceu. Uma fumaça vazou por sua boca raivosa.

O Visão retirou lentamente o braço da parte de trás da cabeça de Ultron. Ele estava pairando no ar atrás do constructo.

– Seu estraga-prazeres – disse Stark. – Ultron provavelmente estava prestes a dizer algo realmente importante, e agora nós nunca saberemos.

O vingador humano sintético se afastou calmamente até ficar totalmente à vista de Stark. Ele era alto e belo, quase divino em sua perfeição humana. Ele vestia verde e amarelo, seu rosto austero era escarlate. Sua capa balançava suavemente atrás dele.

– Cheguei o mais rápido que pude – disse Visão.

– O que você fez? – perguntou Stark.

– Havia pouco tempo para sutilezas – respondeu o sintozoide. – Reduzi a densidade de meu membro a um nível intangível, o inseri no córtex de Ultron, e restaurei a densidade a um estado superior à do urânio duplicado.

– Você explodiu o cérebro de Ultron?

– Eufemisticamente – Visão concordou. – Catastroficamente, eu desativei o hardware cortical de Ultron.

– Pode me ajudar a descer? – Stark solicitou.

Com uma facilidade alarmante, Visão retalhou o braço e a mão congelados de Ultron e baixou Stark até o chão. Stark olhou para o monstro imobilizado.

– Você fez um belo trabalho – disse.

– Pelo contrário – respondeu Visão. – Eu fui capaz de desferir um golpe decisivo, mas essa oportunidade só estava disponível porque você atrasou, contrariou e ocupou Ultron por um bom tempo. Até o último momento, a atenção de Ultron estava em você. Ele teria me atacado e lutado contra mim se não estivesse consumido pelo ódio que tinha de você.

– Trago à tona essa qualidade nas pessoas – disse Stark. – Eu não sei. É um dom.

– É bem possível – disse Visão – que você tenha, de fato, salvo o mundo esta manhã. Você foi o primeiro a responder, e o único vingador no local para combater a ameaça de Ultron. Foi uma façanha de determinação e heroísmo. Estou impressionado.

– Bem, obrigado – disse Stark. – Mas eu não acho que isso tenha acabado. Ultron não é só um hardware. É uma senciência digital. É muito, muito provável que tenha fugido. Quero dizer, que tenha lançado sua senciência de volta para a rede de dados global.

– Talvez – Visão concordou. – Mas as possibilidades são limitadas. Danos catastróficos foram feitos. A região da Costa Leste está uma bagunça. A maioria dos sistemas caiu.

– Tumultos nas ruas?

– Distúrbios civis provavelmente já estão em andamento. O que estou dizendo é que Ultron pode não ter sido capaz de...

– Ultron vai encontrar um jeito – disse Stark. – Ele entrou no sistema, e ele pode sair. Ele está conectado a quase tudo, em todos os lugares. Precisamos encontrá-lo. Contê-lo. Prendê-lo, antes de começarmos a reiniciar e reconstruir nossos próprios sistemas.

Visão assentiu.

– Vou precisar de ajuda integral das autoridades – disse Stark.

– Eles vão querer restaurar a ordem o mais rápido possível.

– Eu sei, mas não vamos reiniciar tudo novamente até que Ultron seja arrastado para fora de seu esconderijo e trancado em uma caixa.

– Que tipo de caixa?

– Uma caixa metafórica. É melhor eu começar a entrar em contato com algumas pessoas.

Stark começou a mancar em direção à saída. Visão flutuou atrás dele.

– Você desligou a energia? – perguntou Stark.

– Energia?

– Ultron estava canibalizando para repor suas peças. Seu acesso ao abastecimento externo estava restringido.

– A rede elétrica foi desligada quando eu cheguei – disse Visão.

Stark sorriu.

– Bem, a Agente Especial de Supervisão de Apoio Diane Lansing, da SIGINT, precisa de um grande buquê de flores e um aumento de salário – disse ele.

– Homem de Ferro? – disse Visão.

– Sim?

– Eu não desejo soar negativo neste momento, mas você deve estar ciente de que existem outros problemas.

– Como o quê?

– Eu estava na Torre dos Vingadores quando esta emergência se tornou evidente, e vim para ajudar na mesma hora. Os sistemas de comunicação foram severamente prejudicados, por isso a informação é escassa, mas quando o sistema começou a falhar eu estava monitorando alertas de ameaças. E posso informar a você. O evento-chave estava ocorrendo na Federação Russa.

– Condição?

– Condição Alfa.

Stark fez uma pausa.

– *Isto aqui* é Condição Alfa – disse ele, apontando para o armazém em chamas atrás deles. – Isto aqui. Isto é tão Condição Alfa que precisaríamos de um novo nível de condição apenas para descrevê-lo. E você está me dizendo que há outra acontecendo?

– Uma, no mínimo. Thor e Wanda responderam, mas o contato foi perdido. Há também desenvolvimentos preocupantes relacionados a questões de ameaça envolvendo o Gavião Arqueiro e a Viúva Negra, e o Capitão América. Mas novamente o contato foi suspenso.

– Volte para a parte da Rússia. O que estava acontecendo?

O Visão fez uma pausa.

– Não sei como descrever. Uma parte significativa da Sibéria tinha deixado de existir.

– Destruída?

– Não... deixou de existir em todos os termos do mundo real.

Stark balançou a cabeça e abriu o visor. Limpou a fuligem, o suor e o sangue de seu rosto.

– Acho que Ultron pode ter me batido por tempo demais – ele murmurou. – Conte-me tudo isso de novo.

12

Berlim
20h38, hora local, 12 de junho

O MOTOQUEIRO COM A INSCRIÇÃO "ROADKILL" tatuada no pescoço avançou com uma faca de caça que havia esfolado muito mais do que cervos em seu tempo. Steve Rogers mal parecia se mover. Inclinou-se na altura do quadril, permitindo que o ataque passasse direto por suas costelas em vez de mergulhar nelas. Em seguida, prendeu o braço esticado do motoqueiro com o seu cotovelo e lançou um golpe com a mão aberta sob o queixo do motociclista.

Ele relaxou a chave de braço e o motoqueiro caiu, desmaiado.

– Eu perguntei educadamente – disse Rogers em alemão.

Mas conversar não era um caminho a ser explorado. Mais dois motoqueiros correram para ele, enfurecidos pela visão de seu companheiro sendo "educado" com tanta facilidade. Um tinha quase dois metros de altura e a compleição de uma estação de esqui.

Rogers deu um soco direto que arremessou o menor para trás e em seguida girou um pontapé reverso na cabana de esqui humana.

O homenzarrão era rápido e resistente. Ele absorveu o chute e agarrou o tornozelo de Rogers. Um movimento bem barra-pesada. Tinha um treinamento decente. Isso ficava claro. O Clube Weltschmerz não era uma espelunca urbana padrão, apesar de sua decoração industrial-chique crua e as fileiras de pesadas motocicletas descansando em seus cavaletes no estacionamento lá fora. Era um ponto de encontro conhecido pela direita radical; um monte de indivíduos corpulentos e vestidos de couro que estavam ali dentro eram militares particulares, especialistas independentes, e pior.

Um local de recrutamento ideal para a Hidra, especialmente se a organização estivesse com pressa. Como Capitão América, Rogers havia atacado o clube duas vezes antes, incluindo a vez em que foram chamados a Rathaus para servirem de frente a uma ramificação brutal da I.M.A. com ideias realmente desagradáveis a respeito de eugenia.

Daquela vez ele precisou levar pontos.

O cabana de esqui humana flexionou seu aperto. O intruso americano loiro bonitão usando casaco de couro escuro precisava aprender uma lição, e essa lição envolvia jogá-lo pelo pé em cima da jukebox. Repetidas vezes.

Rogers caiu se apoiando sobre uma das mãos, permitindo que o homenzarrão sentisse seu peso e, em seguida, chutou forte com o outro pé. As juntas de seus dedos se partiram. O cabana de esqui ganiu e o soltou.

Rogers se empurrou para trás, deu uma cambalhota e caiu em pé. Todos os clientes do clube correram para ele, irritados e ansiosos para causar dor. A música eletrônica feroz que explodia nos alto-falantes ainda martelava. Os flashes e *strobos* ainda estavam piscando. Os clientes quase pareciam estar dançando: corpos se movendo no ritmo da batida, apenas um clube da Berlim industrial qualquer, em uma noite qualquer.

Garrafas voaram. Rogers desviou de um soco, bloqueou mais dois, e chutou uma faca de cozinha para longe de uma mão que o atacava. Lançou mais dois golpes rápidos e um levantador de peso barbudo caiu sentado com força no chão, sangue jorrando de seu nariz quebrado. Rogers virou-se e se inclinou para desferir um chute alto que impulsionou outro homem que empunhava uma faca para cima da grade que protegia uma pilha de alto-falantes. A grade dobrou e rasgou, desabando em cima do homem e derrubando-o no chão.

Uma garrafa ricocheteou nas costas de Rogers. Ele deu uma cotovelada em outro motoqueiro, tirando-o de seu caminho, e em seguida passou uma rasteira em um skinhead que se aproximava aos berros brandindo um cassetete. Rogers agarrou o cassetete no ar, usando-o para se defender, e enfiou o bastão no rosto de um homem de negócios, que parecia destoar do lugar ali se não fosse a habilidade com que manejava seu punhal.

Pedaços de dentes voaram.

Rogers girou o cassetete, agarrou-o pelo eixo e usou o punhal curto e grosso para fisgar uma faca de combate da mão de seu próximo atacante. Alguém lhe deu um soco nas costelas. Rogers quebrou o cassetete sobre a cabeça desse alguém.

A briga tornava-se frenética. Rostos zombando surgiam e desapareciam de sua vista sob a luz estroboscópica. Outro alguém pegou Rogers por trás e o ergueu no ar. O cabana de esqui de novo. Tinha de ser. Rogers resistiu ao impulso de lançar a bunda para trás atingindo-o na cabeça. Em vez disso, mergulhou para a frente, deixando o seu casaco de couro para trás na mão do cabana de esqui.

A multidão recuou. Eles puderam ver o que ele estava usando por baixo: a armadura vermelha, branca e azul. Parte acessório de combate, parte declaração ideológica. Eles entenderam por que o americano loiro havia entrado ali sozinho, e por que ele tinha nocauteado tantos deles em menos de um minuto.

Eles também podiam ver o que estava preso às costas dele, sob a capa impermeável.

Alguns fugiram, por medo ou pelo desejo de evitar um incidente que pudesse comprometer carreiras ou contratos.

O Capitão América ficou bastante impressionado com a quantidade dos que não recuaram. O cabana de esqui foi um dos que ficaram. Ele avançou com um uivo beligerante e tentou prender o Capitão com seu próprio casaco para sufocá-lo.

Cap desviou para o lado, soltou seu escudo e, usando as duas mãos, bateu com a parte lateral no rosto do homenzarrão.

O gigante cuspiu dentes e sangue e caiu para trás, levando vários outros agressores com ele.

Um homem – um cara bonito, com jeitão de lobo, vestindo uma jaqueta de aviador de couro preto – sacou uma Sig Sauer calibre 40 do bolso do paletó. Apesar da proximidade dos corpos, ele simplesmente abriu fogo.

Psicopata. Bem, esta era uma das características que deveriam ser marcadas no questionário de recrutamento padrão do Clube Weltschmerz.

Cap bloqueou os disparos com seu escudo, odiando o fato de que as balas que ricocheteavam atingiam a multidão. Três homens caíram. Havia manchas de sangue no chão em meio ao vidro quebrado.

Cap jogou o escudo e derrubou o atirador com um impacto maciçamente forte. Depois pegou o escudo quando ele quicou e, em seguida, bateu com a lateral em um homem que se aproximava com uma baioneta em uma mão e uma garrafa quebrada na outra.

Mais alguém estava atirando. A confusão estava aumentando. Fogo rápido atravessava o clube, quebrando vidros, luzes, perfurando paredes e matando pessoas.

Nesse momento, finalmente, a multidão começou a fugir para se esconder. Corpos pisoteados foram deixados para trás, onde tinham caído.

Cap viu os flashes irregulares que irrompiam da boca da arma de fogo. Pelo som, velocidade de disparo e fúria geral, ele imaginou uma MAC-10 ou uma Enarm SMG. As balas atingiam seu escudo, emitindo sons quase musicais. A música eletrônica, por outro lado, tinha sido interrompida. As luzes ainda estavam girando e piscando, mas os únicos sons eram os gritos e o ribombar abafado da pistola automática.

Cap ficou atrás de um dos pilares de concreto cru do clube – o clube havia sido um armazém de produtos agrícolas antigamente. A luminária caiu do teto, arrastando fios que soltaram faíscas em curto-circuito. Ele esperou até ouvir apenas o ruído do gatilho da arma, em seguida, virou-se e lançou o escudo antes que o atirador pudesse recarregar.

Impacto. O homem caiu.

Cap pegou o escudo.

A escaramuça estava praticamente concluída. Lá fora, podia ouvir as sirenes e as ordens de deitar e permanecer no chão emitidas pelo alto--falante. A polícia e unidades da S.H.I.E.L.D. estavam circulando para a segurança do local e para fazer prisões em massa. Cap estava bastante certo de que ninguém que saísse do clube conseguiria chegar além do estacionamento ou da área de carga e descarga nos fundos.

O clarão dos holofotes de busca brilhava em meio às janelas engradadas do clube. Ouviu-se o baixo pulsar das hélices conforme os helicópteros sobrevoavam o terreno.

Cap pegou o atirador, limpou uma fileira de copos abandonados e garrafas de cervejas do bar com um movimento de braço, e deitou-o em cima do balcão, virado para cima. O atirador era do Leste Europeu e tinha marcas de gangues gravadas em seu pescoço e rosto. Enquanto o homem ainda estava inconsciente, Cap esvaziou os bolsos de sua jaqueta verde desbotada: dois carregadores de munição para a MAC, uma faca, um isqueiro e um saquinho de plástico de alguma coisa ilegal.

Uma carteira.

– Fale comigo, Viktor Tajic – Cap disse, lendo a identidade na janela de plástico da carteira.

O homem se agitou, cuspiu sangue e gemeu. O contato com o escudo de Cap não tinha deixado seu rosto mais adorável.

– Viktor? Eu estou falando com você.

– Salve Hidra! – o homem ergueu a mão, sorrindo desafiadoramente com menos dentes do que tinha quando entrou para tomar uma cerveja naquela noite.

– É, acho que não – respondeu Cap, mantendo a mão sobre o peito de Viktor para que ele não pudesse se sentar. – Mesmo a Hidra tem padrões. Você é imprudente, não qualificado e tem um hábito. Eles nem querem saber de você, não é?

O homem o xingou.

– Que sentimento encantador. Conte-me sobre a Hidra.

– Me solta.

– Não. Hidra, Viktor?

– Alguém estava recrutando – o homem murmurou. Sua energia estava caindo rápido, a dor se fazia presente.

– Aqui?

– Duas semanas atrás.

– Eles não te quiseram?

– Não.

– Mas você queria o trabalho. Eles pagam bem, não é? Não pagam?

– Sim! – Viktor assentiu. Ele apertou os olhos e olhou para Cap. – Eu preciso de algo para a dor.

– Você vai receber. Qual era a descrição do trabalho?

– Sem detalhes – respondeu o homem. Ele estremeceu e gemeu. – Apenas precisavam de operacionais. Experiência militar. Trabalho de proteção. Todos nós sabíamos que era a Hidra.

– Como?

– Eles são conhecidos aqui.

– Sério?

– Sim, sim, mas eles raramente vêm procurando alguém para contratar. Eles geralmente são menos... diretos.

– Não brinca. Como é que os candidatos entram em contato com eles?

– Sem contato – respondeu o homem. – Eles só entrevistam os potenciais candidatos no quarto dos fundos. Lá, ao lado dos banheiros. Eles entram, saem.

– Eles não levaram você?

– Não. Não.

– Mas você achou que, se matasse o famoso Capitão América quando ele veio fazer perguntas, eles poderiam te levar a sério da próxima vez?

Tajic hesitou. Fechou os olhos e balançou a cabeça.

– Você é um idiota – disse o Capitão.

Ele soltou o homem. Era um beco sem saída. Talvez a S.H.I.E.L.D. conseguisse algo nos interrogatórios gerais do pessoal do clube, especialmente. Reservar uma sala particular e espalhar a notícia certamente envolvera algum contato.

A polícia e os agentes da S.H.I.E.L.D. entraram no clube destruído. Os médicos começaram a atender os feridos que se espalhavam pelo chão. O *strobo* foi desligado e as luzes principais se acenderam, duras e implacáveis. No clarão repentino, o lugar perdeu todo o seu fascínio urbano perigoso. Ele estava nu, escasso e sujo, e os sentimentos que antigos cartazes e pichações nas paredes passavam eram desagradáveis.

– Eles fazem você pagar pelos danos aqui? – perguntou Gail Runciter.

Cap suspirou.

Ela olhou ao redor do local.

– Quando você sai para se divertir, você realmente se diverte, não é?

– Eu não estou no clima, Gail – respondeu ele. – Foi burrice. Eu sabia que vindo aqui, eu não conseguiria nada a não ser uma boa briga.

– Você estava procurando por pistas.

– Estava revirando o palheiro. E debaixo da ventania, provavelmente.

– Já tirou isso do seu sistema? – perguntou ela.

– Não. – Ele olhou para ela. – Estou com vergonha de mim mesmo, na verdade. As pessoas ficaram feridas. Pessoas não muito agradáveis, mas mesmo assim são pessoas. Eu estava desesperado, e praticamente eu provoquei tudo isso.

– Faça a sua penitência mais tarde – disse ela. – Eu tenho algo.

• • • •

– Os mergulhadores recuperaram o celular de Gustav Malles – disse Runciter. Eles estavam sentados na parte de trás de um helicóptero silencioso da S.H.I.E.L.D. que pousara no terreno em frente ao clube. – É bem novo – ela continuou. – Comprado há cerca de um mês, em uma loja no centro da cidade. Acreditamos que Malles não estava há muito tempo em Berlim. Ele provavelmente recebeu seu primeiro pagamento da Hidra e se deu um presente.

Ela ergueu o smartphone que estava em um saco plástico para provas.

– O que você encontrou nele? – perguntou Cap.

– Os técnicos fizeram uma varredura por tudo: registros de chamadas, textos, mensagens instantâneas, atividades. Não há nada que poderíamos relacionar com trabalho. Este era o celular pessoal dele. Provavelmente há outro telefone ainda no fundo do rio, um descartável que a Hidra entregou a ele para o trabalho operacional.

– Então, para que serve este? – perguntou Cap.

Ela sorriu para ele de uma forma que sugeria que ele deveria ser paciente.

– Malles gostou de seu novo telefone. Ele o configurou pessoalmente e praticamente usou todos os recursos oferecidos. Acho que ficava brincando com ele quando estava entediado. Era seu novo brinquedo. Ele baixou aplicativos e configurou o Spotify, Instagram e Facebook.

– Facebook? – perguntou o Capitão.

– E vai ficar melhor – ela sorriu. – Em algum momento, ele baixou um aplicativo gratuito chamado *What Next?*. É um GPS básico. Ajudou-o a encontrar os caminhos por aqui, mostrou-lhe os bares e lanchonetes *fast-food* mais próximos. Você sabe, esse tipo de coisa.

– Gail...

Ela sorriu novamente.

– Para usar o *What Next?* você tem que aceitar o *Know My Location*. Malles provavelmente clicou no "sim" quando a caixa apareceu. Não pensou duas vezes. Então, pelas últimas três semanas, o celular mapeou seus movimentos. Malles não usou o telefone para o trabalho, Cap, mas ele estava em seu bolso enquanto trabalhava.

Cap olhou para ela.

– Nós sabemos onde ele foi? – perguntou.

– Melhor ainda, nós sabemos aonde ele ia regularmente.

Ela tirou uma folha de papel e entregou ao Capitão. Era uma lista de endereços.

– O aeroporto, várias vezes. Várias estações de trem.

Ela se inclinou e apontou para um item na lista.

– Este lugar aqui, praticamente todos os dias. É um albergue em Saar. Nós achamos que é onde ele estava hospedado.

– Podemos colocar alguém para descobrir isso?

– Bridge já está enviando uma equipe. O único realmente interessante é este. Um prédio de apartamentos em Riechstahl. Dezenove visitas em três semanas. A última foi imediatamente antes de Malles ir com Strucker para a Auger GmbH hoje.

– Em outras palavras, vá até a casa do chefe, pegue-o e leve-o até a Auger.

– Isso é o que parece.

Capitão olhou para o endereço.

– Pode ser a localização da base de Strucker?

– Sim.

– Temos de avançar – disse Cap. – Se Strucker saiu da água...

– ... e estamos presumindo que é o que ele fez – ela acrescentou.

– Então ele pode arriscar voltar para lá. Para limpá-la ou reabastecer. Talvez pegar algo importante. Ele provavelmente está ferido. Forçado a se arriscar. Ele arriscaria.

– Mas ele não sabe que conhecemos a localização – disse Runciter.

– Strucker não é estúpido. Se for mesmo até lá, ele não vai ficar muito tempo. Vai apenas pegar o que precisa. Com que rapidez podemos nos dirigir para lá?

– Bridge já autorizou a operação – disse ela. – Temos duas equipes táticas indo para a posição.

– Eu vou entrar primeiro – disse Cap.

– Bridge falou que você ia dizer isso – respondeu ela. Em seguida, se inclinou para a frente, deu um toque no ombro do piloto e fez um movimento circular com o dedo indicador erguido. O piloto assentiu com a cabeça e acionou as hélices. Com um gemido, elas começaram a funcionar.

Conforme o helicóptero se distanciava do chão, o Capitão vestiu a máscara.

• • • •

– Seis minutos – disse Runciter pelos fones de ouvido.

Cap assentiu.

– Equipe tática na posição – acrescentou ela. – À espera de sua ordem.

– Ok.

A cidade jazia abaixo deles: luzes brilhantes, fluxos de tráfego cintilando, a neblina âmbar das lâmpadas de sódio das ruas. Logotipos corporativos iluminados em cores néon nos topos das altas instalações comerciais. Luzes piscando em mastros panorâmicos e antenas nos altos dos prédios.

As estrelas já despontavam, pouco visíveis em um céu noturno tingido de marrom pela luz ambiente da cidade. Mas não havia tráfego aéreo: nenhuma luz piscante de aviões de passageiros deixando os aeroportos ou sobrevoando a cidade antes de pousar.

Runciter lhe havia dito que a aviação civil declarara espaço aéreo fechado por causa das crises entre os EUA e a Rússia. Nada se movia internacionalmente. Os crescentes problemas com a comunicação e o tráfego de dados global por si só já haviam aterrado as companhias aéreas por razões de segurança.

– Nada de novo? – ele perguntou, sabendo que ela já teria dito se houvesse.

– Dos EUA? – ela balançou a cabeça. – Ainda está em silêncio. Nada da S.H.I.E.L.D., do governo ou dos Vingadores. Não estamos recebendo nem mesmo tráfego privado ou operadores individuais. O problema se propagou para o Canadá e para a América do Sul.

– Quanto tempo antes de Bridge recomendar um olhar geral na situação? – perguntou Cap.

– Ele está em contato com organizações governamentais e bases americanas na Europa. Um voo partiu para Londres com a missão de ver o que está acontecendo lá. Mais algumas horas, e ele vai autorizar uma missão transatlântica, quer nossos parceiros europeus aprovem o plano da S.H.I.E.L.D. quer não.

– Eu quero estar nesse voo – disse Cap.

– Cara, você não pode estar em todos os lugares – ela disse, enquanto fixava seu colete à prova de balas no ombro. – Você está aqui, Steve. Estamos fazendo isso. Se você está pensando em salvar o mundo, faça um pouco de cada vez.

– Três minutos – o piloto informou pelo rádio. Houve uma queda brusca no ruído. O piloto havia mudado para o modo sussurrante, e o helicóptero estava descendo em direção ao distrito de arranha-céus. O Riechstahl 1.001 era um impressionante bloco de concreto de dezoito andares, construído no alongado e orgulhoso estilo pré-guerra.

O Capitão prendeu seu escudo nas costas.

– Terraço a quinze metros – disse ele ao piloto. O piloto acenou com a cabeça. Cap tirou os fones de ouvido e colocou um fone sob sua máscara.

– Consegue me ouvir? – perguntou Runciter.

– Alto e claro.

Cap desafivelou e abriu a porta lateral, deixando entrar o ar da noite e o guincho dos rotores furtivos.

– Vejo você do outro lado – disse ele.

– Pegue o Strucker – ela respondeu.

Ele saltou do helicóptero. Caindo direto na noite, descendo em direção ao telhado plano do edifício. Rolou ao aterrissar, se levantou e correu para a borda do terraço iluminado. Havia uma porta, mas provavelmente estaria ligada ao sistema de alarme do edifício. Strucker teria escolhido o local com cuidado e, provavelmente, criaria suas próprias armadilhas.

Runciter tinha compilado uma lista de residentes. A maioria fora verificada. Havia um grande apartamento no décimo primeiro andar e um no décimo segundo cujos ocupantes não estavam listados, mas que haviam sido alugados anonimamente por oito semanas por meio de uma corretora estrangeira.

Na borda do telhado, o Capitão jogou a linha de náilon que havia enrolado em torno de sua cintura. Ele a prendeu à parede de concreto da cobertura com um pequeno prego de fusão que deslizou para dentro da pedra como se ela fosse manteiga. Esperou um segundo para que ele esfriasse e deu um puxão de teste, em seguida já estava sobre a borda, saltando e descendo rapidamente pela lateral do edifício.

– Parece bom – disse Runciter em seu ouvido.

– Você está de olho em mim?

– Positivo. Você acabou de passar pelo décimo terceiro.

– Entendido.

Décimo segundo andar. Havia um parapeito. As janelas estavam escuras. Cap pousou seus pés na borda e soltou a corda. Verificou a primeira janela. Através dela, podia ver um plano aberto da sala de estar – modernista, mal iluminada. A janela havia sido fixada. Não tinha como abrir.

Ele se movimentou até a próxima janela. Olhou para o mesmo cômodo. Esta janela não estava fixada. Verificou a tranca e viu o pequeno interruptor de contato colado à borda do batente. Um interruptor de contato em uma janela do décimo segundo andar. Isso era um tipo de paranoia nível Hidra.

– Capitão?

– Trabalhando – respondeu ele.

Ele voltou para a janela fixa e pegou uma ventosa de sucção e uma caneta cortadora laser de seu kit no cinto. Grudou a ventosa no centro do painel de vidro, prendeu-a e em seguida desenhou um círculo na janela com a ponta acesa do cortador. Uma secção circular no vidro do tamanho de seu escudo foi retirada suavemente com a ventosa. Ele baixou-a para dentro e a pousou deitada em cima de um aparador que havia sob a janela. Então se inclinou e se enfiou pelo buraco.

– Efetuando a entrada – disse ele.

– Entendido.

Ele desceu do aparador e pisou em um tapete branco. O quarto estava escuro e silencioso. Ele pôde ver um sofá em forma de L, uma poltrona e algumas reproduções de pinturas expressionistas em molduras pretas nas paredes. Tocou na grade do aquecedor. Estava fria.

A porta ao lado dava para uma cozinha/sala de jantar austera, ampla e espaçosa, com janelas duplas. Cap procurou por sinais de detectores de movimento ou dispositivos de escuta. Tocou a máquina de café, a placa de halogênio e a torneira de design arrojado em cima da pia. Frio, frio, e frio. Abriu a imensa geladeira e foi banhado por sua luz azul. Uma caixa de ovos, uma jarra cheia de uma batida saudável, suco de frutas. O suco estava aberto e dentro da data de validade.

– Alguém está morando aqui – disse ele.

– Entendido.

Fora da cozinha havia um corredor com um pequeno banheiro e um acesso ao elevador do edifício. O painel de segurança ao lado do elevador tinha sido desligado.

Havia escadas para o nível abaixo. Cap viu que as luzes estavam acesas.

– Indo às cegas – ele sussurrou. – Acho que alguém está aqui.

– Entendido.

Com o escudo preparado em seu braço, desceu as escadas em silêncio.

Um quarto, escuro. Cama desfeita, apenas um colchão nu. Outro quarto, exatamente como o primeiro.

A luz estava acesa no terceiro, o quarto principal. A cama estava arrumada com precisão militar, mas alguém dormira ali. Seis ternos caros pendurados no armário, uma pilha de camisas ainda em seus invólucros de lavanderia. A mala estava aberta na cadeira ao lado da cama, poucos itens. Teria alguém começado a arrumar a mala para sair e, em seguida, desistido?

Cap voltou para o corredor. Como se pensasse melhor, ele se virou, ajoelhou-se e olhou debaixo da cama.

Nada.

Cap sorriu para si mesmo, timidamente. A paranoia da Hidra era contagiante. E, de alguma forma, teria sido miseravelmente patético se, depois de todos aqueles anos de luta, ele finalmente levasse Strucker à Justiça depois de encontrá-lo escondido debaixo de sua maldita cama.

Do outro lado do quarto ficava uma sala de estar, também decorada em estilo modernista e sério. As portas levavam até a sala de jantar principal.

A luz estava acesa. Havia uma impressionante mesa de dezoito lugares. Ninguém utilizava aquele espaço para oferecer um jantar há um bom tempo. A mesa estava coberta com arquivos, laptops, maletas de alumínio, mapas e caixas de plástico cheias de armas de fogo e munições novas. No meio da mesa havia um dispositivo cromado do tamanho de uma grande garrafa de refrigerante, que estava em pé com as pernas estendidas. Cap sabia que aquilo devia ser o protótipo da unidade de dispersão que sumira.

Wolfgang von Strucker estava sentado à cabeceira da mesa, encarando calmamente o Capitão.

– Ouvi dizer que você tinha entrado – disse ele. – Eu vi você. – Ele apontou para um laptop aberto ao seu lado. – Embaixo da cama? Sério?

– Eu não esperaria menos de você, Strucker – Cap respondeu. Ele disse o nome claramente para que Runciter ouvisse. Manteve o escudo em prontidão, preparado para ser lançado. Strucker estava do outro lado da sala, mas Cap sabia que poderia derrubá-lo com um lançamento preciso.

No entanto, Strucker era cheio de truques. Uma poderosa pistola a laser jazia na mesa ao lado do laptop. Strucker não fez nenhuma tentativa de alcançá-la. Qual era o jogo ali? As janelas atrás de Strucker estavam abertas para a noite. Ele tinha a intenção de pular? Para tentar uma fuga?

Strucker tinha um corte sobre um dos olhos que ele havia suturado com um kit de primeiro socorros de campo, e seu rosto mostrava hematomas e outras marcas de batalha. Seu terno e camisa eram novos e estavam limpos. Não havia se preocupado em usar gravata.

– Eu não acreditava que haveria sentido em tentar fugir – disse Strucker. – Outra perseguição? – Ele deu de ombros com desdém. – Qual seria o motivo? Você está obstinado, Capitão. E a S.H.I.E.L.D., tenho certeza, tem o prédio cercado e as saídas cobertas. Você me encontrou. Foi um trabalho impressionante.

– Eu apenas segui o rastro de lodo – disse o Capitão.

Strucker riu.

– Ah, as bravatas! Eu havia me esquecido de como você é antiquado. Só não é muito bom nisso. Esta não é mais a década de quarenta, senhor. Ou você gostaria que eu lhe desse um tapa no rosto com uma luva por seu atrevimento?

– Eu passo.

Strucker recostou-se; não havia nenhum detalhe ameaçador em sua linguagem corporal. Cap não gostou de como ele estava calmo.

– O tempo é curto, Capitão – disse ele. – Perigosamente curto. Para todos nós. Eu tinha a esperança de limpar tudo aqui e partir. Eu tinha um objetivo em mente para a próxima fase da minha operação. Sua chegada encerrou essa esperança. Então, vamos terminar a brincadeira aqui. O início. O fim. O caso todo.

– Você está preso, Strucker – disse o Capitão.

– Eu realmente não estou – Strucker sorriu.

– Você está preso e inconsciente, então – disse Cap, inclinando ligeiramente seu escudo.

– Eu vou te dizer o que estou – disse Strucker. – Eu estou livre. Sou um homem livre e o novo mestre do mundo. E o mundo vai me agradecer, de joelhos, por eu me tornar seu mestre.

– Eu já ouvi tudo isso antes.

– E em todas as vezes eu disse a verdade. Mas desta vez, ela é absoluta.

– Você está fazendo uma ameaça – disse o Capitão. Ele apontou para a unidade de dispersão. – Essa coisa. Você vai liberar o seu patógeno. Você vai liberá-lo a não ser que concordemos com suas exigências. Você está fazendo Berlim de refém, para conseguir o resgate.

– Resgate? Uma ameaça? – Strucker jogou a cabeça para trás e riu. – Não, não, meu caro Capitão. De modo nenhum. Ameaças e negociações são muito antiquadas para estes dias e esta época.

Cap deu um passo adiante.

– Então, o que...

De repente ele percebeu o dispositivo de cromo sobre a mesa emitindo um tique muito suave. Strucker ergueu o dedo indicador.

– Não estrague o momento, Capitão – disse ele.

Ouviu-se um clique. Um vapor fino espirrou do topo do dispositivo e encheu a sala de jantar com uma névoa fina.

– Bum – disse Strucker. – Você está morto, Capitão. Assim como os habitantes deste edifício. Assim como os agentes da S.H.I.E.L.D. nas portas. Assim como as pessoas na rua lá embaixo. Assim como Berlim. Salve Hidra!

13

69° 30’ ao sul, 68° 30’ a oeste
09h40, hora local, 12 de junho

ELA SE LANÇOU CONTRA ELES, disparando as duas pistolas. Não havia tempo para ser delicada. Ela tinha dez cartuchos na arma em sua mão esquerda, e cinco restantes na direita. Projéteis silenciosos lançavam-se contra massas corporais e grades de visores. Homens tombavam longe dela. Um deles disparou uma rajada de sua P90 FN, mas ele já estava morto e caindo, e o gatilho foi puxado por um espasmo nervoso. Os tiros acertaram o teto do corredor, fazendo feios buracos no acabamento amarelo de polímero.

Suas pistolas esvaziaram repentinamente; os puxadores travaram na posição de abertura. Ela derrubou o último guarda da I.M.A. com um chute giratório o qual fez com que ele voasse para o outro lado do corredor e se chocasse na parede oposta.

Sem tempo para recarregar. Ela empurrou as travas com os dedões para liberar os puxadores e enfiar as Glocks de volta em seus coldres. Então, deu um chute em uma das P90s caídas. O fuzil compacto girou no ar e ela o pegou.

Um segundo pelotão da I.M.A. virou no final do corredor.

Viúva apoiou a parte traseira do fuzil contra seu ombro, apertou a empunhadura ergonômica, e firmou a arma curta usando a corda de náilon sob a boca quadrada. Ela apontou e disparou rajadas curtas nos alvos que se aproximavam. Cápsulas de balas gastas ondulavam no ar e choviam em torno de seus pés. Dois guardas caíram; os outros se espalharam buscando cobertura.

O corredor reto e modular provia muito pouca cobertura. Ela apagou dois homens que estavam pressionados contra a parede. Eles deslizaram de costas, deixando manchas de sangue na parede. Outro homem se escondeu atrás de alguns tubos de ventilação. A P90 tinha uma boa penetração, então ela atirou nos tubos de fora, explodindo-os em jatos de vapor.

O sexto homem chegou à porta. Ela tentou atingi-lo, mas seus tiros atingiram o batente. Parcialmente protegido, ele respondeu ao fogo. Ela dançou para os lados enquanto os tiros formavam uma linha no chão. Com as costas na parede, ela disparou novamente, forçando-o a se abaixar.

Viúva se virou e começou a correr. O P90 tinha um carregador de plástico transparente para que o operador pudesse verificar a carga sem retirá-lo. Ela havia usado pelo menos um terço da capacidade de cinquenta projéteis da arma.

Os tiros a seguiram.

Ela entrou em uma escadaria e deslizou para baixo pela escada de metal, a arma descansando sobre seu ombro. Aterrissou firmemente no andar abaixo e empunhou o fuzil, mirando para os dois lados – pronta para surpresas.

Alarmes tocavam, pulsos eletrônicos mudos, mas urgentes. Dois técnicos vestidos de amarelo surgiram no fim do corredor, viram-na, e fugiram. Ela começou a correr novamente, a arma apertada contra o peito. Rajadas de balas foram disparadas de cima na escadaria atrás dela, fustigando o chão do andar.

Outra junção, outra escada. Desta vez, ela subiu, voltando ao andar original. Táticas contraintuitivas: eles tinham-na visto fugir para baixo. Esperariam que ela se mantivesse seguindo para baixo pelo edifício.

Chegou a uma pequena câmara. Deslizou para as sombras de uma alcova de manutenção, deixou cair a P90, e enfiou cartuchos frescos em ambas as Glocks. Estava com pouca munição. Ao chegar na Terra Selvagem, ela havia trazido seis carregadores com dez projéteis: quatro em uma das bolsas de seu cinto, e um em cada arma. Os raptores haviam lhe tomado mais de vinte projéteis, e ela tinha acabado de usar mais dois carregadores. Esta era sua última recarga. Os revólveres da I.M.A. utilizavam projéteis compatíveis com a Glock 26s, mas os carregadores não eram intercambiáveis. Para usar munições da I.M.A., ela teria de inserir as balas manualmente nos carregadores vazios, o que levaria tempo.

Viúva removeu o supressor de uma de suas Glocks. Ela ainda poderia precisar de discrição, mas os tubos não lhe permitiam que usasse as armas para golpear seus adversários, e ela também poderia precisar dessa capacidade de parada. Tinha de manter suas opções em aberto.

Era hora de planejar. Ela poderia brincar de gato e rato em torno das instalações durante todo o dia, mas com isso não iria conseguir muito. Tinha em mãos as informações a respeito daquela operação da I.M.A., mas não havia meios de enviá-la para outro lugar. As comunicações haviam caído, e o mundo além da Antártida parecia ter tirado o telefone do gancho. Ela poderia tentar encontrar transporte, uma maneira de sair dali, e tentar contato com o mundo exterior. Mas era uma decisão ousada demais, e parecia não haver garantias de que a ajuda chegaria.

Ela poderia ficar no local e acabar com a I.M.A. Também uma tarefa difícil, mas muito mais viável e, potencialmente, poderia obter um resultado muito mais rápido se as coisas fossem feitas do seu jeito. Se ela fosse esperta. Se pudesse fazer melhor uso dos elementos à sua disposição.

Precisava encontrar o Gavião Arqueiro. Tinha esperanças de que ele ainda estivesse livre.

Recolocou as Glocks no coldre e pegou a P90. Apesar dos alarmes, a área estava tranquila. Espiou para fora da câmara e ao longo do corredor principal, ouviu vozes. Um detalhe passou correndo pela porta. Esperou até que fossem embora.

Arriscou uma olhada no sistema de vigilância do corredor: câmeras discretas instaladas em intervalos na parede, abrangendo todos os ângulos, deixando poucos ou nenhum ponto cego. Todos apresentavam indicadores LED vermelhos, mostrando que estavam em funcionamento. Ela havia evitado calmamente os monitores de segurança ao longo de sua rota de infiltração, mas esta seção era transmitida ao vivo. A I.M.A. seria capaz de vê-la.

Era hora de deixar que vissem. Foi até o corredor e começou a andar, proposital e ousadamente, a arma descansando em seu quadril.

Calculou que demoraria seis passos. Foram apenas quatro. Eles estavam afiados.

– Fique onde está. – Uma voz ordenou pelo sistema de alto-falante. Ela parou, olhou para a câmera mais próxima, e sorriu para ela.

– Eu acho que não – disse.

– Fique onde está e coloque as suas armas no chão.

– Você pode me ouvir, não é? – ela falou olhando para a câmera.

– Fique onde está e coloque as armas no chão.

– Eu não sei se você pode me ouvir – disse ela. – Coloque-me no viva-voz para que eu saiba que você pode me ouvir.

Houve uma pausa. Ela podia ouvir movimentos vindos de ambos os lados do corredor: os esquadrões de segurança se aproximando, mas mantendo-se fora da vista. Até aí tudo bem. O escritório e a escadaria estavam logo atrás dela caso precisasse de cobertura rápida. Ela ouviu um estalo no alto-falante.

– Você pode me ouvir? – ela perguntou de novo. Eles podiam. Conseguia ouvir suas próprias palavras ecoando pelo edifício, por meio do sistema de comunicação interna.

– Abaixe suas armas. – Uma voz soou no alto-falante. – Renda-se.

– Ainda com isso? – ela disse, mantendo seu olhar confiante na câmera. – A I.M.A. é uma organização criminosa, banida pela S.H.I.E.L.D. e pelo Conselho de Segurança das Nações Unidas. São vocês que devem se render.

Houve outra pausa.

– Você está fazendo uma piada? – a voz disse, sua compostura escorregando. – Você está sozinha. Você está desarmada. Você espera que a gente se entregue?

Ela tirou um pequeno tubo de seu cinto e ergueu-o em seu punho, para que a câmera pudesse vê-lo. Seu polegar estava pressionando a ponta dele.

– Eu não – disse ela –, mas as cargas explosivas que coloquei em torno de seu perímetro, de seu gerador de energia, de sua estrutura de desembarque, de sua instalação de fabricação nanotecnológica dizem o contrário.

• • • •

O segurança da I.M.A. ficou mole, sua provisão de sangue foi cortada. O Gavião Arqueiro soltou suavemente seu pescoço e deitou o homem no chão. A estação de segurança era um pequeno cubículo, muito aconchegante, ali só havia ele e o cara inconsciente. O console de controle dava suporte a inúmeros monitores e tinha uma única cadeira. Em uma parede, um extintor de incêndio em uma prateleira. Do outro lado, uma escada até a escotilha que levava ao telhado. Ele fechou a porta e começou a verificar o console.

Os alarmes estavam soando por mais de cinco minutos. Natasha estava sendo Natasha em algum lugar. Ele tinha acabado de ouvir sua voz pelo sistema de comunicação interna há poucos momentos. Que diabos ela estava fazendo?

– Você precisa que eu repita? – Ouviu-a dizer pelos alto-falantes.

Gavião Arqueiro socou os botões procurando pelos ângulos de vigilância, seção por seção. Ele a encontrou. Sim, uma bela vista traseira. Ela estava de pé em um corredor, olhando para cima e segurando algo na mão.

Uma câmera. Ela estava olhando para uma câmera.

O que ela estava segurando?

Ele trocou os pontos de vista da câmera. Precisou de três mudanças para encontrar aquela para qual ela estava olhando. Lá estava ela. Um sorriso no rosto também. Ele conhecia aquele olhar. Um olhar de completa confiança, do tipo "Eu estou no controle".

Aquilo o deixou nervoso. Toda a missão até agora havia sido avião--caiu-corre, senta-para-respirar. E ali estava ela agindo como se fosse parte de um plano extremamente preciso.

Agindo. Palavra operativa. Natasha Romanoff tinha o hábito de improvisar diante de uma crise, esperando que todo mundo a acompanhasse. Ela conseguiu que a I.M.A. a colocasse no viva-voz. Isso significava que ela esperava que o Gavião Arqueiro pudesse ouvi-la, onde quer que estivesse. Ok, e o que ela queria que ele ouvisse?

– Suas exigências são sem sentido. – Ele ouviu o centro de comando dizer. – Renda-se...

– As minhas exigências são muito reais – ela respondeu.

Ele rapidamente deu um zoom. O que era aquilo na mão dela? Um tubo?

– Eu recomendo que você as cumpra, em vinte segundos – disse ela. – Repito, eu coloquei cargas perfiladas em torno de seu perímetro, em seu gerador de energia, sua estrutura de desembarque, e sua instalação de fabricação nanotecnológica.

Gavião Arqueiro ampliou ainda mais. Aquilo era... o tubo de cola de contato que fazia parte do kit em seu cinto. Ah, Natasha, *baby*, você é doidinha.

– Eu tenho que demonstrar? – Viúva Negra perguntou à câmera.

Gavião Arqueiro praguejou. Ele se virou, puxou o capacete em forma de tambor e o fone de ouvido do guarda inconsciente.

Canal... canal... encontre o maldito canal...

– Controle, temos confirmação visual de um pacote suspeito – disse ele. Sua própria voz agora irrompia pelo sistema de alto-falante.

Na tela, Viúva sorriu e assentiu.

– Viu? – ela disse friamente.

Gavião Arqueiro subiu a escada, desparafusou a escotilha do telhado, e esticou a cabeça para fora. A quente luz do sol o atingiu. O calor do pântano rapidamente se infiltrou na cabine com ar-condicionado. O complexo modular amarelo se estendia para longe, cercado pela floresta verdejante.

– Estação de vigilância, qual é a localização do pacote?

Eles estavam falando com ele.

– Hummm, aguarde – Gavião Arqueiro respondeu, procurando algo plausível para dizer. Ele se empoleirou na borda da escotilha e desembainhou seu arco.

– Estação de vigilância! Responda!

– Nos trocadores de calor, lado oeste do complexo! – gritou.

– Você precisa que eu faça uma demonstração? – Ele ouviu a Viúva dizer novamente. Gavião Arqueiro olhou para dentro do cubículo. Nas telas abaixo, ele pôde vê-la fingindo ajustar o tubo de cola na mão.

– Trocadores de calor – disse ela. – Muito bem.

Gavião Arqueiro arrancou uma flecha explosiva e disparou-a – no momento em que a Viúva fingiu pressionar a tampa de seu tubo de cola.

Houve um baque alto. Uma bola de fogo subiu da borda ocidental do complexo. Tudo ao redor do complexo, bandos de pequenos protopássaros e pequenos pterossauros explodiram no ar, assustados com a explosão.

– Ela explodiu! – Gavião Arqueiro gritou no microfone. – Ela explodiu tudo!

Houve um silêncio. Fumaça preta saía dos trocadores de calor subindo em direção ao céu azul.

– Desista de uma destruição maior – disse o comando.

– Você está disposto a cumprir? – perguntou a Viúva.

– Quais são as suas exigências?

– Rendam-se imediatamente. Reúna todo o pessoal de base em seu hangar. Não me impeça. Eu quero um cara a cara com seu líder.

– Se eu recusar?

– Eu continuo a pressionar o detonador. Suas suspensões nanotecnológicas estão sendo mantidas em segurança nas instalações de fabricação. Estou confiante de que você não as quer liberadas no meio ambiente neste momento.

– Nós... cumprimos.

Gavião Arqueiro respirou fundo. *Brinksmanship**. Pura *Brinksmanship*. A pergunta era – o que haveria depois da ameaça? A I.M.A. não ia simplesmente desistir. Eles iam jogar para ganhar tempo.

O que ia acontecer quando eles descobrissem o blefe?

• • • •

Viúva Negra saiu do andar principal em direção ao hangar. Quatro rotorjets de longo alcance da I.M.A. estavam estacionados ao longo de uma parede. O quinto estava sobre uma armação hidráulica, pronto para ser levantado até o ponto de decolagem no teto.

Pouco menos de uma centena de técnicos da I.M.A. e guardas estavam reunidos na área principal. Os guardas não estavam desarmados, mas estavam com as armas abaixadas.

Assim que a Viúva entrou, a equipe de combate que a seguia também entrou atrás dela. Eles se espalharam ao redor dela, cercando-a com suas P90s. Ela os ignorou.

Havia chegado a um impasse. O tubo ainda estava apertado em sua mão esquerda.

– Quem está no comando? – perguntou ela.

Um homem vestido com o amarelo da I.M.A. deu um passo à frente e tirou o capacete. Ele era alto, tinha barba grisalha e sua expressão era de desgosto.

---

* Estratégia que consiste em forçar um oponente a ceder e fazer concessões após ser levado a acreditar que está sendo ameaçado pelo uso de métodos extremos, muitas vezes catastróficos. (N.T.)

– Você? – perguntou ela.

– A Ideias Mecânicas Avançadas não responde bem às ameaças – disse ele. – Sua intrusão aqui é indesejável. Não será permitido que você comprometa o sucesso desta instalação.

– Isso não soa como papo de rendição para mim – respondeu ela. – Eu sou um membro dos Vingadores.

– Eu sei o que você é – ele respondeu.

– Então você também sabe que os Vingadores transformaram a I.M.A. em comida de cachorro todas as vezes em que se encontraram. É o fim. Vocês todos são prisioneiros da S.H.I.E.L.D.

– E onde está a S.H.I.E.L.D.? – perguntou. – Você está sozinha.

– Qual é seu nome? – perguntou ela.

– Thewell – respondeu ele. – Ministro Interino do Controle de Desenvolvimento.

– Qual é o propósito desta instalação?

– Eu não vou dizer nada.

– Nanotecnologia, Thewell. Não faça joguinhos.

– Eu não estou fazendo. Não tenho autorização para falar sobre o trabalho que estamos desenvolvendo.

– Quem tem autorização? – perguntou ela.

– Conselho Superior da I.M.A. M.O.D.O.K. – ele respondeu.

– M.O.D.O.K.? – ela fungou. – E onde é que está esse encantador indivíduo?

– M.O.D.O.K. não está no local – disse Thewell. – Eu me reporto a ele.

– Reporte-se a ele agora.

Thewell hesitou.

– Não posso. As redes de comunicação não estão operando.

Viúva respirou fundo. Interessante. Sua incapacidade de enviar os dados não tinha sido por sua falta de habilidades ou de códigos de segurança. Havia algo mais acontecendo.

– Conte-me sobre a nanotecnologia, Thewell – disse ela.

Thewell olhou para os técnicos atrás dele. Um deles balançou a cabeça lentamente.

Thewell olhou para ela.

– Os nanitos foram projetados para entrar no sistema humano e fabricar nódulos receptores na neuroanatomia do neocórtex – disse ele.

– Receptores para quê?

– Receptores para receber, processar, e amplificar sinais psiônicos.

– Controle da mente, por meio de psiônicos – disse ela. – São os planos de M.O.D.O.K. Vocês pretendem reestruturar os cérebros humanos para torná-los cativos de seu controle.

Ele assentiu com a cabeça.

– Quais centros populacionais vocês pretendem atingir? – perguntou ela.

– Nenhum centro em particular – ele respondeu.

– O seu alcance é global?

Ele assentiu novamente.

Ela pensou sobre aquele gesto. Sua mente estava tentando absorver todo o horror que a I.M.A. estava arquitetando. Um mundo escravizado aos caprichos de M.O.D.O.K., uma raça de fantoches humanos obedecendo a todos os comandos da I.M.A. Mas o gesto de assentimento a incomodava. Thewell havia se recusado a falar no início, mas agora ele estava lhe dizendo tudo, como se nada disso importasse.

Eles esperavam que ela fosse morta muito em breve.

– Como é que o material de nanito vai ser entregue? – perguntou ela.

– Fornecimento de água – disse ele. – A água é um meio eficiente. Introduzido no abastecimento de água, os nanitos autorreplicantes vão rapidamente entrar na cadeia alimentar.

– Abastecimento de água global? – Viúva perguntou.

Mais uma vez, ele assentiu. Por que aquele gesto de assentimento a incomodava tanto?

Porque quando ele consultou seus colegas, um deles havia balançado a cabeça. Só depois Thewell havia começado a falar. Se ele estivesse à procura de aprovação, Thewell teria recebido um assentimento de seu colega. Mas ele tinha conseguido um simples balançar de cabeça em seu lugar.

Esse balançar de cabeça não queria dizer: “Muito bem, diga a ela”. Queria dizer outra coisa. Queria dizer: “Não”. Queria dizer: “Ainda não”. Queria dizer: “Nós ainda estamos esperando por algo, e não estamos prontos". A implicação era: "Fale com ela e a mantenha falando. Mantenha ela ocupada e ganhe tempo para nós". Durante operações de vigilância, ela tinha visto operadores de telefone fazerem exatamente o mesmo sinal sem palavras ao agente que tentava manter alguém na linha. "Continue. Não está pronto ainda."

As coisas estavam prestes a ficar desagradáveis. Sua jogada ousada a tinha colocado na frente e no centro, em um esforço para controlar esse ambiente, mas agora aquele parecia ser um péssimo lugar para se estar.

Era sua vez de girar as coisas.

– Mostre-me as especificações das unidades de nanitos – disse ela.

Thewell olhou para seus colegas de novo. O que tinha balançado a cabeça anteriormente agora assentiu e lhe entregou um tablet.

Um aceno de cabeça. O maldito aceno. Estava chegando a hora.

Thewell olhou para o tablet. Caminhou até a Viúva e o entregou a ela. Em seguida, deu um passo para trás.

Ela olhou para o dispositivo. Havia uma janela de mensagem aberta. Dizia:

"Escaneamento completo. Indivíduo está armado. Nenhum traço de atividade de rádio ou dispositivo sem fio. Objeto suspeito é um tubo de cola".

– Adeus, vingadora – disse Thewell.

Os guardas ergueram suas armas de fogo.

Uma das pernas hidráulicas do suporte onde estava o rotorjet explodiu e rompeu. O suporte dobrou e o pesado rotorjet sobre ele caiu de lado, bateu no chão e rolou. O pessoal reunido da I.M.A. se espalhou saindo de seu caminho.

Viúva se jogou para trás, disparando sua P90 lateralmente, os projéteis formando um arco ascendente. Os disparos automáticos atingiram os guardas que a cercavam à esquerda. As balas fustigavam o concreto. Ela rolou, disparando para o outro lado. Três guardas à sua direita voaram para trás e caíram. Mas ela nunca iria conseguir atingir todos.

Mais três foram atingidos e caíram em uma rápida sucessão, uma flecha enfiada em cada um. De seu ponto de vista alto e escondido, Gavião Arqueiro disparava rapidamente contra os alvos, atirando a segunda e a terceira flechas enquanto a primeira ainda estava no ar.

Os guardas restantes se viraram e começaram a atirar, em busca do arqueiro. Viúva esvaziou seu cartucho no último deles.

Ela abandonou a P90, se colocou de pé e correu para se esconder. Havia balas voando para todos os lugares. Disparos lascavam e se chocavam contra os muros de contenção das baías de manutenção do hangar. Ela mergulhou atrás de um deles e se chocou contra um carrinho de ferramentas.

Da plataforma de controle de voo, Gavião Arqueiro viu que ela já estava protegida. Ele sacou outra flecha e mirou em qualquer um abaixo que empunhasse uma arma. A maioria do pessoal da I.M.A. estava correndo em direção às saídas. Ele avistou o cara com quem Viúva tinha levado um papo, selecionou uma flecha boleadeira, e derrubou-o com um tiro arqueado de setenta e cinco jardas.

Gavião Arqueiro estava sendo alvejado. As balas atingiram a plataforma, a mureta e o beiral do telhado. Ele recuou para a parte de trás da plataforma e pressionou os controles que abriram a cobertura do telhado. Com um baque pesado de motores elétricos, parte do telhado do hangar começou a deslizar, abrindo-se.

Ele foi até as escadas. Desceu um andar pelos degraus metálicos abertos, e então se virou e sacou mais flechas quando já estava na câmara: outra seta explosiva para dispersar mais capangas da I.M.A., e um punhado de flechas de fumaça para realmente atrapalhar a visibilidade e disseminar a confusão.

Desceu o último lance de escadas e atravessou correndo o andar. Um técnico da I.M.A. veio em sua direção e o Gavião Arqueiro o golpeou para o lado. Dois guardas da I.M.A. surgiram da fumaça e ele deu uma ombrada em um, arrancou a arma de assalto de suas mãos e a usou para acertar o outro na lateral da cabeça. Em seguida, deu um chute giratório para derrubar o guarda desarmado.

Ele chegou a Thewell. O executivo da I.M.A. estava caído de cara no chão, com os braços e pernas presos pelas cordas das boleadeiras da flecha. Tinha batido com a cabeça durante a queda e estava desacordado. Gavião Arqueiro o jogou sobre os ombros como se ele fosse um tapete enrolado.

Um guarda da I.M.A. apareceu, apontando sua arma para o Gavião Arqueiro. Um tiro à queima-roupa abateu o guarda. Ele se dobrou e caiu.

A Viúva saiu da fumaça. Ela tinha uma pistola Sperek Seis com o logo da I.M.A. em cada mão.

– Você tem um plano? – ela perguntou. – Ou tudo isso foi para criar um clima?

– Eu acho que devemos nos mandar – Gavião Arqueiro respondeu. – Aqui não é um lugar saudável para se estar. Levamos este idiota conosco por segurança, e para conseguirmos mais informação.

– Como vamos nos mandar?

– Um dos rotorjets. Quão difícil deve ser pilotar um deles?

Eles correram até o mais próximo. Com Thewell sobre seu ombro, Gavião Arqueiro escancarou a escotilha da cabine da nave. Viúva disparou mais um par de tiros, e em seguida olhou para o teto.

– Você destruiu o suporte de elevação – disse ela.

– Ei, eu abri o teto!

– Vai ser apertado de passar.

– Eu te mostro como se faz.

Ela balançou a cabeça e rapidamente entrou a bordo. Ele entrou atrás dela, jogou Thewell em um assento na seção de carga e fechou a escotilha.

Viúva já havia chegado à cabine do piloto. Não havia tempo para verificações pré-voo. Ela ligou a alimentação, acordou os jatos e ajustou as configurações de controle antes de deslizar o assento do piloto para a frente e travar os cintos.

– Eu disse que iria pilotar – falou Gavião Arqueiro.

– Eu sou um piloto melhor – respondeu ela. Verificou os mostradores de potência. Os rotorjets eram alimentados por fusão. Tinham um alcance bem longo. Transoceânico, se fosse necessário.

Ela engatou a subida, o rotorjet se inclinou e levantou voo. Pairou para frente – nariz inclinado para baixo, trem de pouso estendido –, o sopro de ar das turbinas formando redemoinhos na fumaça que Gavião Arqueiro havia soltado. Eles ouviram vários tiros atingindo a fuselagem exterior.

– Para cima e para fora daqui – Gavião Arqueiro insistiu.

Viúva endireitou o nariz, girando, aumentou a potência dos rotores. A nave se ergueu. O telhado do hangar parecia muito próximo. Ela ajustou a altitude novamente e subiu mais, movendo-se em direção à abertura no teto.

E iria ser apertado. Do ponto de vista exterior, a nave parecia muito menor do que a abertura. De dentro do veículo, no entanto, o espaço não parecia largo o suficiente.

Ela arriscou. Os alarmes de proximidade começaram a tocar. Ela se atentou aos controles.

– Devagar! Devagar! – disse Gavião Arqueiro.

Eles atravessaram a abertura. Gavião Arqueiro fechou os olhos. Ele teve certeza de que podia ouvir ruídos de metal raspando e amassando, mas era apenas sua imaginação.

– Vá! – ele gritou. – Vá!

Ela se virou e olhou para ele.

– Mísseis – disse ela.

– O quê? Onde?

– Eles derrubaram o Quinjet com um míssil terra-ar! Eles têm mísseis aqui, Barton!

– Apenas voe! – ordenou.

Ele correu de volta para a escotilha lateral e a abriu. O vento entrou com violência. A nave se erguia acima da estrutura amarela do complexo da I.M.A. Ele procurou. Lá, ao norte. Viu cúpulas de sensores rotativas no telhado de um dos módulos, fixadas dos dois lados de uma pista de pouso maior que a de onde haviam levantado voo.

Um obturador na grande pista começou a se abrir, revelando o lançador de mísseis. O lançador girou, seguindo-os.

– Tire-nos daqui! – Gavião Arqueiro gritou.

Ele ouviu um ping frenético da instrumentação.

– Míssil travado! – ela gritou.

Apoiado na escotilha lateral aberta, Gavião Arqueiro sacou o seu arco, posicionou uma flecha ácida e mirou.

Ele soltou. Dadas as condições e a distância, era um tiro incrivelmente difícil. Tinha certeza de que precisaria de duas ou até três flechas para atingir o alvo.

Mas ele acertou na mosca. A flecha atingiu o lançador de mísseis nas engrenagens sob o quadro. A cápsula na cabeça da flecha se partiu, encharcando o conjunto de engrenagens com ácido fluorídrico. O ácido corroeu os quadros do lançador de mísseis em segundos, e toda a estrutura caiu para frente, desajeitadamente, de nariz para baixo.

O alarme de míssil travado cessou abruptamente.

– Apenas vá – ele gritou. – Antes que eles encontrem outra coisa para atirar em nós!

Houve um clarão e um tremor atrás deles. Apesar de o lançador ter sido arruinado e sua mira, interrompida, os mísseis – ativados em um ciclo automático – foram disparados mesmo assim.

Diretamente para a base abaixo deles.

Houve uma onda de explosões em série. As detonações destruindo os módulos centrais do complexo da I.M.A., lançando para o ar colunas de fogo e cascatas de aço estilhaçado. Uma explosão secundária, talvez um sistema de energia que havia sido atingido, irrompeu do chão de um dos módulos primários.

Uma enorme bola de fogo se ergueu. A onda de choque atingiu a nave, balançando-a com força, e Gavião Arqueiro teve que se segurar para não ser lançado para fora da escotilha.

Viúva se esforçou para manter o veículo estável e no ar. Eles voaram para longe das explosões que se expandiam.

– Você tinha a intenção de fazer isso? – perguntou ela.

– Não! – E então ele sorriu. – Ainda assim, você sabe, isso resolve alguns problemas – acrescentou.

Ela apenas lançou um olhar feio para ele.

14

Sibéria
Hora local não registrada, nenhuma data relevante

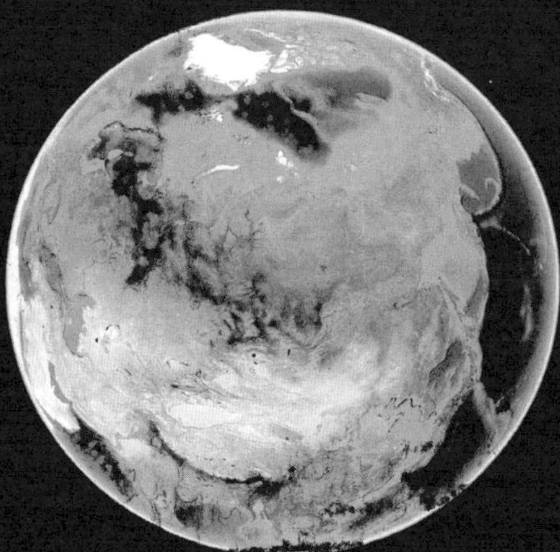

THOR PEGOU WANDA PELA CINTURA, puxou-a para mais perto, e girou seu martelo pela alça. Deixou que ele voasse e o puxasse para o ar. Os últimos blocos monumentais de pedra, seu único ponto de apoio, desabaram abaixo deles em um estrondo de rocha desmoronando.

Eles pousaram a um quilômetro de distância em uma maldita planície morta. A névoa flutuava como uma fumaça branca. Árvores extintas e enegrecidas pontilhavam a paisagem, seus troncos rachados, seus galhos esticados. Pareciam figuras miseravelmente horrorizadas gritando para os céus.

Ele a soltou.

– Você está bem? – perguntou.

– Dadas as circunstâncias – disse Wanda, assentindo, e então olhou para trás em direção ao ponto de onde haviam saído. Além do banco de névoa branca pontuado por árvores, a montanha havia sido reduzida a uma imensa nuvem de poeira cinza. Chamas pulavam e dançavam no horizonte.

– Ele vai vir atrás de nós – disse ela.

– Sem dúvida – falou Thor.

– Quero dizer, nós não podemos lutar contra ele.

– Eu posso lutar com ele – disse Thor. – Eu não tenho medo.

– Não é uma questão de medo – ela respondeu. – O poder dele ultrapassa o nosso. Muitas vezes.

– Então nós precisamos de ajuda – disse Thor.

A Feiticeira Escarlate sorriu. Ela havia notado a resiliência típica dos heróis em seus colegas Vingadores ao longo dos anos e esperava também compartilhar algumas dessas qualidades. Mas o espírito incansável de um deus era outra coisa. Encantava-a e levantava seu astral. Havia algo imensamente tranquilizador na coragem tenaz de Thor. Não importavam as probabilidades, o asgardiano mantinha a convicção de que os heróis sempre prevaleceriam. Ela supôs que esta era a mentalidade de um deus, de um supermortal: um foco quase tão cego no triunfo, que fortemente se recusava a reconhecer a desesperança.

– Eu não sei se podemos mandar uma mensagem para fora daqui – disse ela. – Nós não estamos mais no mundo. Nós não estamos ligados ao plano da Terra. De Midgard.

– Você não tem que adaptar para meus termos – disse Thor. – Eu entendi. Será que não há nenhuma conjuração que você possa fazer? Nenhuma mensagem que você possa enviar por meio de magia?

Ela encolheu os ombros.

– Talvez – disse ela. – Eu treinei com o feiticeiro supremo para refinar meu ofício, e durante esse tempo ele descreveu muitos processos misteriosos e obscuros. Mas nunca os usei na prática, e estou lutando para me lembrar dos detalhes. Thor, eu não sou nenhum Stephen Strange. Eu não sei as profundezas dessa arte como ele. Mesmo se conseguir me lembrar das conjurações que ele mencionou, não sei se posso lançá-las em um lugar como este. E não sei se eu deveria. Pode ser arriscado...

Ele sorriu para ela. Aquele espírito de confiança divino novamente.

Ela se conteve e sorriu com tristeza.

– Sim, eu sei. Parece fácil.

– Faça o que puder – disse ele.

– A primeira coisa que preciso fazer é determinar onde estamos. Exatamente onde estamos.

Ela se sentou no chão molhado e imundo e pegou um punhado de terra preta, examinando-a.

Ele a observava.

– Pode demorar algum tempo – ela falou, sem olhar para cima. – Adivinhação Geomântica é algo meticuloso.

Thor balançou a cabeça, respirou e cruzou os braços.

– Reúna um pouco de madeira – ela pediu.

– Madeira?

– Lenha. As árvores, Thor. Consiga bastante.

– Muito bem – disse ele.

Ele a deixou sentada na lama e caminhou através da névoa até a árvore mais próxima. Colocou a mão no tronco retorcido e, como era o costume asgardiano, proferiu um pedido de desculpas para a árvore por ter de derrubá-la.

Em seguida, ele o fez com um único golpe de Mjolnir.

Quebrou os galhos com puxadas fortes e os empilhou ao lado. Sons misteriosos, como os gritos de raposas de inverno, flutuavam em meio à neblina. Toda vez que ele parava de quebrar madeira para ouvir, os gritos diminuíam.

Havia algo na névoa.

Ele terminou o trabalho e se arrastou de volta até onde estava a Feiticeira Escarlate. Trazia um fardo de madeira lascada embaixo de um braço, e a maior parte do tronco da árvore apoiada em seu outro ombro.

Ela ainda estava olhando fixamente para a terra, deixando-a escorrer por sua mão.

– Onde quer esta fogueira? – ele perguntou.

– Aqui. Ao meu lado.

– A madeira está encharcada e cheia de podridão. Duvido que queime.

– Vai queimar.

– Eu sei que você está com frio, mulher, mas uma fogueira não entregará nossa localização?

Ela se levantou, limpando as mãos.

– Não é para nos esquentar – disse. – Nós precisamos de proteção. Plante este tronco aqui.

Apontou para um ponto no chão perto de onde ela estava sentada.

Ele ergueu as sobrancelhas, e então fez o que ela pediu. Ergueu o tronco da árvore com uma mão e a enfiou na lama.

– Muito bom – disse ela. – Agora pegue um pouco mais de lenha. Vá por ali. Treze passos do tronco.

Ela apontou.

A contragosto, ele pegou uma braçada de madeira e começou a se distanciar do tronco.

– Até onde? – perguntou.

– A distância não importa. O número de passos sim. Foram treze?

– Eu... – ele fez uma pausa. Ele voltou para o toco e repetiu a ação, contando os passos desta vez.

– Treze...

– Plante algumas varas ali. No chão.

Thor semienterrou um punhado de galhos em posição vertical no local:

– Desse jeito?

– Agora caminhe para a esquerda a partir desses galhos. Mais uma vez, treze passos.

Ele olhou para ela, confuso.

– Por favor, Thor.

Ele contou seus passos novamente.

– Treze...

– Coloque mais ali.

Obedeceu.

– Agora mais treze passos para a esquerda – disse ela.

Contou os passos e em seguida enfiou outro feixe de lenha na lama.

– E mais uma vez. Treze.

Ele se moveu em círculo até que havia plantado seis feixes de madeira em intervalos de treze passos ao redor dela. Thor agora estava de frente para o primeiro feixe de galhos, no centro do padrão. Caminhou na direção do feixe. Para sua surpresa, estava a exatamente treze passos de distância.

– Em nome de Odin, como isso é... – murmurou.

– Simetria Ritual – ela disse. – Essas coisas acontecem por acaso. É emocionante quando o universo revela seus segredos mágicos, não é?

Ele fez uma careta.

– Isso me deixa desconfortável – falou. Ouviu um barulho e olhou atentamente para a névoa à deriva a tempo de ver uma forma se agitando rapidamente.

– Há algo lá em meio ao nevoeiro, Wanda – alertou. – E está chegando mais perto.

– Volte para perto de mim.

– Treze passos?

– Não, pode caminhar normalmente.

Ele marchou de volta para o lado dela.

– Seis pontos – disse ela. – Um hexagrama. Não é muito, mas é o melhor que podemos improvisar.

– Se você diz.

Ela virou-se de frente para o toco central, deslizando repetidamente as costas de uma mão pela palma da outra. Em seguida, apontou as palmas das mãos abertas para o topo do tronco quebrado.

Thor ouviu o som de novo e olhou para o nevoeiro.

Viu formas escuras movendo-se na névoa, emergindo de todos os lados, se arrastando até ficarem visíveis. Pareciam lobos – grandes lobos de madeira, se apoiando nas patas da frente, de cabeça baixa. Mas não tinham pelos. Suas peles eram negras e escamadas como a dos crocodilos.

Seus longos focinhos estavam armados com grandes presas descoloridas. Os pequenos olhos brilhavam amarelos.

– Wanda – Thor insistiu.

Os animais se aproximavam, saindo da névoa em todas as direções, lenta e cautelosamente – rondando como lobos curiosos ou grandes felinos famintos. Havia várias dezenas deles. Ele os ouviu ladrar e ganir uns com os outros. Em seguida, um ameaçador e predatório rosnado cresceu em suas gargantas.

– Wanda!

Ela estava se concentrando, as palmas das mãos ainda voltadas para o tronco ereto.

Thor se afastou dela, sacou o martelo de seu cinto e começou a circular – olhos semicerrados, olhar fixo passando rapidamente de um animal para outro. Ele estava procurando pelo sinal que todo bom caçador conhecia: o tremor, o ligeiro levantar dos ombros ao caminhar que traía a mudança da espreita lenta para o súbito ataque.

Que criatura viria primeiro? Qual delas mostraria o caminho?

A maior de todas. O líder da matilha, se o Filho de Odin já tivesse visto um. Este passou à frente do resto, olhando diretamente para ele, com uma intenção malévola. Deu um passo, e então parou, uma das patas dianteiras levantadas.

Thor segurou o Mjolnir com força e dobrou o braço para trás, pronto para lançar.

A besta irrompeu em um ataque. Maldição dos deuses, ela era rápido. Avançava para o círculo de feixes de madeira como um cão de caça solto, as mandíbulas abertas.

Thor balançou o braço com força e lançou o Mjolnir. O martelo voou, cabeça à frente, e foi de encontro à besta que atacava. O golpe a derrubou e a lançou rolando, latindo e se debatendo na lama.

Thor pegou o martelo em seu voo de volta.

Encorajadas por seu mestre, as outras bestas atacaram. Todas de uma só vez.

– Wanda!

Concentrando-se no tronco de árvore caído, ela proferiu uma palavra que Thor não entendeu: sílabas estranhas e estranguladas em um idioma que a boca humana não foi concebida para articular. Uma luz brilhou em suas palmas, e a parte superior do tronco quebrado explodiu em chamas. As chamas subiram, ferozes e brilhantes. Ela proferiu outra palavra – sua mão esquerda se manteve em chamas, os dedos abertos – e um por um, os seis marcadores de madeira do hexagrama também entraram em combustão.

Os animais que atacavam cessaram, tropeçando e recuando como se tivessem acabado de dar com a cabeça em uma parede. Uma barreira invisível surgiu entre os pontos flamejantes do hexagrama que cercava Thor e a Feiticeira Escarlate.

Recompondo-se e colocando-se em pé, os animais recuaram, ganindo e ladrando. Trotaram alguns metros para trás, e então se viraram e sentaram-se, olhando através da defesa conjurada.

O líder da matilha já estava novamente em pé e sacudia-se. Ele estava dentro do círculo. Thor correu para ele e o golpeou novamente com o martelo. O bicho ganiu e tentou mordê-lo. Thor o agarrou com as duas mãos, ergueu-o acima de sua cabeça, e o jogou para além do círculo de fogo.

Ele aterrissou pesadamente, soltando um uivo de lamento. Em seguida, se levantou e tomou o seu lugar em meio aos outros.

Thor observou os pares de olhos amarelos que os fitavam.

– Inteligente – disse ele. – Um círculo de proteção.

– Eu não tinha certeza se conseguiria fazer isso – respondeu Wanda. Ela parecia esgotada. – Isso vai mantê-los longe por enquanto. Tempo suficiente para que eu continue minha geomancia.

– Quanto tempo vai durar? – perguntou Thor.

– Enquanto a madeira aguentar – ela respondeu.

Ela sentou-se novamente e pegou outro punhado de terra para examinar. Thor esperou. Um trovão ribombou longe dali, mas não era uma tempestade de trovões do tipo amigável.

Ele vigiava os olhos amarelos no escuro além das chamas.

Passou meia hora. Uma hora. Thor andava de um lado para o outro. Sempre que olhava para cima, vislumbrava estrelas errantes além da escuridão da tempestade, os sóis de antimatéria funestos dessa dimensão alienígena.

Wanda de repente chamou seu nome. Os olhos cansados dela estavam brilhando.

– O quê? – perguntou.

– Eu sei como fazer contato – ela falou e então lançou o punhado de terra para o lado.

Ele a ajudou a se levantar.

– Eu não preciso saber onde estamos – disse ela. – Há uma ligação que transcende as dimensões. Um vínculo que desafia a localização.

– Ah, é mesmo?

– Sim, Thor. Sangue. O vínculo de sangue. O laço familiar.

– Você se refere ao seu irmão?

– Sim – ela disse, balançando a cabeça. – O parentesco atravessa o golfo. Qualquer golfo. Deveria ter pensado nisso antes.

– Melhor o seu irmão do que o meu – disse ele. – Apenas me diga o que fazer.

Ela colocou a mão na testa, cansada. Ele pôs as mãos em seus ombros.

– Wanda? O que temos que fazer?

Ela olhou para ele.

– Eu preciso...

– O quê? – ele perguntou.

– Um dos escudos de metal de sua placa peitoral – disse ela, apontando.

Ele franziu a testa, em seguida arrancou um dos discos redondos e protuberantes de sua cota de malha e entregou a ela, que o virou em suas mãos, analisando-o.

– Ok, isso vai dar – falou. – Segure o martelo. Segure-o firmemente.

Thor fez o que ela instruiu. Fora do hexagrama, os animais levantaram a cabeça e olhavam com uma faminta curiosidade.

Wanda esfregou a borda do disco de metal para frente e para trás contra a cabeça do martelo. Executou esse movimento repetidamente por um minuto ou dois, em seguida, olhou para ele novamente.

– Tudo bem – ela anunciou, satisfeita.

Ele olhou para o fogo. A madeira estava terminando de queimar.

Wanda tirou uma de suas luvas e, sem avisar, deslizou a borda afiada do disco por sua mão. O sangue jorrou imediatamente.

– Wanda!

– O sangue é parte necessária disso – explicou. Ela piscou de desconforto. – A dor também. Isso fará com que a mensagem seja mais nítida.

Ela levantou a mão em punho. O sangue espremido entre os dedos descia por seu braço, pingando de seu punho no chão abaixo.

– Pietro – ela murmurou fechando os olhos. – Pietro...

Ela apertou seu punho ensanguentado contra a testa, repetindo o nome de seu irmão.

– Thor – ela sussurrou. – Eu posso... Eu posso senti-lo. Eu posso sentir a sua alma. Acho que eu posso alcançá-lo...

– Continue tentando – disse ele. Ouviu os gritos e ganidos das bestas, perturbado e olhou em volta.

Uma figura escura caminhava para fora do nevoeiro em direção a eles. Por um momento, Thor imaginou que fosse o vingador Mercúrio, irmão de Wanda, convocado para chegar até eles por meio do vazio por sua magia astral.

Mas não era.

As bestas sombrias choramingaram e se arrastaram para trás, abrindo espaço para a figura.

– Aí está você – disse Dormammu.

Wanda engasgou e caiu de joelhos, chorando.

– Ela se foi! – ela gritou. – A conexão! Estava lá, e então se quebrou!

– Calma – disse Thor. Se a bruxa não podia pedir ajuda, eles teriam que sair dali lutando.

Ele olhou para Dormammu. O mago supremo era uma sombra sinistra: alto e desagradável, uma figura saída da escuridão da meia-noite, exceto pelo fogo mágico lambendo e crepitando em torno de sua cabeça sorridente. Ele era um déspota, um conquistador, um destruidor de dimensões. Realidades estremeciam à menção de seu nome. Havia poucos seres no universo que haviam dominado a feitiçaria de modo tão completo e tão cruel.

As chamas que coroavam o crânio do tirano eram mais brilhantes do que as vacilantes fogueiras que o mantinham fora do círculo.

– Um hexagrama – observou ele. – Tosco, mas eficiente. Enquanto o seu combustível durar, pelo menos.

– Eu não entendo isso, mas vai te manter afastado – disse Thor.

– De fato – Dormammu concordou. – Círculos rituais, anéis, estrelas, são todos símbolos poderosos. Amplificadores da arte de quem a pratica. Filho de Odin, você é tão ignorante em magia. Um feiticeiro constrói um círculo como um mecanismo para ampliar sua arte. Ele é o centro do círculo. Por meio deste hexagrama, a garota humana amplifica sua energia e me mantém à margem.

Ele olhou para os animais que esperavam pacientemente a seu lado.

– Eu e os carniceiros que a noite traz.

Dormammu virou-se e olhou para Thor.

– Mas ela está muito cansada, e muito fraca – disse ele. – E para começar, o talento não está muito afinado. Ela é mortal, e jovem. Não tem experiência, não tem o tempo de várias vidas de estudo e formação. Quando a madeira se esgotar e a chama trêmula apagar, seu poder falhará. Sua proteção falhará. E então...

O mago supremo de Faltine deixou a ideia pairar no ar.

Thor deu um passo à frente e encarou o senhor das trevas do outro lado da linha invisível.

– Dá-me uma dádiva então, senhor da escuridão – disse ele. – Para passar o tempo, enquanto esperamos pelo final.

– Uma dádiva? – a barriga de Dormammu foi dilatada pelas chamas, e ele deixou escapar o riso.

– O que é isso? – perguntou Thor. – Por que você faz traz seu jogo para a Terra?

– É muito preciosa para perder – Dormammu respondeu.

– Perder? – Thor repetiu.

– Tentei capturar a Terra antes – disse o feiticeiro. – É excepcionalmente valiosa devido ao seu alinhamento, o seu lugar na estrutura cósmica. É um mundo de especial força e energia, um rico filão de magia. Existem poucos locais no universo de maior significado místico. Não tenho nenhum desejo de vê-la destruída ou perdida. Eu busco a posse de seu poder, para torná-la minha, ao invés de vê-la queimada e aniquilada.

– Você não é o aniquilador? – perguntou Thor. – Vocês estão lançando a destruição sobre Midgard.

– Destruição? – Dormammu riu. – Não, Filho de Odin. Esta noite é marcada apenas pelas dores do parto. As agonias de uma transmutação necessária. Eu não busco destruir o mundo dos mortais. Estou transpondo-o para o meu domínio sombrio, para que eu possa possuí-lo e protegê-lo.

– De quê? – perguntou Thor.

– Tudo está perdido – disse Dormmamu. – Isto é tudo que sei. Foi o que li nas brasas do fogo augúrio. Foi o que contemplei no cristal da vidência. Foi o que descobri em primeira mão por meio dos agentes do verdadeiro aniquilador.

Thor balançou a cabeça.

– O que você está dizendo? Algo ameaça o mundo dos homens, e esta é a sua maneira de salvá-lo? Tomando-o como um troféu e levando-o para sua dimensão decadente?

– Ela não deve se perder – declarou Dormammu, as chamas de seu crânio cintilando. A integridade mística do cosmos seria mais fraca sem ela. Melhor esse destino do que sua destruição. Com o tempo, os seres humanos vão me agradecer por sua salvação.

– Daqui a muito tempo, creio eu – disse Thor.

– Sim. Séculos, imagino, dadas as características teimosas dos seres humanos. Mas eles vão aprender a ser gratos.

– O que ameaça a Terra, senhor das trevas? – perguntou Thor.

– A Terra tem inimigos e rivais – disse Dormammu. – Ela é forte, e é abençoada por ser habitada por seres curiosos, e não tem ideia do quanto é temida, odiada e invejada. Um ultimato foi emitido. A Terra deve mudar. Deve ser desviada de sua inexorável ascensão para a dominação. Eu ouvi esse ultimato. Eu sou o agente dessa mudança.

– E seu trabalho está feito? – perguntou Wanda. – A Terra agora foi totalmente arrastada para seu reino e se perdeu para sempre?

Ela havia se levantado e se aproximado para ficar ao lado de Thor. Colocou os braços em volta do corpo, puxando seu manto para si. Ela parecia motivada e mortífera. O sangue em suas mãos manchava suas roupas.

– Oh, filha de um mortal – respondeu Dormammu. – Você entende o ritual suficientemente bem. Alguém não pode simplesmente mover um mundo sem o consentimento dos céus. Agora que fisguei a Terra em meu anzol e puxei uma parte dela para o meu domínio, devo esperar pelo momento do alinhamento para que eu possa terminar a transferência.

O Pavoroso olhou para cima. As seis estrelas mais brilhantes no céu, abomináveis luzes vermelhas brilhando na escuridão, haviam formado uma constelação quase perfeitamente circular acima. Um círculo ritual com bilhões de anos-luz de diâmetro. Apenas duas estavam fora do alinhamento, o círculo não estava totalmente formado.

– Quanto tempo? – perguntou Wanda, tremendo.

– Cinco horas – respondeu Dormammu. Ele olhou para as fogueiras do hexagrama.

– Mas muito antes disso – disse ele – suas fogueiras vão se apagar.

15

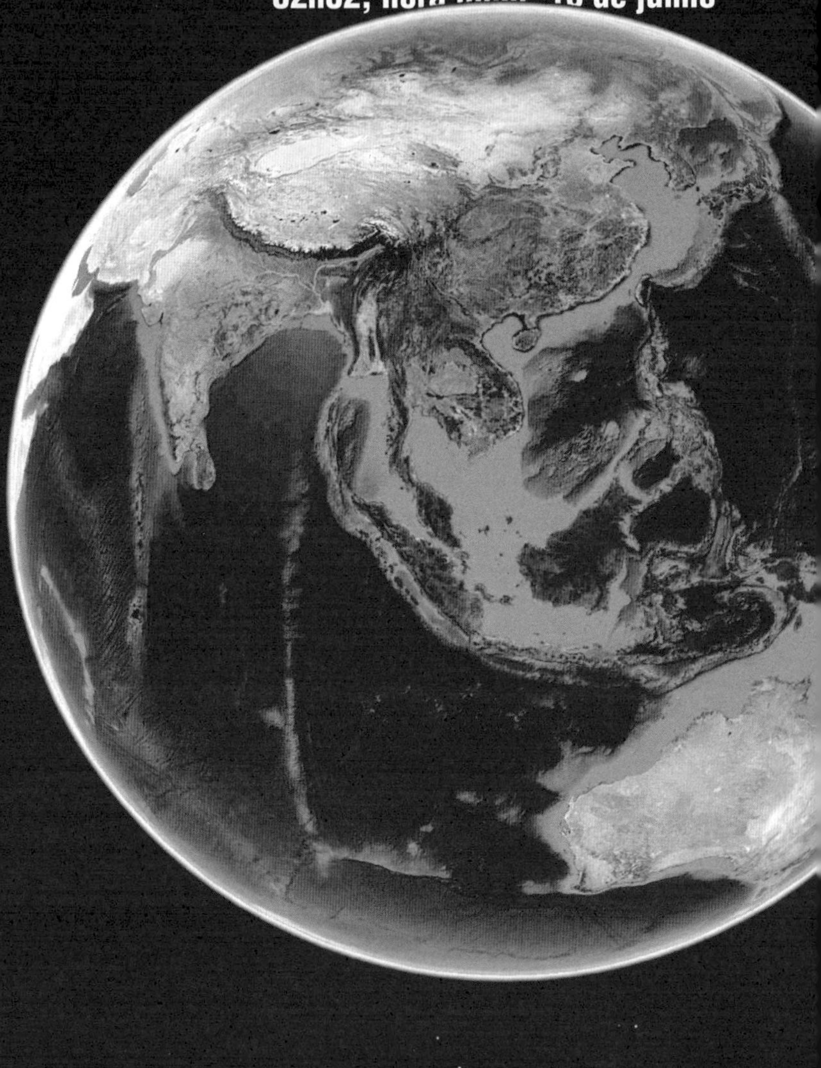

Madripoor
02h02, hora local, 13 de junho

A BOMBA DE RAIOS GAMA estava sob seu recipiente de transporte, diante dele.

Banner deu um passo na direção dela. Percebeu que estava tremendo, e não havia nada que pudesse fazer a respeito.

A bomba era uma coisa feia, banhada na luz fria das lâmpadas de teto. Sua caixa era de metal puro. Cabos agrupados e fios de monitores saíam da bomba e arrastavam-se pelo chão até as bancadas cheias de instrumentos de diagnóstico e controle dos dois lados da câmara.

Ele sentiu a bomba chocando, como se fosse viva e senciente. Era um enorme monstro cinzento com poder de destruição incalculável adormecido dentro dela, pronto para ser liberado. Apesar de sua forma final ter sido fortemente influenciada pelos métodos avançados do Alto Evolucionário, Banner reconheceu os elementos básicos de design. Reconheceu sua herança. Reconheceu seu DNA. E aquilo tinha os olhos de seu criador.

Apesar das diferenças superficiais, ela era idêntica à arma que ele passara anos de sua vida desenvolvendo.

Só que era consideravelmente maior.

– Eu me tornei Morte, o destruidor de mundos – ele murmurou, um tom cativante em sua voz.

– Ah, o Bhagavad Gita – respondeu o Alto Evolucionário atrás dele. – O livro sagrado hindu.

– Não – Banner começou discretamente. – Eu estava...

– J. Robert Oppenheimer – disse o Alto Evolucionário. – O assim chamado "pai" da bomba atômica. Ele citou o versículo, embora em sua própria e inadequada tradução do original... "*kālo'smi lokaksayakrt pravrddho lokānsamāhartumiha pravrttah*". Eu sempre me perguntei a respeito de seu sentimentalismo. Ele usou a frase, nos contam, como uma expressão de seu próprio horror. No entanto, por que ele estaria surpreso?

Banner conseguiu desviar seu olhar da bomba. Ele se sentiu enjoado. Ainda estava tremendo. A câmara da bomba ocupava uma grande parte do covil do Alto Evolucionário na Cidade Baixa, um enorme andar da fábrica, acima do laboratório, que havia sido esvaziado e cujas janelas e claraboias haviam sido seladas. A bomba parecia preenchê-lo. Ele olhou o Alto Evolucionário.

– Surpreso? – Banner repetiu.

– Como se ele não soubesse o que tinha feito – disse o Alto Evolucionário. – Ele estava trabalhando na arma definitiva. Ele sabia disso. Ele foi bem-sucedido. Onde estava seu senso de realização?

– Realização? – Banner gaguejou.

– Eu vejo o mesmo horror em você também, doutor Banner, e acho isso um pouco misterioso. Você também empregou seu gênio científico para tais fins. Para este fim, de fato: a bomba de raios gama. No entanto, está estarrecido com a realidade.

– Eu sei do que ela é capaz – disse Banner.

– Você sabia do que seria capaz antes de construí-la – respondeu o Alto Evolucionário.

Banner limpou a boca. Ele desejou poder fazer suas mãos pararem de tremer tanto. Sentiu como se estivesse voltando à cena de um crime, ou ficando cara a cara com seu mais profundo e secreto pesadelo. A bomba de raios gama era sua vergonha e sua maldição, o seu agressor, mas também seu filho rebelde. Passou anos desejando ser capaz de eliminar qualquer traço dela.

No entanto, ali estava ele, no mesmo quarto que ela. A bomba era uma coisa física. Era inegável.

Sentiu sua pele formigar. Perguntou-se se seria por conta da radiação ou de sua própria consciência.

– O que te assusta mais, doutor Banner? – perguntou o Alto Evolucionário. – O potencial destrutivo da arma, ou o seu próprio?

– Eu não tenho que ouvir seu...

– Eu acho que você tem.

O Alto Evolucionário deu um passo adiante e olhou para o alojamento da bomba.

– Simplificando – ele disse –, esta bomba pode destruir milhões de vidas, mas é apenas uma máquina. Não pode agir sozinha. Simplesmente cumpre a intenção de alguém. É o meio pelo qual você pode destruir milhões de vidas.

– Cale a boca – disse Banner, desviando o olhar.

– A bomba gama não foi um subproduto acidental de uma pesquisa inocente. Foi e sempre será uma bomba. Você sabia disso antes de começar. No entanto, você age como se não soubesse o que estava fazendo. Como se ela fosse um monstro que você não tinha intenção de criar.

– Você não tem ideia do quanto eu me arrependo... – Banner começou. – Você não tem ideia. Eu daria qualquer coisa para...

O Alto Evolucionário olhou para ele.

– Na verdade – disse ele –, é muito comum os inventores de armas de sucesso experimentarem grande remorso nos anos posteriores. Odiarem a si mesmos pelo que deram ao mundo. Você, é claro, é um caso singular, pois não só odeia o monstro que criou, mas também odeia o monstro que fez de si mesmo. Esse é o ponto, não é? Potencial destrutivo. Isso não é culpa por procuração. Você construiu um dispositivo de poder destrutivo inimaginável. Isso seria um fardo suficiente. Mas a consequência foi o desencadeamento literal de seu próprio poder destrutivo, e não por associação, mas na carne. E você não pode controlar nenhum deles.

– Por favor – disse Banner. – Você não me conhece, Wyndham. Você não sabe os tormentos que tive de aguentar. De um cientista para outro, eu imploro, pare com isso. Desmonte a bomba. Torne-a segura.

O Alto Evolucionário estudou o rosto de Banner por um momento.

– Estou bastante emocionado, doutor – disse ele, por fim. – Sua dor é palpável. É genuína.

– Então, por favor...

– Como você se sentiria, doutor Banner, se eu lhe dissesse que esta bomba poderia salvar o mundo, em vez de acabar com ele?

Banner suspirou.

– Estou cansado de suas observações enigmáticas, Wyndham.

– O mundo vai acabar – disse o Alto Evolucionário.

– É o que vejo.

– O que você vê é o meio para evitar esse fim. Esta é a redenção, doutor... A redenção que você sempre desejou. Ver o horror que você criou sendo usado para o bem. Para salvar o mundo, em vez de destruí-lo. Você pode rejeitar a afirmação de Oppenheimer, senhor. Você não se tornaria a Morte, mas sim a Vida.

– É uma bomba, Wyndham! Uma maldita bomba! Você já está causando danos inacreditáveis para esta cidade através da contaminação. Quando você detonar essa... – Banner olhou para a bomba, as mãos levantadas – *milhões* vão morrer aqui. Instantaneamente. Eu não posso dizer a quantidade com precisão, mas posso prever que milhões de vidas serão perdidas apenas na região do Pacífico após a explosão, antes mesmo de chegarmos à destruição física secundária, como tsunamis e distúrbios sísmicos. E se olharmos para o projeto como um todo, este não é nem mesmo o propósito destrutivo primário. A explosão gama é apenas o propagador. As partículas radioativas irão irradiar o planeta. A radiação ionizante, Wyndham. Mais bilhões irão morrer de forma lenta e horrível. Toda a população do mundo.

– A raça humana será irradiada – disse o Alto Evolucionário, assentindo. – Aqueles que não perecerem na explosão. Eu prevejo que um décimo da população do mundo vai perecer na detonação. As perdas são um efeito colateral infeliz, mas necessário. A irradiação é o meu objetivo real.

– Por quê? Como isso pode salvar o mundo? Você é louco! Você...

Banner parou de gritar. Sua mente estava acelerada. Seus olhos se arregalaram. Lembrou-se dos quadros no laboratório do Alto Evolucionário.

– Você é o Alto Evolucionário – ele sussurrou.

– Eu sou – respondeu Wyndham.

– A radiação gama... – Banner disse, pensando rápido. – A radiação gama pode ser usada para a manipulação genética. A exposição danifica o DNA. Ela rompe as ligações moleculares do DNA.

– De fato – disse o Alto Evolucionário.

– Isso acontece sob níveis naturais de exposição – disse Banner. – E as nossas células apenas mobilizam seus mecanismos de reparo do DNA para corrigir as quebras. Às vezes, esses mecanismos adicionam ou excluem pequenos pedaços de DNA no processo.

– Muitos pensam que é como a variação de cor nas flores começou – concordou o Alto Evolucionário.

– Então você projetou um vírus – disse Banner. Os rabiscos nas lousas agora estavam vívidos em sua mente. – Um vírus latente que você introduzirá na população humana.

– Ele já foi introduzido – respondeu o Alto Evolucionário. – É algo que eu tinha desenvolvido anteriormente. Nas últimas cinco semanas, meus agentes o disseminaram por todo o mundo. As projeções de distribuição até agora indicam que a espécie inteira vai hospedá-lo dentro de três dias.

Banner assentiu, compreendendo.

– E a exposição gama poderia provocar quebras no DNA humano – disse ele –, permitindo que o DNA viral latente se incorpore ao DNA humano através da reparação natural. Em um único golpe, você reescreveria o código genético humano.

– Sua compreensão é adequada – disse o Alto Evolucionário.

– O que a recodificação genética vai fazer? – perguntou Banner. – Qual será o traço resultante?

– Mansidão – Wyndham respondeu.

– Você pretende transformar os seres humanos em uma raça de escravos?

– Eu estou me referindo a uma tranquilidade de natureza – o Alto Evolucionário respondeu. – O contentamento. A pacificação. Uma perda de agressão, de aspiração energética, de apetite cego. Um fim, por exemplo, para a predisposição humana à guerra, ao conflito, à rebelião e desobediência, à intolerância, ao fanatismo e à rivalidade internacional. O vírus irá estabelecer a sugestionabilidade... a vontade de reagir com felicidade e sem a necessidade de coação, à simples autoridade.

– Sua autoridade? – disse Banner.

– Eu me tornei a Vida, o salvador dos mundos – respondeu o Alto Evolucionário. – Não sou um tirano. Eu sou uma força benigna, e você não pode duvidar da minha inteligência ou capacidade. Vou ministrar com firmeza as necessidades de uma espécie obediente, cuidar dela e salvaguardar o seu futuro.

– Você vai nos salvar de nossa própria natureza? – perguntou Banner.

– De certa forma.

– E o preço é de algumas bilhões de mortes, por conta da explosão, ou das altas doses de morte celular entre aqueles que foram expostos demais para sobreviver?

– Estimo uma população sobrevivente viável de pouco menos de um bilhão – disse o Alto Evolucionário. – Um custo terrível? Sim, claro. Um cientista deve tomar decisões difíceis, e um deus deve tomar decisões ainda mais duras. Mas vale a pena em comparação à alternativa.

– Eu vou ignorar o fato de que você acabou de chamar a si mesmo de deus – disse Banner amargamente. – E qual seria esta alternativa? Você continua fazendo alusão a alguma ameaça maior.

– É muito real – disse o Alto Evolucionário. – O planeta Terra será eliminado a menos que seja mantido sob um eficaz controle regulatório.

– Eliminado por quem?

O Alto Evolucionário não respondeu. Ele virou-se assim que o híbrido-cão entrou na câmara da bomba. Banner sentiu um arrepio de psiônicos, e percebeu que o híbrido estava se comunicando com seu mestre.

– Algum problema? – questionou Banner.

– Fui informado de que o seu colega da S.H.I.E.L.D. conseguiu escapar da detenção – respondeu o Alto Evolucionário. – Ele será encontrado e recapturado em breve.

Fuja, McHale, Banner pensou. *Corra e não pare de correr até que tenha encontrado ajuda.*

Quando o híbrido-cão saiu, o Alto Evolucionário se virou e ficou de frente para Banner.

– Você vai me ajudar? – ele perguntou.

– Ajudá-lo?

– Agora você vê o que está em jogo, doutor Banner. Agora você verá como sua criação monstruosa pode ser transformada em uma ferramenta para salvar a humanidade. A redenção de que falei.

– O que diabos você espera que eu faça? – perguntou Banner.

– Eu sou um polímata, doutor. Assim como você, à sua maneira. Mas sua especialidade em particular é a radiação gama e os seus sistemas de distribuição. Eu busco refinar a bomba gama, para minimizar o seu efeito de explosão e maximizar sua irradiação atmosférica. Acredito que você tenha a experiência necessária para me guiar nessa tarefa. É uma disciplina que eu iria dominar com o tempo, mas, como eu disse anteriormente, o tempo não está do meu lado. Você pode deixar mais humano este processo necessariamente doloroso.

– E em troca eu recebo... redenção?

– Sim – disse o Alto Evolucionário. – Mas posso lhe oferecer outro incentivo à parte. Eu posso curar você. Posso reparar seu DNA lamentavelmente danificado. Posso curá-lo do Hulk.

....

Banner sentou-se em um banquinho do laboratório e estendeu a mão para se apoiar contra a bancada. Outro disco antigo estava tocando no quarto artificialmente iluminado ao lado.

O Alto Evolucionário entrou e ofereceu a Banner um copo de uísque. Banner balançou a cabeça.

O Alto Evolucionário colocou o copo na bancada perto da mão de Banner.

– Como? – perguntou Banner, com a voz muito baixa.

– A exposição à radiação gama causa cromotripse, doutor. Você sabe o que...

– Quebra das cadeias duplas do DNA – disse Banner. – São o tipo mais difícil de reparar. Uma alta dose de exposição frequentemente resulta em morte celular ou cânceres grotescos, e depois morte do corpo.

– No entanto você não morreu – disse o Alto Evolucionário.

Banner ergueu o olhar.

– O quê?

– Você foi pego em uma explosão no local de teste, mas você não morreu. Nenhuma morte celular, nenhum caso de câncer, nenhuma morte do corpo.

– Foi um golpe de sorte. Tive sorte. – Banner riu sem achar graça. – Sorte – repetiu.

O Alto Evolucionário puxou outro banco do laboratório e sentou-se de frente para ele.

– A exposição prévia à radiação gama – ele disse –, talvez até mesmo através de seu pai, resultou em você carregando uma mutação do gene PRKDC. Esse gene é responsável pela produção de uma enzima, uma proteína quinase dependente do DNA hiperfuncional. Ele ajuda a reparar as quebras de cadeia dupla do DNA. É por isso que você não pereceu naquele campo de testes.

– Você está falando sério?

– Sempre. Doutor Banner, essa proteína também pode produzir erros no código genético. No seu caso, a radiação gama resultou em mutações nos receptores de adrenalina que fazem suas células expressarem os quatro fatores de transcrição Yamanaka sempre que é exposto a muita adrenalina.

Banner se levantou.

– Eu vi isso! – disse. – Em seus quadros brancos.

Ele caminhou até a parede, colocando novamente os óculos.

– Os fatores Yamanaka induzem células adultas a reinserir o estado de células-tronco pluripotentes – disse ele.

– Seu conhecimento genético é impressionante – disse o Alto Evolucionário.

– Tem sido uma preocupação – disse Banner, com um leve rosnado. – Aqui... – Ele bateu em um pedaço do quadro. – Myc, Oct3/4, Sox2 e Klf4. Os fatores de transcrição.

– As células-tronco podem se transformar em qualquer célula do corpo e produzir qualquer produto químico ou enzima codificada em seus genes em qualquer quantidade – disse o Alto Evolucionário. – Em resposta a qualquer ameaça, suas células sofrem rápida evolução do estado de células-tronco. Quanto maior a ameaça, maior a evolução celular, para compensar. Você se torna mais forte, mais resistente. A hipermutação somática ocorre em seu sistema imunológico. A maturação de afinidade assegura que apenas as células mais fortes prosperem. Você se torna o Hulk. Quando a ameaça diminui, a adrenalina interrompe a inundação, e o sinal para os fatores Yamanaka cessa. Suas células revertem para a sua programação epigenética. Você se torna Banner de novo.

Banner tirou os óculos e esfregou os olhos.

– Eu posso até explicar por que seu homólogo é verde – disse o Alto Evolucionário.

– O quê?

– Endossimbiose de algas verdes, é a minha teoria – disse o Alto Evolucionário. Ele parecia estar se divertindo. Aparentemente era raro para ele conversar com alguém que conseguia seguir seu raciocínio. – Você era cinza, no começo, creio eu, mas depois as algas foram incorporadas ao seu DNA. Isso permite que você retire energia do sol. E isso também explica por que o Hulk pode aumentar muito mais sua massa do que os componentes químicos de Bruce Banner deveriam permitir.

Banner colocou os óculos de volta.

– É uma teoria – falou. – Existem muitas. Quando eu perguntei "o quê", eu estava sendo retórico.

– Mesmo as perguntas retóricas podem receber respostas brilhantes.

– E como é que você vai me curar? – perguntou Banner.

– Eu miraria e desligaria as mutações em seus receptores de adrenalina. Eu os impediria de expressar os fatores de transcrição. Você seria Banner de novo, e apenas Banner.

– Você faria isso por mim?

– Doutor Banner, seria um prazer e uma honra aliviar o seu fardo e encerrar a sua maldição.

– E, em troca, eu o ajudaria a construir uma bomba melhor?

– Eu só posso salvar o mundo destruindo uma grande parte dele – respondeu o Alto Evolucionário. – Este fato me dói, mas não há outro caminho. Se você puder me ajudar a manter essa perda e esse sofrimento no mínimo absoluto, seria um ato humanitário da mais alta ordem. Nenhum de nós quer ser um monstro, doutor.

Banner caminhou de volta para o banco, pegou o copo de uísque e bebeu seu conteúdo rapidamente. Limpou a boca e suspirou profundamente.

– Qual é a ameaça, Wyndham? – perguntou.

– Senhor?

– Você está me pedindo para conspirar com você no assassinato em massa de milhões. Não importa quão nobre seja a razão, ou o quanto o resultado final beneficiaria algum bem maior, isso é uma grande coisa. Uma grande coisa. Então me diga. Por quê? Qual é a ameaça?

O Alto Evolucionário hesitou.

– É complexo – disse ele. – Doutor, eu...

– Afaste-se, doutor. Lentamente.

Banner olhou em volta.

McHale estava parado na porta. Estava sujo e despenteado, e parecia desesperado.

– Eu disse para se afastar desse anormal, agora! – ele ordenou.

McHale estava apontando uma arma para o Alto Evolucionário. Era uma pistola grande de design avançado, cromada e exótica.

– Francamente, agente – disse o Alto Evolucionário, começando a se levantar.

– Sente-se, Wyndham! – McHale gritou. Ele apontava a arma com firmeza, adotando sua postura de disparo habitual. – Nem uma palavra. Nem um movimento. Eu sei o que você pode fazer. Encontrei seu arsenal, Wyndham, estoque tecnológico, e peguei esta pistola de fusão. Eu não sei se ela pode matar gente como você, mas eu sei que vai machucar muito. Um movimento, e eu atiro. Você vai cair, e vai se alimentar através de um canudinho por muitos anos.

Ele olhou para Banner.

– Vamos embora, doutor – disse ele.

– McHale...

– Agora mesmo. Você e eu. Nós vamos sair, e vamos sinalizar para a S.H.I.E.L.D. Acabou.

– Você deveria ter corrido, McHale. Deveria ter se livrado quando teve a chance. Você não deveria ter voltado para me buscar.

– Sim, bem, eu voltei – falou McHale. – Eu sou um super-herói, lembra? Dale McHale. Eu não deixo amigos para trás. Estamos indo agora.

– McHale, você não deveria ter voltado para me buscar.

– Esse senso de humor que você tem, doutor, ainda é bem difícil de apreciar. Venha. Fique atrás de mim. Vamos sair pelos fundos. Eu te dou cobertura.

Banner caminhou até a porta e se colocou atrás de McHale.

– Doutor Banner – disse o Alto Evolucionário. – Achei que tínhamos chegado a um acordo.

– Eu disse que chega, Wyndham! – McHale rosnou. – Cale-se. Não me faça usar esta coisa. Estamos saindo, e você vai deixar.

– Temo que eu simplesmente não possa permitir isso – respondeu o Alto Evolucionário, levantando-se.

– Dane-se – disse McHale.

Ele caiu para a frente de repente, bateu no banco e deslizou para o chão. A arma escorregou de seus dedos.

Banner baixou o pesado e antigo microscópio com o qual havia golpeado McHale. Ajoelhou-se e verificou o pulso do agente.

– Ele está vivo – disse. – Inconsciente. Eu gostaria de não ter feito isso. Podemos conseguir tratamento médico para ele?

– Claro, doutor – respondeu o Alto Evolucionário.

– Eu gostaria de não ter feito isso – Banner repetiu.

– Doutor – falou o Alto Evolucionário –, o próprio fato de você ter feito me diz tudo o que eu preciso saber.

16

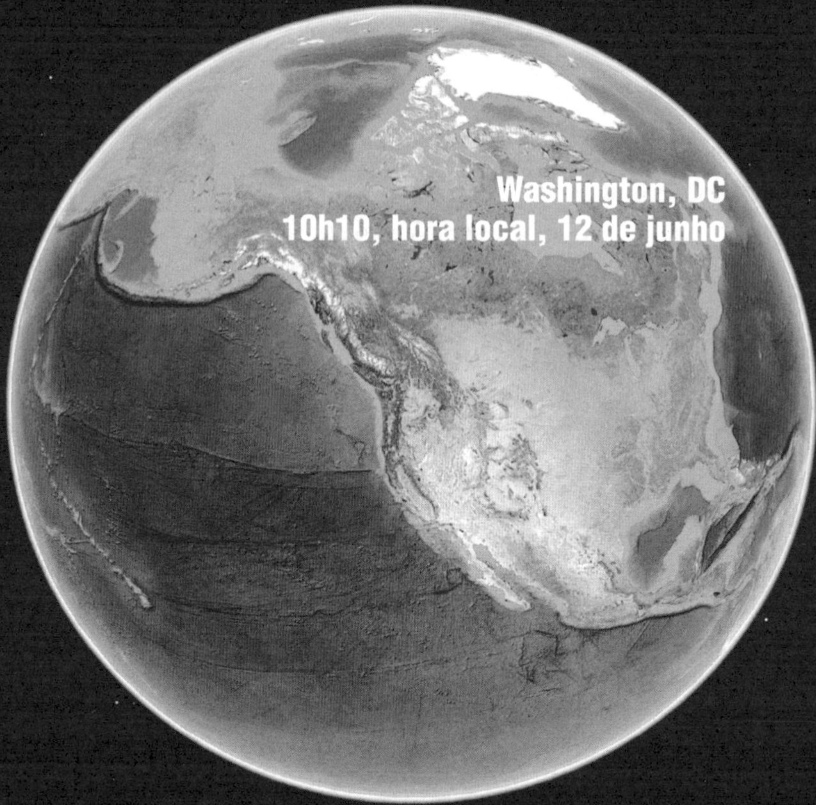
Washington, DC
10h10, hora local, 12 de junho

– TÁ BOM, VAMOS SUPOR QUE EU PASSEI ESTA MANHÃ em uma banheira de hidromassagem com uma bandeja de mimosas – disse Tony Stark quando entrou na sala. – Qual é a situação?

Havia mais de trinta funcionários do Departamento de Estado olhando para ele; agentes do Serviço Secreto; assessores seniores; Segurança Nacional, oficiais da CIA e da NSA; e comandantes da Força Aérea. Sua armadura de Homem de Ferro estava amassada e arranhada. Seu painel facial estava erguido.

– Senhor Stark – disse um assessor –, o presidente dos Estados Unidos está bem ali.

– Ah – disse Stark. – Não vi você. Minhas desculpas. Acho que eu deveria ter previsto a sua presença, visto que esta é a Sala da Situação da Casa Branca. Vocês são todos apenas uma parede de rostos, na verdade. Óculos de sol, gravatas, correntes de ouro, ternos. Ou isso, ou são as mimosas. Vamos começar de novo. Qual é a situação?

O presidente levantou-se.

– Senhor Stark. Pelo que entendi você evitou a crise desta manhã – disse.

– Eu? Nem tanto. Um esforço de grupo. O Visão aqui praticamente marcou o gol da vitória durante a prorrogação.

Stark indicou o sintozoide parado em silêncio na porta atrás de si.

– Além disso, uma senhora muito legal da SIGINT chamada Diane provavelmente merece um elogio especial – acrescentou.

– Eu gostaria de agradecê-lo em nome... – o presidente começou.

– Ótimo – disse Stark. – Vejo que estou falando muito rápido, desculpe-me, por favor, mas nós sofremos uma situação de Condição Alfa esta manhã, e não acho que ela tenha de fato acabado. E mesmo que tenha acabado, acho que mais algumas estão se preparando para acontecer. Então, por favor, alguém pode me atualizar do que está acontecendo?

– O mais rápido possível – disse o presidente. – Diretor-assistente Chopin?

O homem austero de cabelos brancos da NSA olhou para Stark.

– Com prazer, senhor presidente – disse ele. – Aproximadamente zero-sete-vinte, recebemos a informação de que...

– Acelera um pouco, Chopin – disse Stark –, eu estava lá. Acelera para, digamos, agora.

Chopin olhou feio para ele.

– A área de DC está sob lei marcial – falou ele. – A energia elétrica está desligada em toda a Costa Leste e o Centro-Oeste. As telecomunicações caíram. Links de dados desligados. Canais de segurança discretos são as únicas coisas que temos sido capazes de abrir.

– E que informações temos recebido deles? – perguntou Stark. Ele soltou seu capacete, o tirou e o colocou sobre a mesa. Estava batido e arranhado como o resto de sua armadura.

– Tumulto, perturbação da ordem pública e pânico estão se espalhando por todo o continente – disse um representante da CIA. – O Exército e a Guarda Nacional foram mobilizados para restaurar a ordem.

– Isso vai acabar bem – disse Stark.

– Não temos praticamente nada internacionalmente – disse alguém do Estado. – Os sinais são de que o rompimento está afetando outros países.

– Uma queda global de dados está fazendo isso – disse Stark. – A S.H.I.E.L.D.?

– Sem resposta – disse Chopin.

– Vingadores?

– Até onde sabemos, só há dois vingadores ativos neste momento, e os dois estão nesta sala – disse o presidente.

Stark olhou para o Visão.

– Bem, isso é... problemático – falou.

Visão balançou a cabeça, triste.

– Vamos trabalhar com o que temos, então – Stark disse, voltando-se para a sala. – Ultron está incapacitado, mas a sua consciência raiz está solta no sistema. Qualquer coisa que reativarmos ou colocarmos on-line aumenta o risco de Ultron se manifestar novamente.

– Todos os agentes estão trabalhando em medidas defensivas e de contenção com o melhor de nossa capacidade – disse Chopin.

– Tudo bem – disse Stark. – Precisamos de um copo e de uma revista.

– Precisamos de quê? – perguntou Chopin.

– Como quando encontramos uma aranha – disse Stark. – Você sabe, uma grandona que surge debaixo do sofá à noite? O copo é um copo metafórico, provavelmente um pacote de criptografia de dados de alta capacidade; a revista é um algoritmo escrito com um propósito, porque é metafórico, também. Nós colocamos o vidro sobre a aranha, a aranha sendo Ultron, deslizamos a revista para debaixo dela, erguemos e na mesma hora a jogamos pela janela.

Ninguém disse nada.

– A janela é metafórica, também – acrescentou Stark. – Eu esqueci de mencionar isso? Uma instalação de armazenamento inerte, completamente isolada. Ou a Zona Negativa, o que estiver mais perto. Precisamos puxar Ultron para fora do sistema, prendê-lo e bloqueá-lo para fora.

– E nós podemos fazer isso? – perguntou o presidente.

– Nós temos que fazer isso, senhor – disse Stark. – Ou o mundo como nós conhecemos estará, usando o termo técnico, fodido. Tenho gente nas Indústrias Stark que pode fazer isso. Eu estava esperando que você também tivesse pessoas que pudessem fazer. Se for necessário, eu mesmo faço.

– Eu acho que isso deve receber algum tipo de prioridade, não é, Chopin? – disse o presidente, calmamente. Seu tom de voz fez Stark sorrir.

– Absolutamente, senhor presidente – disse Chopin.

– Você teve um monte de gente te dizendo coisas a manhã toda sem que nenhuma fizesse muito sentido, não é? – Stark perguntou ao presidente.

– Tem havido um grau alarmante de gente correndo ao redor e balançando os braços – o presidente respondeu.

– Eu gosto de você, senhor – disse Stark.

– Fico satisfeito, Sr. Stark.

– Eu não votei em você.

– É um país livre – respondeu o presidente.

– Vamos mantê-lo assim – disse Stark. – Próximo assunto, e quero começar por dizer que não há problema, e nós não estamos em risco de um desastre de nanotecnologia de qualquer tipo, temos uma divisão de limpeza de desastres nanotecnológicos?

– A NSA tem se dedicado... – Chopin começou.

– Ótimo. Eles precisam chegar a Pine Fields o mais rápido possível. Os nanorrobôs estão latentes e inativos, mas podem ser reinicializados a qualquer momento. Isso poderia fazer com que o mundo fosse transformado em meleca cinza, ou os Estados Unidos transformados a nível molecular em um dedo de espuma gigante onde está escrito, "Vai, Ultron". Estou meramente especulando.

– Bom – disse Chopin.

– Pode estar escrito qualquer coisa – disse Stark.

– O que sabemos sobre a Rússia? – perguntou Visão, dando um passo à frente.

– A Rússia? – perguntou Chopin.

– Havia algo acontecendo na Sibéria – disse um oficial da CIA. – Mas não recebemos quaisquer dados por mais de duas horas.

– Berlim? – perguntou Visão.

– Berlim? O que tem Berlim? – perguntou um assessor.

– A Terra Selvagem, então? – perguntou Visão.

– Nós não temos nada na Terra Selvagem – disse Chopin.

– Ok, boa conversa – observou Stark.

– Existem problemas em Berlim e na Terra Selvagem? – perguntou o presidente. – O que é isso sobre a Sibéria?

– Vamos colocar nossa casa em ordem primeiro, senhor – disse Stark.

– Você ouviu isso? – Visão perguntou.

– Não, mas você ouviu – respondeu Stark.

– Aeronaves se aproximando! – alguém gritou.

••••

No gramado da Casa Branca, eles podiam ver a fumaça dos ataques da manhã subindo de vários locais em todo o distrito. Sirenes surgiam e sumiam. Helicópteros da Força Aérea cruzavam o céu em formação a baixa altitude, seus rotores girando.

– Não é a aeronave que esperávamos? – Stark perguntou, pairando acima do gramado.

– Não – disse Visão. – Espere um momento...

O Homem de Ferro e o Visão olharam para cima. Algo grande e cinza surgiu das nuvens acima da Casa Branca. Aquilo lembrou Stark da cena de um filme que ele tinha visto.

As hélices gigantes de propulsão do aeroporta-aviões da S.H.I.E.L.D. estavam quase em silêncio. Sua sombra caiu sobre eles.

– Bacana – disse Stark.

– Porque a S.H.I.E.L.D. agora está ativa e engajada na situação? – perguntou Visão.

– Sim, e também porque porta-aviões voadores gigantes são intrinsecamente bacanas.

– Devemos ir a bordo – disse o Visão. – Eles podem ter dados adicionais.

– Absolutamente – Stark concordou. – Café e croissants também.

Algo estava se movendo pelo gramado em direção a eles. Um borrão. Uma figura correndo tão rápido que era apenas uma mancha de luz.

Ela derrapou até parar ao lado deles, arrancando um profundo sulco no gramado e arremessando torrões de terra e grama no ar.

Mercúrio estava diante deles, ofegante, cabisbaixo e com as mãos sobre as coxas. Era um jovem impressionantemente belo de cabelos curtos e prateados, seu físico incrivelmente atlético vestido com um traje que brilhava como mercúrio líquido. Nem o Homem de Ferro, nem o Visão jamais o tinham visto tão cansado.

– Pietro? – disse Visão.

– Três vingadores – disse Stark. Ele se virou e levantou três dedos na direção das janelas da Casa Branca. – Três agora! Vê? Três! – ele gritou. – A gente pode não estar se reunindo tão rápido como de costume, mas estamos chegando lá!

Visão colocou a mão no ombro de Pietro. O velocista ofegava tanto que mal conseguia falar.

– O que há de errado? – perguntou. – De onde você veio correndo?

– Nova York – Pietro ofegava.

– Essa distância não deveria ter cansado você – disse Visão. – Mesmo em sua maior velocidade...

– Minha mente – Pietro gaguejou. – Uma dor súbita em minha mente. Estou pagando... pagando o preço dessa dor. Wanda...

– Wanda? – Visão perguntou rapidamente. Sua relação com a irmã de Pietro havia sido longa e conturbada. Apesar de ter sido fabricado artificialmente, Visão havia aprendido a amar Wanda Maximoff. Embora a relação tivesse terminado, a simples menção de seu nome provocou um tom característico de emoção em sua voz.

– O que ele está dizendo? – perguntou Stark.

– Estrelas... em alinhamento... – Pietro arfou. – Wanda disse... na minha cabeça, eu ouvi... estrelas em alinhamento... na escuridão, além do mundo...

– Nada disso soa bem – disse Stark.

– O que você está dizendo? – perguntou Visão, curvando-se a fim de olhar para Mercúrio. – O que você está dizendo sobre a Wanda?

Pietro olhou para eles. Seus olhos estavam vidrados e selvagens. O sangue corria de suas narinas e escorria pelo canto da boca.

– Ela falou comigo – disse ele, a voz fraca. – Qual é o problema com você? Não há tempo a perder! Minha irmã está em perigo, temos de ir até ela!

– Acalme-se – disse Stark.

Mas Pietro já havia desmaiado.

• • • •

A camiseta limpa era cinza, com o logotipo da S.H.I.E.L.D. estampado no peito. A calça de moletom combinava. Propriedade do ginásio do aeroporta-aviões.

Stark vestiu-os por sobre a roupa de baixo esfarrapada de sua armadura. O agente da S.H.I.E.L.D. que os havia trazido para ele também entregara uma xícara de café decente.

Stark estava sozinho na sala de reunião, olhando através da parede de vidro para o convés de comando do aeroporta-aviões. Homens e mulheres em trajes negros com listras laterais brancas estavam ocupados nos terminais das estações de trabalho. Stark notou como muitos dos consoles estavam desligados ou offline. Havia muito menos imagens sendo exibidas na grande parede de exibição do que o habitual, também. Apenas algumas telas individuais estavam iluminadas, mostrando as vistas de Washington abaixo deles ou rolando dados técnicos. A S.H.I.E.L.D. estava sendo cuidadosa, utilizando apenas o mínimo de sistemas eletrônicos – aqueles que poderiam garantir estarem seguros e isolados.

Ele tomou um gole do café. Alterou sua profundidade de campo e viu seu próprio reflexo no vidro. A iluminação no quarto era predominantemente azul, e isso o fez parecer frio e obsessivo. Não havia como disfarçar os hematomas em sua garganta ou os cortes em seu rosto.

Suas mãos em volta do copo tremiam. Ele estava se recuperando com uma enorme injeção de adrenalina, e estava começando a sentir a dor de suas contusões e outros ferimentos variados. Também estava começando a recair sobre ele o quão perto havia chegado do fim.

E quão perto do fim ainda podia estar.

Tony Stark não tinha medo de muita coisa, exceto numa forma puramente saudável e cautelosa. Ele não podia fazer o que fez e ceder à ansiedade, ou deixá-la aparecer.

Mas ele estava com medo do que ainda poderia ter de enfrentar.

A porta atrás dele se abriu. Ele não se virou. Podia ver muito bem o reflexo da grande figura de terno escuro.

– Ouvi dizer que você se dirigiu ao presidente dos Estados Unidos em um tom desrespeitoso – disse Nick Fury.

– Depende de para quem você perguntou – Stark respondeu.

– Diretor-assistente Chopin, da NSA – disse Fury.

Stark deu de ombros.

– O presidente me falou que você trouxe um refrescante tom de clareza para o processo – disse Fury, encostado na mesa com tampo de vidro, braços cruzados. – Ele falou o que poderíamos fazer com mais algumas pessoas como você por perto. Ele também disse que você poderia pegar leve nas mimosas do café da manhã.

– Eu não estive bebendo – disse Stark calmamente.

– Eu sei.

Stark virou. Olhou para o diretor da S.H.I.E.L.D., em seguida sentou-se em uma cadeira perto da janela.

– Eu tenho os operativos de cyberguerra da S.H.I.E.L.D. na caça por Ultron – disse Fury. – Estão usando os protocolos que você escreveu para eles. Estão bastante confiantes de que o terão aprisionado até o pôr do sol.

– Você chamou de "ele" – disse Stark.

– Hã?

– Você chamou Ultron de "ele". Eu penso em Ultron como um "aquilo".

– Porque ele é uma máquina? – perguntou Fury. – Ultron é senciente.

– Porque ele é de gênero neutro – respondeu Stark. – Eu não tenho preconceito contra a senciência artificial. Só estou dizendo que ele é neutro em termos de gênero.

– Agora você o está chamando de "ele" – disse Fury.

– Você me fez fazer isso.

– O que ele queria? – perguntou Fury.

– Ultron? Ele queria dominar o mundo.

– Todos querem dominar o mundo – observou Fury.

– Bem, não apenas dominá-lo – complementou Stark, sentando-se novamente. – Refazê-lo. Reconstruí-lo. Deixar a humanidade obsoleta. O de sempre.

– Alguma ideia do porquê?

– Ele é Ultron. É o que ele faz. Uma falha em seu caráter. Um sentimento de superioridade, superioridade definitiva. Provavelmente tem problemas com o pai, também. Ele não é ruim, Nick, ele só foi feito desse jeito.

– Por que agora?

– Por que não? Eu não acho que as ameaças Condição Alfa deste mundo comparem seus diários e se revezem.

– Sim, mas duas em um dia? – questionou Fury.

Stark olhou para ele.

– Então foram duas? Duas confirmadas?

Fury deu de ombros. Ele puxou uma cadeira da mesa e sentou-se.

– Pelo menos. Há algo inacreditável acontecendo na Sibéria. Nós não temos nada parecido com dados completos, mas parece ruim.

– E quanto a Berlim?

– Nós não sabemos nada. A Europa está no escuro. Mas isso é, provavelmente, mais da nossa parte do que da deles.

– No que o Cap estava envolvido? – perguntou Stark.

– Hidra – Fury respondeu. – A inteligência da S.H.I.E.L.D. captou alguns trechos e concluiu que Strucker pode estar envolvido.

– Então é sério. Outra Alfa.

– Parece confuso, pelo que consegui ler – disse Fury. – Muito desleixado para uma operação da Hidra. Ainda assim, mesmo em seus dias de folga, a Hidra é um negócio sério.

– E a coisa na Terra Selvagem? Natasha e Barton?

– Nenhum contato lá, também – respondeu Fury. – Antes do apagão, tivemos uma dica de que a I.M.A. estava ocupada com alguma coisa, e os dois foram enviados para confirmar.

– Uma dica? – perguntou Stark. – De quem?

– Não faço ideia.

– Mas parece coisa da I.M.A.?

– Parece.

Stark pousou o copo vazio.

– Uau – disse ele. – Isto aqui, Sibéria, Berlim, Antártida. Uma Alfa confirmada, uma que parece tão Alfa não é nem um pouco divertida. Em seguida, Hidra e I.M.A., que, se a história nos diz alguma coisa, e a história está gritando no meu ouvido direito agora, vão se tornar Alfas também.

– E então há Madripoor – falou Fury, relutante.

– Madripoor?

– Operação da S.H.I.E.L.D. – respondeu Fury. – Começou como uma investigação sobre a remessa de materiais ilegais, se transformou em uma coisa que pode envolver o Alto Evolucionário. A estação S.H.I.E.L.D. do Sudeste Asiático trouxe Banner como consultor. Seja lá o que estiver acontecendo por aqueles lados, havia sido classificado como Beta da última vez que tivemos notícias.

– Se o Alto Evolucionário está ativo no planeta – disse Stark –, não temos que automaticamente torná-lo um Alfa? Pergunta seguinte: Banner? Você está louco?

– Os materiais ilegais eram isótopos gama – disse Fury. – Banner é um especialista. Você tem um problema com ele?

– Não com ele, mas com esse *amigo* dele.

Stark suspirou e balançou a cabeça.

– Bruce está bem – continuou ele. – Eu gosto muito dele, e admiro muito sua inteligência. Mas ele pode ser um Alfa por conta própria.

Stark se levantou.

– Cinco eventos Condição Alfa em um dia. Nick, isso não é uma coincidência.

– Pode ser uma coincidência. Uma coincidência muito, muito ruim.

– Vamos trabalhar na premissa de que não é e ver onde isso nos leva – disse Stark. – Cinco grandes jogadores, três não confirmados e um desconhecido, estão ativos e prontos para matar, cada um com suas próprias maneiras, suas tão encantadoramente idiossincráticas maneiras. Isso não acontece por acaso.

– Eu vou morder sua isca – falou Fury. – O que você está dizendo? Um esforço conjunto?

Stark franziu a testa.

– Talvez, mas as chances de colaboração bem-sucedida entre as facções que estamos falando parecem escassas. Há uma razão de a I.M.A. ser chamada de I.M.A. hoje em dia e não apenas "parte da Hidra". E Ultron e o Alto Parafuso Solto Evolucionário nunca jogaram bem com os outros.

– Então? – perguntou Fury.

– Manipulação.

– Alguém está orquestrando todos?

– Sim.

– Sem que eles saibam disso?

– Provavelmente.

– Alguém está orquestrando um "liberdade para todos" global sem que Ultron ou o Alto Evolucionário saibam disso porque, como sabemos, eles são notoriamente estúpidos e facilmente manipuláveis? – perguntou Fury, de modo ambíguo.

– Sei como isso soa – pontuou Stark. – E se for verdade, sei o que significa.

– Uma *sexta* condição Alfa – disse Fury.

– Uma invisível da qual sequer temos consciência – disse Stark, assentindo. – Uma tão grande que faz com que todas as outras pareçam secundárias, porque são secundárias.

– De algum modo, uma coincidência muito, muito grande não está soando mais tão terrível – observou Fury.

– Estou ouvindo – disse Stark.

A porta se abriu, e uma mulher impressionantemente alta, vestida com um uniforme da S.H.I.E.L.D. entrou.

– La Contessa Valentina Allegra de la Fontaine – falou Stark, levantando as mãos em deleite. – Você entra em uma sala, e seis Condições Alfas ficam parecendo uma nota de rodapé.

A Contessa olhou para ele com altivez.

– Senhor Stark – ela disse. – É sempre um prazer.

– Esse sotaque sempre me deixa louco – disse Stark. – Isso me lembra dos Lagos. Das noites suaves em Milão...

De la Fontaine ignorou Stark e virou-se para Fury.

– A área de comunicações espera ser capaz de se conectar com Londres em cerca de noventa minutos, diretor – ela disse. – Estamos usando linhas térreas e uma estação repetidora em Labrador. Esperamos que a estação de Londres possa nos conectar com Bridge em Berlim, ou pelo menos dar um relatório de local sobre a Europa.

– Obrigado – disse Fury.

Ela se virou para sair.

– Sim, obrigado – disse Stark. – Um pouco de boas notícias, e bem mais elegante porque foi trazida até nós pelas magníficas pernas de Tina.

– Valentina Allegra de La Fontaine – ela salientou.

– Certo – Stark concordou.

– Você sabe que ela poderia matá-lo de onde ela está, não sabe? – perguntou Fury. – Com uma casquinha de sorvete?

– Apenas uma de suas muitas qualidades superlativas – disse Stark.

– Como está Pietro Maximoff? – quis saber Fury.

– Estável, mas inconsciente – disse De la Fontaine. – Visão está com ele.

– Alguma ideia do que há de errado com ele? – perguntou Stark.

– Além da exaustão, não há sinais evidentes de lesão ou doença – disse a Contessa. – A equipe médica está executando as verificações agora. Parece mental, não físico.

Fury assentiu.

– Algo mais, diretor? – disse De la Fontaine.

– Uma coisa – disse Stark. – Da última vez que passei a noite, eu deixei uma muda de roupa aqui?

– Você se refere à noite em que quebrou meu coração e foi embora de manhã sem me acordar para dizer adeus? – perguntou ela.

– Eu nunca fiz isso – disse Stark. – Eu nunca fiz isso – acrescentou, olhando para Fury.

– Eu sei – disse ela com um sorriso. – Eu estava apenas improvisando em cima de sua sugestão deliberada. Como se fosse ter tanta sorte.

– Ele se refere à armadura – explicou Fury.

– Eu sei a que ele está se referindo. Sim, há uma armadura do Homem de Ferro sobressalente no cofre do aeroporta-aviões.

– Preciso dela – disse Stark.

– Precisa mesmo – concordou Fury. – Eu vi como você estava vestido.

– Eu não tenho tempo nem meios para convocar outra pessoa na Torre dos Vingadores remotamente – disse Stark.

– Vou pedir para seu assistente pegá-la para você – disse De la Fontaine.

– Isso seria fantástico, Tina...

Stark fez uma pausa.

– Contessa – completou.

Ela assentiu com a cabeça e saiu da sala de reunião.

– Quando você morrer, Stark – disse Fury –, não vai ser por causa de Ultron ou quem quer seja. Vai ser nas mãos de uma mulher. Uma mulher como essa, que não vai mais aturar suas besteiras.

– Estou contando com isso – disse Stark.

– Então... você vai se vestir – Fury falou, se levantando. – Aonde você vai?

– Vamos ver o que se desenrola nos próximos 90 minutos – disse Stark. – Neste momento, a minha resposta é Berlim.

17

Berlim
23h09, hora local, 12 de junho

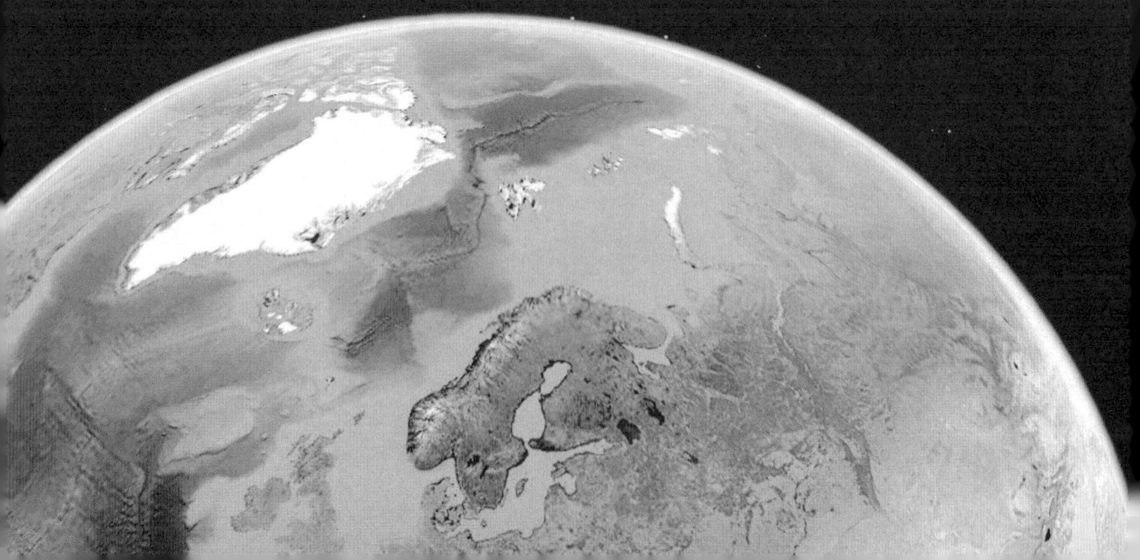

CAP AVANÇOU PARA PEGAR O DISPOSITIVO DE DISPERSÃO. O vapor embaçou o ar da sala de jantar do elegante apartamento de Strucker. Cap podia sentir as gotas de umidade em seu rosto.

Strucker se levantou tão rápido que a cadeira em que estava caiu para trás. Ele pegou a pistola laser e disparou contra o Capitão.

Cap bloqueou os tiros com seu escudo, e os raios laser ricochetearam. Um deles abriu um buraco no teto; outro rasgou um pedaço da borda da mesa de jantar.

Cap usou a mesa como apoio e lançou-se para cima de Strucker. Mais dois tiros, à queima-roupa, ricochetearam no escudo antes que os dois homens se alcançassem. A voadora de Cap jogou Strucker para trás. Agarrados, se chocaram contra o canto da sala. O punho frenético de Strucker atingiu o queixo do Capitão. Cap girou seu escudo preso ao braço para o lado, da direita para a esquerda, e a parte plana atirou Strucker na parede. A borda do escudo arrancou a pistola laser da mão de Strucker. Ela bateu na moldura da janela e despencou no escuro da noite.

Atordoado, Strucker desferiu outro gancho de esquerda. Cap segurou seu punho com a mão direita. Ele balançou a lateral de seu escudo novamente, desta vez da esquerda para a direita, e atingiu Strucker com tudo na lateral do rosto. O mentor da Hidra cambaleou para trás violentamente, a parte de trás de sua cabeça abrindo um buraco na parede de gesso. Cap o nocauteou com um soco direto no rosto e em seguida o pegou e jogou-o para longe.

Strucker pousou sobre a mesa e deslizou por sua extensão, derrubando arquivos, mapas e caixas de plástico no chão. Ele caiu da outra extremidade, quebrou uma cadeira e ficou esparramado e inconsciente no tapete.

– Risco de contaminação! – Cap gritou em seu microfone. Voltou-se para o dispositivo em cima da mesa. – Risco de contaminação lançado!

– Cap, confirme isso! – Runciter respondeu no fone.

– Gail, Strucker lançou o patógeno!

– Estamos chegando! Equipe tática, vai!

– Negativo! Negativo! Limpem a área! Selem o edifício!

Cap pegou o dispositivo. Percebeu que suas mãos não estavam firmes. Ele estava cambaleando. Sua visão estava ondulando. Estava perdendo a consciência.

– Cap? Capitão, relatório?

Ele tentava se concentrar. Sabia que estava morrendo. O contato com a pele e a inalação – o patógeno já entrara profundamente em seu sistema, e o estava matando. Quanto tempo mais? Minutos? Segundos?

Ele se atrapalhou com o dispositivo, e conseguiu desenroscar a gargantilha moída e abrir a tampa curvada sobre sua articulação. Havia um bulbo de metal verde no soquete interno. Havia sido perfurado, exatamente como o que ele havia visto no laboratório forense da S.H.I.E.L.D.

Lembrou-se da valise de Strucker na bancada do laboratório. Dois bulbos. Deus, por que ele não podia pensar com clareza? Havia dois bulbos. O outro era um antídoto. O contra-agente. Strucker e seus homens tinham se imunizado. A extorsão... a extorsão funcionaria porque a Hidra poderia neutralizar o patógeno.

O poder de vida e morte. Dominar pelo medo. Uma declaração para o mundo: o assassinato de Berlim.

– Capitão! Fale comigo! – Gail Runciter soava muito distante. Cap mal podia ouvi-la por conta do ruído do sangue pulsando em sua cabeça.

Ele queria sentar. Queria fechar os olhos.

Tateou ao redor. Onde estava? Havia estojos de alumínio sobre a mesa. Strucker manteria o patógeno e o contra-agente perto. Cap escancarou um estojo: papelada, resumos de projetos. Ele os jogou de lado. Papéis flutuaram pelo ar. Pegou um outro estojo, colocou-o deitado e o abriu.

Revestimento de espuma. Seis nichos. Cinco bulbos verdes. Todos patógenos. Nenhum contra-agente.

Apoiou-se na ponta da mesa com as duas mãos. Podia sentir o suor escorrendo. Balançou a cabeça, tentando clareá-la. A febre estava queimando por todo o corpo, suava frio.

Onde estava? Tentou pensar.

Havia um estojo no chão. Cap se curvou e pegou. Curvar-se fez o sangue subir rápido para sua cabeça e ele quase desmaiou.

Levantou-se novamente, cambaleante. Estabilizou-se. Largou o estojo na mesa e o abriu.

Revestimento de espuma. Seis nichos. Seis bulbos vermelhos.

Ele ainda conseguiria fazer aquilo. Como é que a unidade de dispersão funcionava? Estendeu a mão até ela e tentou retirar o bulbo verde perfurado do soquete. Foi difícil conseguir. Ele tirou a luva para que pudesse usar seus dedos nus. Vamos lá. *Vamos lá!*

Removeu o bulbo perfurado, que escapou de seus dedos, saltando para fora da mesa, e rolou pelo chão.

O vermelho. O vermelho! Rápido, Rogers!

Ele tirou um dos bulbos vermelhos do estojo. Suas mãos tremiam tanto que mal conseguia segurá-lo.

Strucker agarrou Cap pelas costas, empurrando-o para trás e travando o braço em torno de sua garganta. Cap não conseguiu segurar o bulbo, que rolou para a outra extremidade da mesa, como uma bola de beisebol.

– Pare com essas tentativas desesperadas, Capitão! – Strucker rosnou em seu ouvido.

Cap tentou se soltar. Mal conseguia falar. Podia sentir o gosto de sangue na garganta, como se estivesse derretendo por dentro.

– Basta se submeter! – sibilou Strucker. – Deite-se e morra! Sua morte há muito é esperada! Não vou permitir que você disperse o contra-agente. O hálito venenoso da Hidra está no ar esta noite!

O Capitão revidou. Ele sabia que estava prestes a desmaiar.

– Berlim deve morrer – disse Strucker. – A sua desgraça é uma demonstração necessária da autoridade da Hidra. As nações do mundo vão testemunhar este ato e aprender. Elas vão temer. Vão obedecer, ou suas cidades morrerão como Berlim morreu.

Cap se lançou para trás com força, esmagando Strucker contra a parede e livrando a garganta das mãos dele. Strucker ativou sua letal Garra de Satã, que crepitava de eletricidade. Cap bloqueou-a com seu escudo. Houve uma chuva de faíscas descarregadas com o choque enquanto Capitão recuava. Strucker lançou um inteligente chute rápido que atingiu Cap no peito e mandou-o para trás cambaleando.

Ele atravessou as portas duplas semiabertas da sala de jantar e caiu de costas no chão da sala de estar. Strucker correu atrás dele, a Garra de Satã erguida. Ele a chicoteou para baixo. Cap rolou para o lado, e o impacto da garra queimou um buraco profundo no caro tapete branco e no assoalho de madeira abaixo dele.

Strucker recuperou o equilíbrio e golpeou o Capitão de lado. Ainda deitado, Cap bloqueou o ataque com seu escudo e, em seguida, chutou as pernas de Strucker na altura da canela. Strucker caiu e tentou se levantar imediatamente. Cap já estava de joelhos, mas conseguiu aplicar um soco de ombro que derrubou Strucker novamente.

Cap rolou para longe e se levantou. Seu equilíbrio e coordenação estavam confusos. Sua boca estava cheia de sangue. Ele podia sentir o seu coração acelerado, muito além dos níveis seguros. Estava prestes a ter uma parada cardíaca.

Em pé novamente, Strucker avançou para cima dele. Chocou-se de corpo inteiro contra o Capitão, e a força da colisão bombeou um jorro de sangue aguado pela boca de Cap, que deu dois ganchos na parte baixa do torso de Strucker com seu punho nu. Então pegou Strucker pela frente de seu terno e o lançou. Strucker meio que voou, meio que cambaleou pelo tapete, e caiu contra uma das portas abertas da sala de jantar, arrancando-a de seu batente.

Ele voltou a investir contra o Capitão, mas este já estava caindo de joelhos. Seu coração estava falhando, apertado, parando. Sua visão falhou. Ele viu uma escuridão marrom e bolhas coloridas.

Strucker o atingiu no peito com a Garra de Satã. A descarga elétrica atravessou o corpo de Cap; ele caiu, em espasmos, de costas.

Strucker, ofegante pelo esforço, se colocou diante do corpo de seu inimigo que se contorcia. Sorriu um sorriso triunfante e inclinou-se para verificar o pulso no pescoço de Cap.

Cap abriu os olhos. O choque agonizante havia reiniciado o seu coração com mais eficácia do que o desfibrilador de um paramédico.

Ele rolou para trás por sobre os ombros e aplicou toda a força de seu corpo em um chute direto com as duas pernas. Suas botas se enfiaram no meio do diafragma de Strucker, arremessando o terrorista no ar para o outro lado da sala. Strucker colidiu com a enorme TV de tela plana, que explodiu em pedaços. Ele se esforçou para se libertar dos destroços do visor quebrado e do suporte de TV mutilado.

Cap arremessou seu escudo. Que acertou Strucker antes que conseguisse se levantar completamente e lançou-o contra a parede com tanta força que o gesso rachou e os quadros caíram e se quebraram.

Strucker caiu de cara no chão e permaneceu imóvel.

O escudo ricocheteou e passou voando direto pelo Capitão. Ele não foi rápido o suficiente para pegá-lo. Acabou batendo na outra parede e caindo no chão.

Cap voltou mancando para a sala de jantar. Ele queria parar, colocar restritores descartáveis nos pulsos de Strucker e retirar a Garra de Satã, mas não havia tempo. Ele não tinha tempo. Ele usou tudo o que tinha, e mais um pouco. Apoiou-se na porta da sala de jantar quebrada, respirando com dificuldade, e depois continuou. Foi forçado a usar a borda da mesa de jantar como guia e apoio. Tropeçou em uma caixa de munição caída. Arrastou papéis sob os pés e colidiu com uma cadeira.

Chegou ao dispositivo de dispersão. Estendeu a mão até ele, mas só conseguiu derrubá-lo de lado. Colocou-o em pé novamente.

Podia ver manchas de seu próprio sangue batendo na mesa, pingando de seu queixo. Ele agarrou a caixa de aço aberta e arrastou-a para mais perto. Não havia tempo para recuperar o bulbo vermelho que ele tinha deixado cair. Outro. Outro. Dedos dormentes seguraram o seguinte e ele arrancou-o de sua cavidade de espuma. Escorregou de sua mão e rolou para o chão.

Outro, Rogers. Outro.

Ele pegou o terceiro bulbo vermelho e tirou-o da caixa. Suas mãos estavam desajeitadas. Não havia delicadeza em seus dedos, nem força nos braços.

Ele encaixou o bulbo no soquete do dispositivo e fechou a tampa curvada. Precisou de três tentativas para isso.

A base do dispositivo... a ativação de dispersão estava no anel ao redor da base. Ele se atrapalhou com o anel inferior.

– Funciona... maldito... – ele engasgou.

Houve um clique suave.

Steve Rogers não ouviu. Estava caindo. Caindo de lado. Caindo em direção ao chão inflexível.

Caindo em direção a uma escuridão sem fim.

18

Madripoor
04h16, hora local, 13 de junho

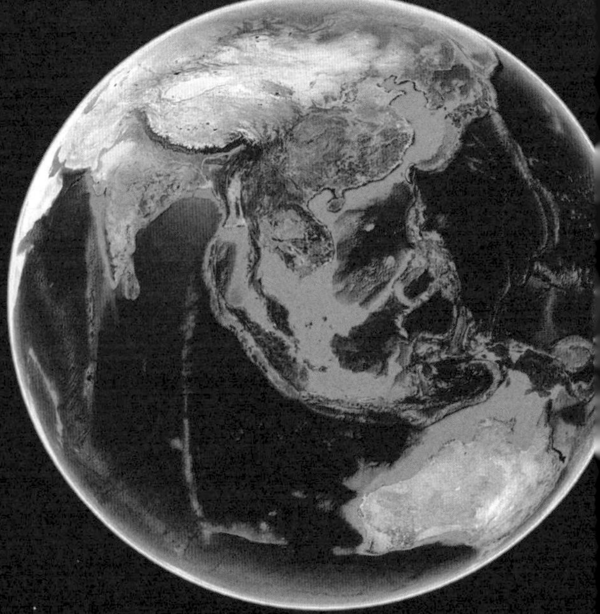

BANNER MOVEU-SE EM TORNO DO SUPORTE onde estava a bomba, lenta e metodicamente, fazendo anotações em uma prancheta. De vez em quando fazia uma pausa e desenhava um esboço rápido de um detalhe estrutural ou de um diagrama de circuito.

Os Novos Homens do Alto Evolucionário haviam montado uma mesa de projetista no canto da câmara da bomba, e o topo estava coberto de cópias em larga escala dos esquemas de Wyndham. Banner vagou de volta até ela e começou a trabalhar através de várias seções específicas. Ele fez mais anotações.

– Vejo que você está ocupado – comentou o Alto Evolucionário, que tinha chegado silenciosamente.

Banner virou-se.

– Sim – disse ele.

– Tem algum pensamento inicial? – perguntou o Alto Evolucionário.

– É muito cedo para dizer – respondeu Banner, tirando os óculos e esfregando os olhos. Estava cansado. Não tinha mais ideia de que horas eram.

– Eu percebo isso – o Alto Evolucionário falou. Ele olhou para a enorme bomba de raios gama. – No entanto, o tempo também é premente. Meus agentes na Cidade Baixa me disseram que a S.H.I.E.L.D. está muito ativa. Agentes estão procurando por você e seu amigo. Consegui ficar um passo à frente deles até aqui, mas estamos comprometidos com este local agora. Se a S.H.I.E.L.D. nos encontrar e iniciar uma invasão, haverá violência e eu serei obrigado a proteger meus interesses. Há muita coisa em jogo.

– Você tem que fazer o que acha que é certo – disse Banner. – Escute, Wyndham, tenho me dedicado a este projeto. Eu entendo as escolhas difíceis que temos que fazer para que seja concluído. Você me disse o que está em jogo, e eu acredito em você. Deus me ajude.

– Estou satisfeito – disse o Alto Evolucionário. – E sou grato pelo seu apoio.

– Presumo que você irá me dizer a natureza da ameaça? – perguntou Banner.

– Claro – respondeu o Alto Evolucionário.

Banner esperou por um momento.

– Mas não agora? – pressionou.

– Há muito a ser feito para perdermos tempo com uma digressão longa – replicou o Alto Evolucionário. – Eu preciso passar algumas horas verificando o estado de distribuição do vírus. Então estarei ansioso para ouvir suas ideias sobre como melhorar a eficiência da arma. Talvez quando esses elementos técnicos estiverem sendo implementados, poderemos sentar e discutir o quadro completo. Lembre-se, doutor Banner: a questão da ameaça vai se tornar totalmente irrelevante se não formos bem-sucedidos. O mundo está em perigo. Isso é tudo que você precisa saber. Não percamos tempo precioso discutindo algo que se tornará acadêmico.

Banner mordeu o lábio e assentiu.

– Acho – ele disse – que posso ver formas imediatas de aumentar a cobertura da irradiação por um fator de 25 ao mesmo tempo em que reduzimos o efeito real da explosão. Você tem uma unidade de usinagem e fabricação?

– No segundo andar.

Banner concordou.

– Dê-me algumas horas, e apresentarei minhas conclusões. Preciso pensar. Eu sou um caminhador, Wyndham. Preciso me mover para manter os meus processos de pensamento funcionando. Presumo que você vai me permitir vagar sem constantes verificações de segurança?

– Com toda a razão – falou o Alto Evolucionário. – Meus Novos Homens estão postados em todo o edifício. Não posso permitir que você deixe a instalação nem arriscar que você seja visto em uma janela. Com exceção disso, você está livre. Eu entendo: todos nós temos nossos processos. O meu sempre foi meditação e andar de bicicleta.

– E eu posso acessar o laboratório para usar o computador?

– Eu já sou um homem que gosta de escrever a mão – disse o Alto Evolucionário. – Mas é claro. Existem dispositivos portáteis lá.

– Falo com você em algumas horas, então – disse Banner.

O Alto Evolucionário consentiu e saiu da câmara.

Sozinho, Banner sentou-se à mesa de desenho. Por um momento ele se esforçou para conter sua profunda frustração e estabilizar seu pulso.

Deixou a câmara da bomba e vagou pela área dos fundos do andar da fábrica. McHale havia recebido atenção médica e, em seguida, sido transferido para um quarto privado. O híbrido-cão estava vigiando a porta.

– Quero vê-lo – falou Banner.

O híbrido-cão olhou feio para ele.

– Seu mestre disse que eu poderia ir para onde eu quisesse.

O híbrido-cão ficou parado enquanto verificava o fato psionicamente. Em seguida, abriu a porta e deixou Banner passar.

A porta se fechou atrás dele. Banner ouviu-a travar.

O quarto estava sujo e a janela lacrada. McHale estava deitado em uma cama enferrujada, algemado na armação. Ele olhou para Banner com desgosto. A parte de trás de sua cabeça estava enfaixada.

– Você está bem? – perguntou Banner.

McHale balançou a cabeça. Sua expressão era de desprezo.

– Me desculpe por atacá-lo – disse Banner. Ele olhou em volta. Havia uma bolsa médica no chão ao lado da porta, fora do alcance de McHale. Ela continha os itens de primeiros socorros de costume: curativos limpos, antisséptico e analgésicos.

– Você está com ele agora, não é? – interrogou McHale amargamente. – Você está trabalhando com ele?

– Há coisas grandes em jogo – respondeu Banner. Ele procurou em meio ao kit médico, examinando alguns itens.

– Eu confiei em você – disse McHale. Não havia ressentimento em seu tom.

– Então confie que estou fazendo a coisa certa.

– O que ele lhe ofereceu? – quis saber McHale. – O que ele prometeu?

– Uma coisa que eu sempre quis – respondeu Banner. Ele se levantou e olhou para McHale.

– Pensei que você fosse um cara confiável, doutor. Eu realmente pensei. Apesar de tudo, achei que você fosse uma das pessoas boas. Cara, eu estava errado.

– As pessoas podem estar erradas – disse Banner – quando julgam o caráter, ou as ações, ou uma situação em particular. Às vezes, elas não avaliam o plano geral. Às vezes, são enganadas.

McHale murmurou um xingamento.

– Às vezes você tem que atuar para convencer as pessoas – disse Banner. – Você tem que mostrar a elas o que querem ver, de modo que confiem em você. Talvez você tenha subestimado o quão bom eu era nisso. Você entende o que quero dizer, McHale? Como agente de espionagem profissional, tenho certeza de que você entende.

McHale estreitou os olhos e encarou Banner.

– Sim – concordou ele, lentamente.

– Às vezes você tem que representar um papel de uma forma bastante extrema – complementou Banner. – Quero dizer, quando as apostas são muito altas.

McHale assentiu.

– Você sabe o que eu quero dizer? Você entende? – perguntou Banner.

– Sim, doutor – McHale falou.

– Ok, então – disse Banner.

– Você é um pedaço traiçoeiro de... – McHale rosnou, e investiu contra Banner, tanto quanto sua algema permitia.

Banner recuou. Por um segundo, eles trocaram um olhar de cumplicidade.

– Eu só queria verificar se você estava bem – disse Banner. – Isso é tudo. Sinto muito, McHale.

McHale disse a ele onde poderia enfiar suas desculpas de forma anatomicamente precisa.

– Tudo bem – finalizou Banner. – Contanto que nós saibamos onde estamos, e quanto está em jogo.

– Estou ouvindo alto e claro, doutor – cuspiu McHale.

Banner deu de ombros e bateu na porta para sair.

Ele subiu para o laboratório do Alto Evolucionário. Wyndham estava escrevendo cálculos em um dos quadros.

– Já terminou, doutor? – quis saber.

– Não – disse Banner. – Eu precisava de uma calculadora.

Ele sentou-se na bancada principal e começou a digitar números em um pequeno dispositivo portátil, observando os resultados.

– Ainda estou incomodado – disse ele enquanto ele trabalhava. – Sinto muito, Wyndham. É que isso está dificultando minha concentração.

– Incomodado por que, doutor? – perguntou Wyndham, olhando de cima.

– A natureza da ameaça – disse Banner, sentando-se novamente. – Peço desculpas, mas não posso evitar. O desconhecido me deixa ansioso, e ansiedade não é bom para mim. Fica repetindo em minha mente e dificultando que eu mantenha uma disposição calma.

O Alto Evolucionário assentiu.

– Entendo, doutor – disse ele. Largou a caneta que estava usando e caminhou até a bancada para ficar de frente para Banner. – Eu preciso de você lúcido, e certamente não desejo que fique agitado. Vamos gastar alguns minutos, e eu lhe digo o que sei.

– Obrigado – disse Banner. – Você tem que entender minhas dúvidas. Isto é tão grande, Wyndham.

– Então me deixe explicar, de forma rápida e concisa – começou o Alto Evolucionário. – Nove meses atrás, recebi o primeiro contato dos representantes do...

De repente, ele ficou em silêncio, como se estivesse ouvindo algo que Banner não podia ouvir.

– O que é isso? – perguntou Banner. – Representantes de quê?

– Agora não – falou o Alto Evolucionário, sem rodeios. – Recebi um alerta psiônico. Os Novos Homens acabaram de confirmar que equipes táticas da S.H.I.E.L.D. estão cercando o prédio. Nosso tempo acabou.

– Representantes do quê, Wyndham? – perguntou Banner, com mais firmeza.

– Realmente, doutor, agora não! – gritou o Alto Evolucionário. – A invasão está prestes a começar. Haverá derramamento de sangue. Nossa mão está sendo forçada. Você e eu vamos sair desta instalação pela minha ligação de teletransporte. Ela vai nos levar para um local seguro longe daqui.

– Wyndham...

– Compreenda a situação, Banner! – exclamou o Alto Evolucionário. – A S.H.I.E.L.D. está em cima da gente. Estamos saindo. Agora. Não há mais nenhuma oportunidade de sutileza para este plano. Nós estaremos muito longe quando a S.H.I.E.L.D. tomar o edifício. Vou detonar a bomba de raios gama remotamente, e então vamos fazer o que pudermos para reparar a situação global e implementar o meu plano.

Banner se levantou e tirou algo do bolso.

– Qual é a ameaça, Wyndham? – ele exigiu saber.

– Banner, você está me enfurecendo! Temos que sair agora!

– Eu acho que é hora de você compreender a situação – disse Banner calmamente. – Nós não estamos indo a lugar algum. Você vai me dizer, agora, a natureza da ameaça. Não haverá mais evasão.

Ele ergueu o objeto que havia tirado de seu bolso.

– Você vê isso? – perguntou. – É uma EpiPen. Peguei emprestado do kit médico na cela de McHale. Um autoinjetor de epinefrina, Wyndham. Uma alta dose injetável de adrenalina médica.

Banner arrancou a tampa e segurou a agulha encostada ao antebraço.

– Diga-me qual é a ameaça, Wyndham – ordenou. – Diga agora. Ou eu vou injetar isso em meu braço. E você com certeza não quer que eu faça isso.

19

Washington, DC
12h32, hora local, 12 de junho

A ARMADURA ENCAIXOU-SE EM TORNO DELE.

Tony Stark ficou de pé, braços estendidos ao lado do corpo, permitindo que as reluzentes placas e painéis da armadura do Homem de Ferro se articulassem no lugar. Ela emitia um suave zumbido conforme se conectava, travava e vedava – perfeitamente sincronizada.

Sentia-se vivo novamente: limpo, inteiro, energizado.

Melhor ainda, sentiu sua confiança reinicializando.

Deixe o mundo vir com tudo. Ele era o Homem de Ferro, um vingador. E estava renovado.

– Tudo pronto, senhor? – perguntou Seavers, o técnico da S.H.I.E.L.D. que lhe dava assistência.

Stark assentiu. Deu um passo para a frente da caixa aberta em que a armadura do Homem de Ferro recém-saída da fábrica havia sido armazenada, flexionando as mãos e girando os braços.

Retraiu seu painel de rosto.

– Me sinto bem – respondeu ele.

Seavers o seguiu enquanto saíam da área de carga do aeroporta-aviões. Na oficina adjunta, a armadura que Stark estava usando quando veio a bordo fora deitada em uma mesa de aço. Ela estava amassada, riscada e quebrada; partes dela estavam desarticuladas. Sua roupa interna rasgada estava pendurada no encosto de uma cadeira.

Stark fez uma pausa e olhou para a armadura danificada. Cada marca nela contava uma história: os chanfros deixados pelos punhos de Ultron, as marcas de punção de estilhaços, os danos de queimadura, as rachaduras de impacto das nanoformas, o trauma cinético, as distorções de colisão. Os efeitos em decomposição que o enxame de nanorrobôs causou faziam a armadura descartada parecer como se tivesse sido pulverizada com ácido. Crostas de resíduo dos nanorrobôs mortos endurecendo as articulações e junções. Os emissores destruídos do sistema repulsor da luva estavam enegrecidos pela explosão.

– Quando essa crise acabar – disse Stark para Seavers –, eu quero essa armadura enviada de volta para as Indústrias Stark.

– Você vai reciclá-la? – perguntou o agente da S.H.I.E.L.D. – Vai reaproveitar os componentes reutilizáveis?

– Não – respondeu Stark. – Eu vou repará-la.

Ele estendeu a mão com uma de suas luvas novíssimas e gentilmente tocou os dedos de uma das luvas mortas.

– Eu sou o Homem de Ferro – falou em voz baixa. – O traje, a armadura, eles fazem de mim o Homem de Ferro. Claro, eu tenho um armário cheio deles. Variantes, adaptações especiais e muitas peças de reposição. Mas cada uma tem sua própria personalidade. Esta passou comigo por muita coisa. Ela salvou minha vida, esta manhã, várias vezes. Eu não vou apenas transformá-la em lixo. Isso seria ingratidão.

Seavers assentiu. Ele era um especialista em tecnologia, e entendia a mentalidade técnica de Stark. Tony sabia algo que a maioria das pessoas não sabia. Tratar um traje de hardware como se estivesse vivo tinha um sabor desconfortável de sentimentalismo.

Mas caras como Seavers entendiam.

– Eu vou priorizá-la na passagem pela descontaminação e a embalar, senhor – disse Seavers.

Stark fez um gesto de agradecimento.

– Agradeço muito – completou.

Ele caminhou pelo aeroporta-aviões movimentado na direção da suíte médica. Agentes da S.H.I.E.L.D. passavam por ele nos corredores, muitos deles lançando-lhe cumprimentos respeitosos ou até mesmo saudações. Havia um senso de propósito unificado.

A escotilha da suíte médica sibilou ao abrir automaticamente quando ele se aproximou.

– Como você está indo? – perguntou enquanto entrava.

– Péssimo – disse Mercúrio.

Pietro Maximoff estava acordado e sentado em uma maca. Ele tinha uma manta térmica sobre os ombros. Visão e Nick Fury estavam com ele. Perto dali, dois especialistas uniformizados da S.H.I.E.L.D. estudavam dados complexos em uma série de telas de vidro independentes. Eles conversavam baixinho um com o outro, ajustando e anotando os dados que eram exibidos com canetas eletrônicas.

– Tem alguma coisa que você pode compartilhar com a gente? – Stark perguntou a Pietro.

– Wanda falou comigo – disse Mercúrio. – Eu corri para cá o mais rápido que pude.

– Ela falou com você? – questionou Stark. Ele notou que a mesa na frente de Pietro estava coberta de páginas arrancadas de um bloco de notas. Pietro esteve escrevendo. Muito.

– Na minha cabeça – disse Pietro.

– Isso aconteceu muitas vezes antes? – perguntou Stark.

Fury lançou a ele um olhar de advertência. Stark xingou por dentro. Seu tom naturalmente irreverente muitas vezes o fazia soar sarcástico, mesmo nas raras ocasiões em que ele não estava tentando ser.

– Nós estabelecemos que é um evento incomum – falou o Visão. – Dado o conjunto de poderes de Wanda, esta parece ser uma forma de comunicação baseada em magia.

– Ela estava em apuros – disse Pietro. – Nós temos que ir e ajudá-la imediatamente ou...

– Peraí. O que ela disse, exatamente? – perguntou Stark.

– Ela realmente não disse nada – respondeu Pietro. – Eu apenas a senti. Ela estava chegando a mim, ao meu coração. Senti sua mensagem em vez de ouvi-la. Ela estava em perigo, e na escuridão. Um lugar sombrio. Um reino sombrio. O Deus do Trovão estava com ela. Ele estava em perigo, também. Havia fogo. Mas nada disso importa! Estamos perdendo tempo com essa conversa!

– Nós não vamos fazer nada até descobrir o que estamos enfrentando – disse Stark.

Pietro olhou sério para ele.

– Você mencionou fogo? – interrogou Stark.

Pietro deu de ombros.

– E estrelas – disse ele, impaciente. – Estrelas em alinhamento, em um círculo. Isso era, de alguma forma, importante. Estrelas em um grande círculo. Ou fogueiras em um círculo. Ambos. Nenhum dos dois. Eu não sei.

– Isso está relacionado com a Sibéria – disse Fury.

– Sim, percebi isso – disse Stark. – Alguma chance de isso ser algo... alguém fazendo você pensar que era Wanda?

Pietro balançou a cabeça.

– Foi ela – disse ele com grande convicção. – Em meu coração, e em meu sangue, sabia que era minha irmã. Eu não posso explicar isso, e não tenho nenhuma prova para te mostrar, mas era ela. E nós temos que ir até ela agora!

– O que é isso? – Stark perguntou, apontando para as páginas escritas à mão.

– Pedi que ele escrevesse qualquer coisa que pudesse se lembrar – disse Fury. – Às vezes isso pode abrir a memória e liberar as coisas que você não percebe que estão bloqueadas.

– Ok – disse Stark.

– Maximoff escreveu tudo isso em cerca de dois minutos – disse Fury. – Foi uma coisa louca. Ele quebrou a minha caneta.

– Eu posso escrever rápido – disse Pietro. – Eu posso fazer tudo rápido. Mas isto não foi consciente. Foi... como esse processo é chamado?

– Escrita automática – continuou Visão.

– Sim. Isso. Eu só escrevi. Eu não sabia o que estava escrevendo, o que significava, ou de onde estava vindo. Eu só escrevi. Acho que a magia de Wanda colocou coisas em minha cabeça, e tudo veio à tona.

Stark pegou uma das folhas e olhou para ela.

– O que é isso? Equações? Combinações matemáticas?

Visão apontou para um painel de vidro no qual os especialistas da S.H.I.E.L.D. estavam trabalhando. As placas estavam cobertas de projeções holográficas brilhantes.

– Eu transcrevi – disse Visão. – Compartilho o desejo de Pietro de ir ajudar Wanda o mais rápido possível. Eu estava tentando descobrir sua localização. O fluxo de material não é claro. Está quebrado em alguns lugares, como se os dados estivessem confusos ou incompletos. Mas acredito que seja uma expressão matemática do espaço dimensional.

Stark olhou para ele.

– Sim, eu vejo isso agora – ele concordou. – Está descrevendo os termos espaciais de alguma coisa. Não é da Terra. Não é a nossa realidade, mas algo expresso em relação a ela.

– Você pode ler esse material? – quis saber Fury.

– Na verdade, não – disse Stark. – Não é minha área. Mas eu sei o básico bem o suficiente para ver o que está acontecendo.

– Chamei esses especialistas para consultar – observou Fury, apontando para os técnicos. – Especialistas quânticos, engenheiros dimensionais. Nossos melhores.

– Talvez Wanda esteja tentando nos dizer alguma coisa – destacou Visão.

– Bem, sim – disse Stark.

– Eu quero dizer especificamente. Talvez ela esteja tentando nos enviar informações que ela espera que possamos usar. Sobre onde ela está. Onde, quando e como. Onde esse lugar fica em relação a nós.

– Sim, deliberada ou acidentalmente – pontuou Stark.

– O que você quer dizer? – perguntou Pietro.

– Bem, esse também não é o campo de Wanda – disse Stark. – Ela não iria entender matemática quântica. Mas e se ela... seja lá o que é que ela faz... lançar um feitiço? Tudo bem com essa terminologia?

– Vá em frente – disse Fury.

Stark andou um pouco de um lado para o outro, imitando um mágico com uma varinha.

– Ela está desesperada. Está com problemas – continuou ele, pensando em voz alta. – Ela lança um feitiço, freneticamente talvez, para comunicar a seu irmão um conceito simples. Onde ela está.

Ele apontou para os painéis.

– Magia não é minha área, então, paciência comigo – ele prosseguiu. – Mas é como se ela fizesse um desejo. *Faça com que Pietro saiba onde estou.* E na ponta onde Pietro está, esse desejo chega como um download de dados, literalmente. A descrição científica detalhada de sua localização. Um mapa quântico.

Tony olhou para os técnicos.

– Vocês estão entendendo isso? – perguntou.

– Absolutamente, senhor – disse um deles, um homem mais velho. No crachá em seu terno lia-se "Willings". – Esta seção aqui... – ele apontou para um dos painéis – esta é praticamente uma representação matemática do nosso planeta. Especificamente Nova York, que é onde o Sr.

Maximoff estava quando isso começou. O resto, em sua maior parte, é algo completamente diferente.

– É geometria não euclidiana – disse outra técnica, uma mulher. Seu crachá dizia "Gainsborough". – Está descrevendo um universo que obedece a leis físicas completamente diferentes.

– É aí que achamos que ela esteja – disse Willings. – Ou, pelo menos, de onde os dados foram enviados.

– Temos combinação? – perguntou Stark. – Quero dizer, nós já nos envolvemos com pessoas de outras dimensões antes. Temos dados. Será que isso não combina com nada? Com nenhum dos eventos anteriores? Violações de espaço-tempo? Buracos de minhoca?

Gainsborough balançou a cabeça.

– Até agora, nada – disse ela. – Tenha em mente que muitos dos nossos sistemas estão desligados. Não temos acesso aos arquivos completos, e não podemos puxar nada do banco de dados dos Vingadores.

– Você disse "em sua maior parte" – questionou Stark, olhando para Willings. – O que você quis dizer?

– Há uma seção aqui – respondeu ele, indicando uma outra parte da tela. – É pequena, como uma anotação paralela. Eu não sei o que é.

– Dê-me o seu melhor palpite – pediu Stark.

Willings deu de ombros.

– Se isso – ele disse, indicando com um gesto da mão toda a seção do lado esquerdo da tela – é o nosso universo, e isso – fez o mesmo movimento indicando o lado direito – é o outro lugar, a dimensão alienígena, então isso é uma anomalia. – Ele indicou uma pequena parte da seção central.

– É pequeno – disse Gainsborough. – Ela descreve um bolsão da realidade, separado de nosso universo, mas contido dentro dele como um subconjunto. Não é parte da outra, qualquer que seja essa "outra" dimensão.

Stark olhou para a tela e disse:

– Se o evento na Sibéria é uma incursão de outra dimensão em nosso universo, temos de fazer algo a respeito agora. É o que Wanda está tentando nos dizer. É um evento buraco de minhoca, a interseção de dois universos completamente diferentes.

A Contessa de la Fontaine entrou na sala.

– Estamos prestes a entrar ao vivo, diretor – ela avisou. – Dois minutos, e nós estaremos prontos para tentar um link com Londres.

Fury assentiu.

– Tudo bem – disse ele. – Continue trabalhando nisso enquanto Stark e eu vamos falar com a Europa. Talvez eles sejam capazes de nos ajudar a preencher essa...

Um estrondo o interrompeu. O aeroporta-aviões estremeceu.

– O que diabos foi isso? – perguntou Fury. Sirenes começaram a soar.

Fury pegou um controle remoto e ativou um dos grandes monitores da sala.

– Estamos sob ataque? – ele rosnou. – Fale comigo!

De la Fontaine estava prestando atenção a seu fone de ouvido.

– Tiros disparados, convés superior – ela anunciou. – Relatos de uma explosão.

Fury usou o controle para acessar o sinal de uma câmera de segurança. A imagem era granulada, branca e preta, e sem som. Ela mostrava o enorme convés superior do aeroporta-aviões, com as pistas para taxiar, áreas de estacionamento e bombas de combustível. Stark podia ver os aviões da S.H.I.E.L.D. em estilingues de lançamento, carros-guinchos e porta-munições.

– Que diabos? – soltou Fury.

Um clarão estourou as configurações de imagem por um segundo; quando a imagem esmaeceu novamente, um dos aviões estava em chamas. Equipes de voo corriam para se esconder. Havia agentes caídos. Equipes de segurança em armaduras correram para o convés empunhando rifles de assalto.

Fury garimpou a imagem. Stark congelou.

– Ah, meu Deus – ele disse.

Uma figura humanoide avançava lentamente pelo convés. Pequenas manchas brancas mostravam as centelhas que os projéteis automáticos emitiam quando ricocheteavam em sua blindagem.

Apesar da resolução em preto e branco, a identidade da figura humanoide era inconfundível.

Era o Homem de Ferro.

Stark fechou o painel facial com um tapa e se apressou para fora da suíte médica. Sua velocidade fez os outros recuarem. As páginas manuscritas de Pietro voaram pelo ar.

– Stark! – Fury gritou. – Stark!

Visão voou silenciosamente atrás do Homem de Ferro, atravessando a parede do corredor a tempo de ver Stark voando em direção ao convés. O pessoal da S.H.I.E.L.D. desviava de seu caminho.

Stark chegou a um poço de escadaria no fim do andar, se ajeitou na posição vertical e desceu os pés primeiro, os jatos de voo queimando.

Sua mente estava acelerada. Ele lutou contra o horror e tentou se concentrar.

Entendeu o que estava acontecendo.

Era tudo culpa dele.

• • • •

O convés superior estava um caos. Alarmes soando e tiros ribombando. Dois interceptadores S.H.I.E.L.D. estacionados estavam em chamas. A tripulação da plataforma estava fugindo para as saídas enquanto as equipes de segurança S.H.I.E.L.D. abriam fogo de cobertura.

O Homem de Ferro estava se aproximando da linha central do convés de voo. Balas sibilavam em direção a ele, que arrastava um corpo atrás de si, um corpo que ele havia agarrado pelo pescoço.

Stark pousou perto da escotilha exterior principal, ao lado das equipes de segurança. Eles estavam atirando, enchendo as grades do convés de cápsulas quentes.

– Para trás! – Stark ordenou.

Olharam para ele.

– Para trás, inferno, agora! – gritou.

Eles começaram a recuar. Stark saiu para o espaço aberto e encarou seu irmão gêmeo.

Era a sua armadura descartada.

Ela havia sido grosseiramente reconstruída. Estava completa novamente – funcional, viva –, mas não estava bonita. Os amassados e cortes tinham sido remendados com ligas de organo cruas. Resíduos compostos de nanofatura composta a cobriam como cicatrizes. Parecia doente.

Apenas nanofabricação intensa a poderia ter recuperado tão rapidamente.

A placa facial havia sido transformada. Ainda torcida e dobrada por conta da luta em Pine Fields, agora apresentava uma feroz rosnadura e olhos malévolos.

Ultron não havia fugido para os oceanos eletrônicos da rede de dados. Ele havia se escondido dentro do resíduo de nanorrobôs aparentemente adormecido que revestia a armadura danificada de Stark. A S.H.I.E.L.D. e os serviços de segurança estavam vasculhando o mundo atrás dele, mas ele estava com Stark o tempo todo. Ele estivera escondido dentro do Homem de Ferro.

– Olá, Anthony – falou Ultron.

Stark ligou seus repulsores. Carga completa.

– Ninguém toca nas minhas coisas – disse ele.

– A armadura é tecnicamente bruta – falou Ultron. – Mas constitui um adequado eixo-forma hospedeiro. Podemos retomar a nossa conversa.

– Sem conversa – Stark respondeu. – Você ataca o mundo e tenta causar uma Singularidade, eu respondo como um vingador. Você rouba minha tecnologia, aí é pessoal.

– Tão humano – disse Ultron. – Hahaha.

Stark olhou para o corpo que Ultron estava arrastando. Apesar do sangue e dos ferimentos terríveis, pôde ver que era Seavers.

– Dane-se o hardware – Stark sussurrou. – Eu vou te matar.

– Calculando a probabilidade de sucesso – disse Ultron. E fez uma pausa. – Zero – concluiu.

20

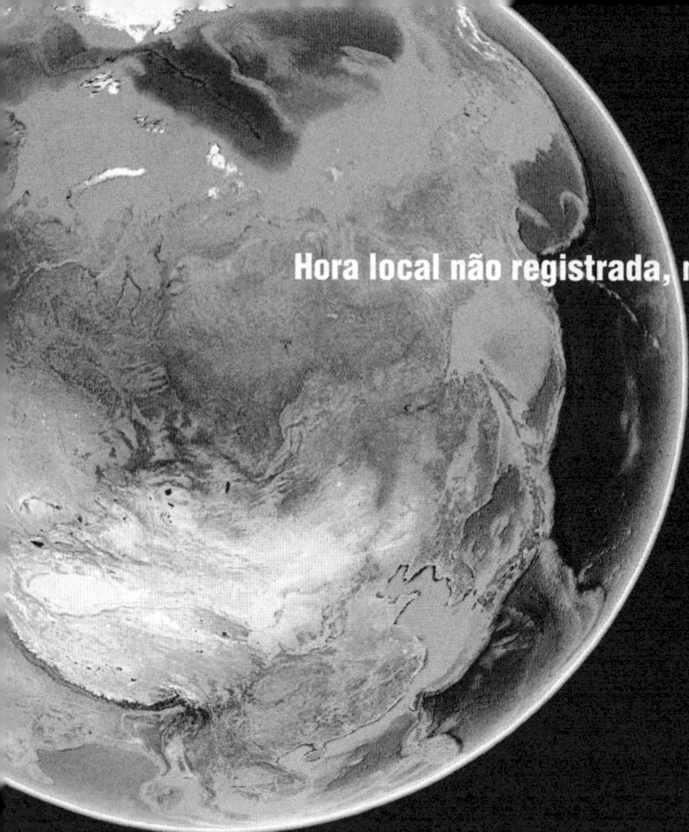

Sibéria
Hora local não registrada, nenhuma data relevante

— O TEMPO ESTÁ SE ESGOTANDO – murmurou Dormammu. O mago supremo estava olhando para o vazio frio. As últimas duas estrelas estavam quase perfeitamente alinhadas.

Ele olhou para Thor, e apontou com desdém para o hexagrama ardente que protegia o Deus do Trovão.

– Meu círculo em breve estará completo – Dormammu disse. – Enquanto o seu está prestes a morrer.

As fogueiras estavam quase apagadas. A madeira havia sido consumida. Os seis feixes de galhos eram pouco mais do que montes de cinzas, e a chama do tronco central estava pálida e fraca.

– A simetria dos rituais – continuou Dormammu. – Um círculo se forma, outro desvanece.

– Quando as nossos chamas morrerem – falou Thor –, você ainda vai ter que me matar. Não vou cair sem resistir. Nós já sabemos o quão difícil é matar um deus, especialmente quando você precisa de toda a energia que puder reunir.

– Ah, Filho de Odin. – Dormammu riu. – Isso foi antes.

Ele apontou para a constelação de sóis vermelhos.

– Minha força está agora além de qualquer coisa que você possa imaginar. Eu tenho energia de sobra. Energia para matá-lo em um piscar de olhos. Você não estava ouvindo? O círculo amplia o poder de quem o usa. Ele o amplifica. Quando as estrelas se alinharem, vou reformular universos.

Riu. Os animais a seus pés reagiram ganindo e uivando.

Thor pensou em várias respostas, mas nenhuma delas valia proferir. Apenas insultos – aquém de sua dignidade.

Olhou então para o círculo de estrelas e, em seguida, para baixo, para seu próprio círculo de fogo moribundo.

Seus companheiros Vingadores teriam ouvido o chamado de Wanda? Será que responderiam? Conseguiriam?

E se respondessem, o que poderiam fazer – mesmo se estivessem lado a lado contra o Pavoroso com força total? Eles...

Parou.

Sem olhar para trás, para Dormammu, virou-se e atravessou a terra morta e negra, em direção a Wanda.

– Onde você está indo, Filho de Odin? – Dormammu chamou por ele. – Não há nada que você possa fazer. Serei rápido, prometo.

Thor o ignorou. Agachou-se ao lado de Feiticeira Escarlate.

– Alguma ideia? – sussurrou para ela.

Ela balançou a cabeça.

– Eu estava esperando que você pudesse inventar algo genial – disse ele. – Algo mágico que eu nunca teria imaginado.

– Sinto muito – disse ela.

– Eu também – ele sorriu –, porque isso significa que vou ter que lhe contar a minha ideia. E não é engenhosa. É tola, e você vai me dizer de mil maneiras que ela é errada.

– Apenas diga. Nós não temos mais nada.

– Círculos – disse ele.

– Círculos? – ela perguntou, franzindo a testa.

– Círculos de magia – respondeu Thor. – O dele acima, feito de seis estrelas. O seu abaixo, feito de seis fogueiras.

– O meu é projetado para mantê-lo distante por um curto período de tempo – disse Wanda. – O dele é feito para reforjar a realidade. Eles são bem diferentes.

– Mas o princípio é o mesmo, não é? – insistiu Thor. – O círculo, seis pontos, amplifica o poder do feiticeiro? Seis fogos, sejam eles fogueiras ou estrelas? Eles funcionam da mesma maneira. Isso é o que ele me disse.

Ela assentiu com a cabeça.

– Onde isso nos leva? – perguntou ela.

– Não tenho certeza. – Thor sorriu. – Eu não sou mágico. Mas se ele romper o nosso círculo, nós morremos.

– Sim.

– E se nós rompermos o dele?

Ela ergueu as sobrancelhas.

– Bem, seu poder será diminuído.

– E ele não seria mais capaz de transformar mundos?

– Suponho que não.

– Ele seria frustrado em seus planos de capturar e controlar a Terra?

Ela se sentou.

– Sim, mas nós... – ela começou.

– Wanda, eu temo que não haja salvação para nós agora – disse Thor. – Ele nos tem, e nós seremos destruídos de uma maneira ou de outra. Tudo o que importa é que temos de detê-lo.

– Concordo – ela assentiu. – Mas você entendeu mal. Eu não estava preocupada conosco. Eu só ia perguntar como seria possível romper o círculo dele.

– Nós apagamos o fogo – disse Thor.

– É lisonjeiro você achar que eu tenho esse tipo de alcance – disse ela. – Thor, eu não posso apagar um sol.

– Mas o círculo e o mago são um, não é? – perguntou Thor. – Um não funciona sem o outro?

Ela olhou fixamente para ele.

– Isso é... loucura – ela disse. – Eu vejo onde quer chegar, mas é...

– O que temos a perder? – perguntou ele. – Você tem alguma habilidade restante?

– Algumas.

– O suficiente para um efeito local? Aqui, nesta planície desolada? Só aqui, e aqui apenas?

Ela se colocou em pé. Flexionou os dedos.

– Vamos descobrir.

Ele olhou para a escuridão e assentiu.

Ela ergueu a mão e levou-a ao queixo de Thor, virando delicadamente o rosto dele em sua direção.

– Se isso funcionar – disse ela –, nós vamos ter apenas um instante. E estaremos desprotegidos.

– Então é melhor que os dois estejam prontos – ele respondeu.

Ela esfregou as mãos, tentando aquecê-las. Ele pegou o Mjolnir pelo cabo revestido de couro.

– O que você está fazendo? – Dormammu gritou olhando para eles. Havia uma sombria zombaria em seu tom de voz. Os animais a seus pés latiram e rosnaram. – Uma última tentativa de lutar contra mim? Você se levantar para receber a morte em pé?

– Faça – determinou Thor à Feiticeira Escarlate.

Ela se preparou, pés separados e firmes no chão. Inclinou a cabeça, fechou bem os olhos e os punhos. As chamas no tronco atrás dela subiram novamente, estalando com força renovada.

A Feiticeira jogou as mãos para a frente, dedos abertos. Thor sentiu a onda de poder agitando o ar da noite.

As fogueiras apagaram. As chamas estalaram e morreram, soltando fumaça fina dos pontos do círculo. O tronco também se extinguiu, em chamas, se apagando lentamente.

Dormammu convulsionou e gritou. Caiu de joelhos, e então se esforçou para se colocar novamente em pé.

O Senhor do Medo não mais se banhava em luz mística. Ele era um gigante magro, enegrecido e esquelético. Fumaça espiralava de suas mãos e os ossos de sua cabeça chamuscavam.

– Você se atreve? – ele arfou.

Wanda tinha lançado um feitiço para banir o fogo da área ao redor deles, proibindo qualquer chama de queimar dentro de um raio de dois quilômetros. O banimento não iria durar. A chama mística, viva de Dormammu não queimava como um fogo natural. Ela se renovaria em segundos.

Mas o Deus do Trovão estava pronto.

O Mjolnir voou, lançado com toda a força que Thor conseguiu reunir. Ele cantou através do ar a uma velocidade supersônica e atingiu Dormammu na cabeça.

O crânio negro se estilhaçou.

Dormammu tombou.

Thor já estava correndo. Ele pegou o martelo no meio do caminho de seu retorno e saltou, levantando o Mjolnir sobre sua cabeça com as duas mãos.

O Lorde das Trevas tremia, a forma sem cabeça apoiada em suas mãos e joelhos. Tateava às cegas. Frágeis fios de magia escapavam girando de seus dedos, tentando reunir os cacos quebrados e espalhados de seu crânio.

Thor investiu o martelo sobre Dormammu, esmagando sua coluna contra o chão.

Um trovão retumbou.

Wanda caiu, sua energia se esgotara. Ela viu o círculo de bestas saltando e correndo para atacar ela e Thor.

– Thor! – ela gritou.

Thor se ergueu sobre o corpo quebrado e estremecido de Dormammu. Ele golpeou a primeira besta que se aproximou, esmagando-a de lado. Seu punho atingiu uma segunda, lançando-a no ar. Uma terceira fechou suas mandíbulas em volta de seu antebraço. Ele girou o Mjolnir e quebrou o pescoço dela.

Outros animais corriam para Wanda. Eles cruzaram o círculo que já não os detinha, passando pelos montes de cinzas fumegantes. Ela lançou um feitiço que fez com que um deles tropeçasse e caísse de patas estiradas, em seguida pulou para o lado, se esquivando das mandíbulas abertas de outro.

Wanda pousou rolando e saltou novamente. A besta estava bem atrás dela. Ela se colocou de lado e enfiou seu punho na garganta do animal, que gritou e cambaleou, vomitando e asfixiando.

Outro agarrou a capa da Feiticeira com seus dentes. Ela a puxou, rasgando a barra, e em seguida deu um chute de calcanhar na lateral do focinho da besta. Cap sempre lhe ensinara que, no corpo a corpo, a força física contava tanto quanto o posicionamento. Olhos, rosto, garganta. Mire um bom soco ou chute, e será possível deter o mais forte dos agressores.

Thor socou outra besta e virou-se para Dormammu. O Pavoroso estava tentando recompor sua forma quebrada. Sua coluna estava torcida e partida. Parte de seu crânio já havia se colado novamente: a mandíbula, um encaixe de olho e uma seção do crânio. Thor podia sentir sua raiva. Em segundos, o fogo apagado de Dormammu reacenderia.

Thor girou o martelo, quebrando de novo o crânio parcialmente formado. Ele direcionou o Mjolnir para baixo com ambas as mãos, desintegrando as costelas do Pavoroso.

Dormammu caiu. Thor golpeou de novo, e de novo.

Dormammu não morreria. Ele não podia morrer. Thor sabia disso. Demônios, assim como os deuses, eram duros de matar.

Mas se Thor infligisse tanto mal quanto possível, tomaria o tempo que o Pavoroso precisaria para se recompor.

Um último golpe, e Thor recuou. Ele empurrou uma besta para o lado, em seguida virou-se para encontrar Wanda.

– Droga! – rosnou.

Ela se esquivava, socava e fugia, mas foi cercada por bestas enfurecidas.

Ele voou até ela, e sistematicamente esmagou as criaturas com a ira sanguinária do Filho de Odin.

– É hora de ir – ele falou e a envolveu nos braços.

Sem o feiticeiro em seu centro, o círculo místico de Dormammu estava sendo rasgado e separado por seu próprio poder reunido e sua falta de foco.

As seis estrelas vermelhas queimavam com uma luz amarga, tóxica. Os tremores sacudiam a terra negra. Relâmpagos chiavam pelo céu amaldiçoado.

Rachaduras e sumidouros surgiram no chão, expirando vapor nocivo. As rachaduras aumentaram, tornando-se fendas e então desfiladeiros.

Thor se preparou para girar seu martelo.

Imensos clarões de rançosa energia do fim do mundo estouraram em todo o céu, como uma versão de pesadelo da aurora boreal.

Longe deles, além da borda do círculo extinto de Wanda, Thor viu Dormammu começando a se levantar novamente. Ele estava meio quebrado, mutilado, desafiando a morte. As chamas começaram a se fortalecer e aumentar em volta de seus ossos quebrados.

Ele gritou seus nomes. Gritou sua condenação.

Thor ergueu o Mjolnir acima de sua cabeça e gritou para o céu.

A tempestade respondeu. Ela não mais pertencia a Dormammu. Seu controle havia se rompido. Não era mais uma escrava do Pavoroso.

A tempestade tinha um novo mestre.

Thor chamou o relâmpago.

Um raio escaldante, ofuscante e azul, branco e quente, irrompeu do céu e atomizou Dormammu com um estrondo que parecia um martelo de gigante golpeando uma bigorna.

Thor girou o Mjolnir e deixou que o martelo carregasse ele e Wanda em sua subida para o céu.

Ao redor deles, o mundo se desfez.

21

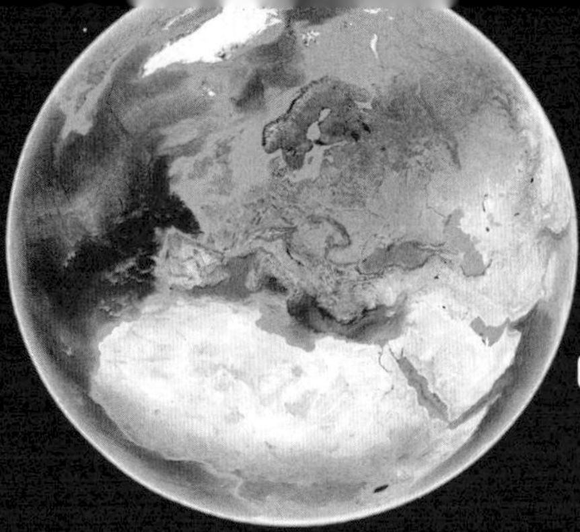

Berlim
01h12, hora local, 13 de junho

— VOCÊ NÃO TEM QUE FAZER ISSO – disse Gail Runciter.

– Sim, eu tenho – replicou Cap.

– Vamos lá, Steve. Você acabou de recuperar a consciência. Você estava à beira da morte. O antídoto entrou em seu sistema no último momento possível. Apenas metabolismo melhorado o manteve vivo por todo aquele tempo. Você entende o que estou dizendo? Você precisa descansar. Eles precisam examiná-lo e se certificarem de que...

– Gail – disse, pegando a mão dela. – Eu farei isso. Agora mesmo, ok?

Ela suspirou e assentiu. Capitão olhou para G.W. Bridge. Ele também concordou.

Os guardas da S.H.I.E.L.D. desarmaram a porta da cela e abriram caminho. Cap entrou na pequena cela com luz azul. Olhou para a grande parede espelhada, e soube que Gail e Bridge o observavam através dela.

Strucker estava algemado a uma cadeira de metal diante de uma pequena mesa. Cap sentou-se de frente para ele.

– Onde estou? – perguntou Strucker.

Cap não respondeu.

– Direitos humanos básicos – disse Strucker. – Direitos de detento. Você é obrigado a me dizer onde estou.

– E você é obrigado a calar a sua maldita boca – falou o Capitão. – Não se atreva a me dar um sermão sobre direitos humanos...

Ele fez uma pausa.

– Berlim – ele disse. – Instalação de detenção da S.H.I.E.L.D. Estou dizendo isso a você porque não pretendo descer ao seu nível.

Strucker riu. Seu rosto estava muito machucado.

– E é por isso que os americanos vão acabar perdendo – disse Strucker. – E a Hidra prevalecerá.

– Vamos falar sobre seu prevalecimento – interrompeu Cap. – Seu patógeno foi neutralizado. Berlim está segura. Ninguém morreu. Nem mesmo eu.

Strucker ficou em silêncio.

– Algum comentário? – perguntou Cap.

– O sopro da Hidra irá...

– Por conta da engenharia reversa dos laboratórios da S.H.I.E.L.D., dentro das próximas três horas teremos suas amostras e amostras do contra-agente. Já não é mais uma ameaça.

– Corte uma cabeça, e outra vai crescer em seu lugar – continuou Strucker.

Cap olhou para ele do outro lado da mesa.

– Acabou, Strucker – disse ele. – O plano da Hidra falhou. E ao falhar, causou um prejuízo considerável para a sua organização. Não estou falando apenas de reputação e influência. Você fez isso às pressas, Strucker. E ao fazer, tomou atalhos e expôs conexões, processos, organização, hierarquia. A Hidra pode nunca se recuperar.

Ele manteve os olhos em Strucker.

– E se isso acontecer, se brotar outra cabeça ou duas, você certamente não vai estar em liberdade para ver.

– Você superestima seu...

– Nós analisamos os dispositivos recuperados em seu apartamento – interrompeu Cap. – Coisas interessantes. Dados suficientes para manter os agentes de campo ocupados por meses. Nomes, contatos. Você realmente estava com pressa, não é?

Strucker ficou em silêncio.

– Uma coisa é especialmente interessante – disse Cap. – O registro de uma mensagem enviada anonimamente à S.H.I.E.L.D. Uma dica, alertando a S.H.I.E.L.D. sobre uma operação da I.M.A. na Antártida. Obrigado por isso. Eu acredito que já foi acionada. Você não está nisso apenas por poder e controle, não é? Você também está nisso para destruir os seus rivais. Dedurar a I.M.A. para impedir que ela tirasse o prêmio da Hidra. Você estava nesse nível de frenesi.

– Havia uma pergunta aí? – perguntou Strucker maliciosamente.

– Todo mundo estava atrás disso, não é? – perguntou Cap. – Houve uma corrida... uma corrida para dominar o mundo. Você estava na competição, e fez tudo que podia para ganhar.

– Tinha que ser feito – disse Strucker. – Hidra precisava ser vitoriosa.

– Por quê?

– Porque havia muito em jogo.

– E todo mundo pensou a mesma coisa – disse Cap. – Toda grande operação terrorista ou criminosa do mundo. Uma corrida súbita, desesperada para tomar o poder. Sem hesitação, sem sutileza, sem bases. Só podia haver um vencedor. O mundo virou um inferno esta noite por causa disso.

– E o seu ponto é...

– Por quê?

– Necessidade – Strucker disse, recostando-se. – Tínhamos que agir agora, ou nunca mais agiríamos. Uma única chance.

– Por quê?

– Houve um ultimato. Sem mais demoras. Tomem o poder... Façam o que sempre se gabaram que fariam. Assumam o controle da raça humana e estabeleçam sua própria ordem. Imponham suas regras, ou estará acabado para vocês.

– Quem emitiu o ultimato? – interrogou Capitão.

Strucker deu de ombros. Seus grilhões tilintaram.

– Strucker, há uma ameaça lá fora. Uma ameaça escondida, uma ameaça tão grave que fez com que até mesmo a Hidra agisse com um desespero insano e irresponsável. Eu preciso saber o que é.

– Sim, você precisa – disse Strucker.

– Me diga.

Strucker sorriu.

– O mundo será obrigado a prestar contas; e provavelmente irá morrer – ele falou. – Eu tive uma chance de evitar isso. A Hidra teve uma chance. Mas você nos deteve, Capitão América. Você nos impediu de salvar o mundo.

– Dominar o mundo.

– É a mesma coisa – insistiu Strucker. – Você me deteve. Portanto, entenda. Eu não vou lhe dizer nada. Eu não vou te ajudar a encontrar ou enfrentar esta ameaça, porque esta é a única satisfação que me resta.

– Você prefere ver o mundo morrer a me ajudar? – perguntou Cap. – Você prefere morrer com ele a levantar um dedo para ajudar? Você está condenando o planeta por rancor?

– Exatamente – o outro respondeu, sorrindo. – Quando tudo o que resta é rancor, caro Capitão, rancor terá de ser suficiente.

22

Madripoor
06h10, hora local, 13 de junho

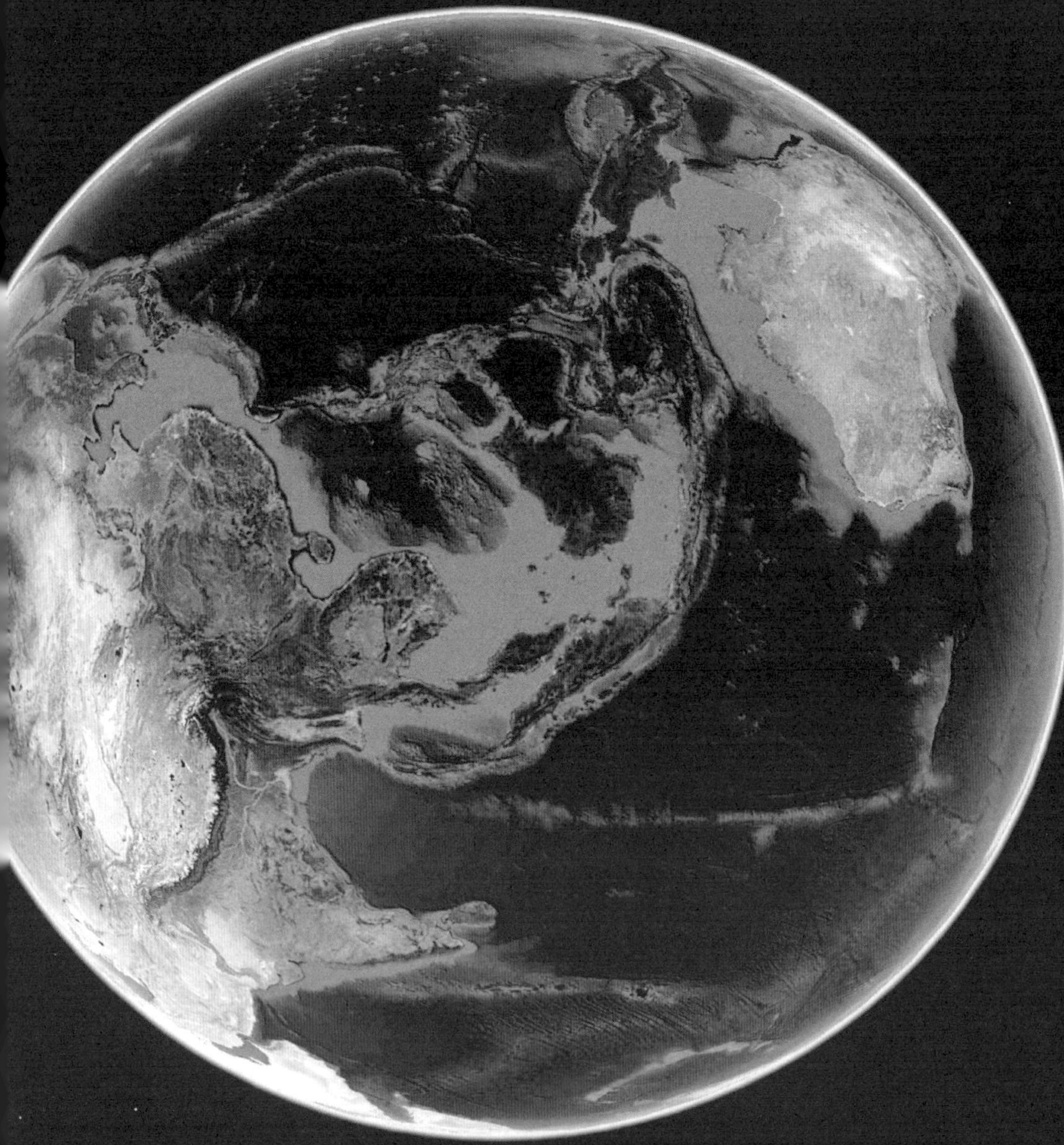

GRANADAS DE LUZ DETONAVAM nas escadas apertadas do antigo edifício da fábrica na Cidade Baixa. Fumaça azul se erguia, enchendo os corredores e cegando os ocupantes.

As equipes táticas entraram.

O agente de campo da S.H.I.E.L.D. Jerry Hunt liderou a primeira equipe pelo acesso a oeste. Eles usavam trajes blindados, equipamentos preto e branco e capuzes selados. O tecido dos trajes táticos continha um polímero de refração que, em combinação com a fumaça azul, deixava os agentes praticamente invisíveis. Suas máscaras oculares, calibradas para calor e movimento, com imagens projetadas no visor digital, lhes permitiam ver em meio à fumaça e à escuridão; as lentes também haviam sido especialmente filtradas para combinar as qualidades prismáticas das partículas de fumaça, permitindo-lhes uma visão direta e clara.

Levavam a Arma Tática S-System. Esses fuzis híbridos podiam mudar de munição real para tranquilizante com um pressionar de botão, e também atirar granadas em sequência de seu lançador posicionado abaixo do cano. Os trilhos no topo das armas continham canos de disparo de feixes congelantes e plasma faseado, para aqueles momentos difíceis em que tiros de energia eram preferíveis aos projéteis balísticos duros.

Hunt ordenou que usassem o modo "tranquilizante" no ponto de partida. Ele não queria um banho de sangue. A inteligência havia sugerido que Wyndham mantinha prisioneiros lá dentro.

A S.H.I.E.L.D. invadiu o prédio, liberando sala por sala. Os agentes dispararam rajadas curtas, controladas, derrubando qualquer coisa que se movesse.

Hunt viu os Novos Homens, os grotescos soldados de Wyndham. Ele estava feliz pelos bloqueadores psiônicos que a S.H.I.E.L.D. havia integrado às cápsulas inferiores dos trajes da equipe tática. Mas estava preocupado com os atrozes níveis de radiação que o detector gama preso ao seu pulso estava captando.

Um Novo Homem, uma coisa-gato, pulou em cima dele no patamar do segundo andar. Precisou disparar duas rajadas de tranquilizantes para derrubar a coisa.

– Liberem a esquerda! – Hunt ordenou. Ele trocou de lugar com o homem que lhe dava cobertura. Passando à direita, chutou uma porta e neutralizou os Novos Homens que estavam à espera.

Os Novos Homens estavam confiando em seus poderes psiônicos. Eles paravam para liberar seus ataques mentais, o que fazia deles bons e estáticos alvos. No momento em que entendiam que as equipes da S.H.I.E.L.D. estavam protegidas contra ataques psiônicos, já estavam no chão.

Hunt sabia que a vantagem não duraria. Os psiônicos iriam compartilhar essa informação. Conforme se aprofundassem no edifício, começariam a encontrar Novos Homens prontos para defender seu território por outros meios. Seus alvos estavam aprendendo, e aprendendo rápido.

– Cuidado com armas e lâminas – alertou pelo rádio.

Apenas alguns segundos depois, um carneiro humanoide atacou com um cutelo. O parceiro de Hunt abateu o carneiro com uma rajada contínua.

Hunt assentiu em agradecimento, carregou sua arma e seguiu em frente. Do edifício em torno dele, ouvia tiros e o estrondo de granadas.

Ele estava rastreando a fonte de radiação. Era a sua prioridade ter essa fonte segura. No andar seguinte, a base da escada estava protegida por três Novos Homens com fuzis AK-47. Balas atingiram e destruíram a velha escadaria, rasgando madeira e tijolo e tornando o ar denso de poeira e fibras. Um companheiro da equipe de Hunt foi derrubado, mas sua armadura composta havia parado a força letal das armas de assalto. Eles iriam para casa com hematomas e uma história para contar no refeitório.

Hunt não conseguia obter um tiro limpo. Os Novos Homens foram abrindo fogo contra eles. Ele alternou sua arma e selecionou o lançador de plasma. Esquivando-se para fora de sua cobertura, disparou, destruindo o corrimão com um feixe de energia verde e cortando um pedaço semicircular da parede. A seção da parede caiu, suas bordas crepitando e queimando – perfeitamente cortadas. A cobertura da escadaria desapareceu imediatamente. Hunt alternou de novo para tranquilizante e mirou nos Novos Homens expostos, que corriam em busca de um novo lugar para se esconder.

Ele tomou a frente no caminho até as escadas. O assoalho, atingido e enfraquecido, cedeu sob o peso.

A base da escada era mais sólida. Uma boa fundação, vigotes provavelmente reforçavam o piso do próximo andar. O lugar havia sido uma fábrica, e fora construído para suportar máquinas e linhas de produção.

Eles passaram pela porta seguinte e entraram em uma enorme câmara. A visão que tiveram os deteve.

– Não atirem! – Hunt ordenou urgentemente. – Isso é uma maldita ogiva!

O dispositivo era enorme e sinistro. Estava ali imóvel sob a luz fraca em cima de um carrinho. Hunt já tinha visto algumas coisas em sua distinta carreira na Europa e no Extremo Oriente. Ele conhecia uma bomba de raios gama quando encontrava uma.

Eles avançaram pela câmara, armas em prontidão. Havia um homem em mangas de camisa trabalhando ao pé da bomba, cortando e religando freneticamente.

– No chão! Agora! – Hunt gritou. – Barriga para baixo!

– Temo que eu não possa fazer isso – Banner respondeu, sem olhar em volta para vê-los. Ele enfiou seu cortador de fio na boca para que pudesse usar as duas mãos na remoção de uma tampa de inspeção.

– Você o ouviu! – um dos outros agentes gritou, erguendo a arma.

Hunt acenou para que o homem abaixasse a arma.

– Banner? – ele chamou. – Doutor Banner?

Banner tirou os cortadores da boca.

– Um pouco ocupado – respondeu ele, trabalhando furiosamente.

Hunt se aproximou de Banner.

– O que você está fazendo? – perguntou, tirando o capacete.

– Salvando o mundo, eu espero – respondeu Banner. – Infelizmente, Wyndham não foi apresentado à codificação de cores padrão.

Hunt olhou para a bomba.

– Essa maldita coisa está armada? – perguntou.

– Sim – disse Banner. – Armada e ligada. Detonador remoto. Passe-me aquela chave de fenda.

Hunt se sentiu obrigado a fazer o que lhe foi pedido.

Banner, que ainda não havia olhado para cima, pegou a ferramenta e usou o cabo para arrancar a golpes uma placa de inspeção entalada.

Hunt podia ver que Banner estava focado e atento. Ele também podia ver que o homem estava suando. Agitado. De repente, Hunt percebeu que não tinha certeza do que mais temia: a bomba ou Banner.

– Você sabe o que está fazendo? – perguntou.

– Acredito que sim. Eu deveria.

– Existe um esquema?

– Muitos – respondeu Banner. – Mas a fiação do mecanismo de disparo é bastante normal. Ah.

– Ah? Ah o quê?

– Lá está o receptor do sinal remoto.

Banner o alcançou com um alicate.

– Onde está o Wyndham? – perguntou Hunt.

– Se foi. Agora mesmo. Teletransportado. Não consegui detê-lo.

– Droga – resmungou Hunt.

– Por isso a pressa – disse Banner. – Ele pretende detonar isto aqui de seu novo local.

– Vai explodir a ilha – disse Hunt.

– Só para começar – Banner concordou.

Ele fez um corte e, em seguida, puxou um maço de fios.

– Este é o disparador remoto – disse ele, e respirou fundo.

Olhou para Hunt. Gotas de suor haviam se reunido ao redor da borda inferior de seus óculos.

– A bomba ainda está armada – Banner disse. – Nós precisamos ver isso. Mas o gatilho está desativado.

– Vou chamar uma equipe de descarte – disse Hunt.

– Faça isso rápido. Tenho certeza de que não existem gatilhos de reserva, mas Wyndham é inteligente. Esta coisa precisa ser desmontada, até seus componentes. E é suja. Sua equipe deve estar protegida.

Hunt fez a chamada. Banner se levantou.

– Você está bem? – perguntou Hunt.

Banner assentiu.

– Doutor? Doutor?

Eles se viraram. McHale mancava em direção à câmara da bomba, escoltado pela equipe tática que o havia libertado de sua cela.

Ele afastou seu apoio e se aproximou de Banner. Eles ficaram cara a cara.

– Você estava jogando com ele? – perguntou McHale. – Diga-me que entendi corretamente. Você estava jogando com ele?

– Sim – disse Banner. – Sinto muito sobre o...

– Apenas me diga que você estava jogando com ele.

– Eu estava. Tive que me aliar a ele. Tive que convencê-lo de que eu era simpático à causa.

– Acho que me golpear na cabeça foi uma boa demonstração disso – observou McHale.

– Tinha que fazer com que fosse convincente – disse Banner. – Me desculpe.

– Meu crânio te perdoa – falou McHale.

– Você jogou com Wyndham para descobrir sobre a bomba? – perguntou Hunt.

– Sim, mas mais do que isso. A bomba era a resposta de Wyndham a uma ameaça, uma ameaça que afeta a todos nós. Mas ele não quis falar sobre o assunto. Eu tinha que aguentar até ele estar disposto a me dizer.

Olhou para McHale.

– Se você tivesse me atacado quando teve a chance, teríamos perdido qualquer oportunidade de descobrir o que ele sabia.

– Há um problema maior do que a bomba de raios gama? – perguntou Hunt.

Banner assentiu.

– Muito maior – disse ele.

– Você tirou isso dele? – perguntou McHale. – Conseguiu convencê-lo a falar?

– Meu tempo se esgotou – disse Banner.

– Merda! – exclamou McHale.

– Então eu o forcei – disse Banner. – Eu o ameacei.

Hunt olhou o cientista de cima a baixo.

– Com o quê? – perguntou o agente britânico.

– Algo que até eu tenho medo – disse Banner.

Ele tirou os óculos e os limpou na parte da frente de sua camisa.

– Ele falou e depois deu o fora.

Banner se virou para Hunt.

– Preciso falar com os Vingadores – disse ele. – Prioridade máxima.

– Há um problema – pontuou Hunt. – As comunicações estão desligadas. Ninguém está falando com ninguém.

23

Washington, DC
13h13, hora local, 13 de junho

O PRIMEIRO DISPARO DOS REPULSORES de Stark fez Ultron cambalear, forçando-o a recuar um passo ou dois.

A Inteligência Artificial reforçou a blindagem de sua armadura roubada e disparou de volta, jogando o Homem de Ferro para o lado sobre um carrinho de munições. Mísseis rolaram no chão como pinos de boliche.

Ultron avançou, disparando novamente. Stark decolou, atravessando com rapidez todo o vasto espaço interno. Feixes repulsores o seguiam, explodindo dutos e sistemas de ventilação e estilhaçando telas.

Stark deu a volta e disparou novamente, rasgando um sulco profundo na superfície do convés e lançando Ultron no ar.

Ultron ajustou seus jatos inferiores e voou na direção de Stark. Eles se chocaram no ar, trocando golpes. Stark ouviu seus receptores zunindo conforme se esforçavam para absorver as pancadas. Ele posicionou a mão sob o queixo de Ultron e disparou seu repulsor.

Ultron deu uma cambalhota no ar, soltando fumaça, e derrubou uma bomba de combustível. Implacável, ele se ergueu dos destroços.

Stark estava vindo para cima dele, de cabeça abaixada, em alta velocidade.

Ultron disparou o unibeam da armadura e arrancou Stark de seu voo, enviando-o de volta ao chão. Tony colidiu com um avião bombardeiro estacionado, demolindo quarenta milhões de dólares em equipamentos militares. O bombardeiro explodiu.

Ultron se afastou.

– Próximo? – disse.

Disparos automáticos fustigaram a armadura capturada do Homem de Ferro. Três equipes de segurança da S.H.I.E.L.D., espalhadas ao redor do principal acesso ao convés, descarregavam tudo o que tinham.

Ultron mal se moveu. Balas o acertavam e pingavam para longe do traje. Stark o havia construído bem.

– Patético – disse Ultron. Ele ergueu a mão para liberar a energia do repulsor.

Visão surgiu no convés em frente a Ultron, atravessando diretamente o metal. Solidificando-se instantaneamente, Visão deu um soco de grande força sintética. Ultron cambaleou, a cabeça atingida com tanta força que estava virada para o outro lado.

Ultron se endireitou, metal guinchando e rangendo enquanto ele girava a cabeça de volta ao lugar. O pescoço da armadura do Homem de Ferro dobrou e se recuperou conforme os nanitos reparavam o dano.

Visão avançou, punho recolhido. Ultron girou para ele, mas seu golpe passou direto pela forma intangível do vingador.

Visão mergulhou o punho na cabeça de Ultron.

– Desde que você fez isso da última vez, eu aprendi – falou Ultron, o braço do Visão se projetando de sua placa facial sorridente.

Ultron enviou uma resposta através do sistema de blindagem da armadura. Visão gritou de dor e cambaleou para trás, sua forma alternando entre sólida e intangível.

Ultron cronometrou seu soco para o momento em que o Visão estivesse tangível. O impacto arremessou o vingador sintético para a outra extremidade da plataforma.

Projéteis explosivos acertaram Ultron e o convés em torno dele. Chamas irrompiam do local de cada impacto. Nick Fury estava em uma das passarelas suspensas do convés, atingindo a perigosa Inteligência Artificial com tiros de uma metralhadora de calibre pesado.

– Acertem ele! – gritou.

Os esquadrões de segurança da S.H.I.E.L.D. retomaram o fuzilamento. Equipes adicionais chegaram a outros lados do convés. Um tiroteio maciço envolveu Ultron. Posicionada em uma rampa de serviço, Valentina de la Fontaine disparou uma pistola laser.

Ultron cambaleava sob o ataque monumental, mas não caía. Ele se virou para Fury e disparou várias rajadas do repulsor. As explosões de energia apagaram parte da passarela e sua grade de proteção. Fury teve que mergulhar para fora do caminho. Ultron continuou disparando até que toda a passarela se soltou de seus suportes de apoio. Ela caiu sobre o convés em um emaranhado de vigas. Fury saltou no momento em que ela caiu, pousando em cima de um caminhão de serviço estacionado e pulando para trás dele a fim de se proteger.

Ultron voltou e fustigou as equipes de segurança com seus repulsores. Soldados da S.H.I.E.L.D. foram jogados no ar e se chocaram contra as anteparas.

– Hahaha – disse Ultron.

Uma forma borrada cercou Ultron. Mercúrio estava quase invisível, correndo entre balas e explosões em uma demonstração surpreendente de velocidade e coordenação. Para Pietro Maximoff, a nevasca de balas que giravam lentamente no ar parecia quase estática. Ele deslizava entre elas, circulando Ultron.

Este o detectara. Ele desferiu socos, tentando golpear o vingador, mas Pietro estava se movendo muito rápido, mesmo para os preditores de alvo projetados por Stark. Os punhos que se precipitavam continuavam errando a forma turva e sinuosa de Pietro enquanto ele se abaixava e desviava em círculos.

Os nanitos de Ultron reconstruíram os sistemas de previsão rapidamente, atualizando-os para novos níveis, e conseguiram um cálculo de rastreio de Pietro. Ultron desferiu outro soco que teria matado Mercúrio se o vingador não recuasse rapidamente.

Mercúrio deslizou pelo convés e derrapou até parar, olhando para trás.

– Como é inútil – comentou Ultron. – Você corre ao redor de mim, mas não me causa nenhum dano. Você ao menos tentou acertar um golpe?

– Está pronto... – ofegou Mercúrio. Ele não estava respondendo a Ultron.

Homem de Ferro saiu do incêndio que havia sido um avião bombardeiro da S.H.I.E.L.D. A luz do fogo refletia em sua armadura polida. Retroiluminado pela bola de fogo, ele caminhou pelo convés em direção a Ultron.

– Eu gostaria de ter um botão para pressionar – disse amargamente. – Você sabe, algo satisfatório para apertar...

Ele não tinha. O inicializador era simplesmente uma opção no submenu que era exibido em seu visor.

De todo modo, ele a selecionou.

Ultron olhou para baixo e viu a unidade de isolamento de dados que Mercúrio havia prendido magneticamente em sua placa peitoral. O dispositivo era pequeno, não muito maior que uma xícara de café.

– Isto não é aceitável – Ultron falou, e tentou retirá-la.

– Resistente – disse Stark. E ativou o inicializador.

Ultron gritou. Ele estremeceu como se estivesse sendo eletrocutado e caiu de joelhos.

A unidade de isolamento extraiu rapidamente a essência digital de Ultron da armadura e do enxame de nanito que lhe dava suporte. Sugou a senciência de Ultron para uma pequena grade de contenção de área isolada.

Ultron parou de se mexer. A armadura ficou em pé sobre os joelhos, a cabeça inclinada para cima, as costas curvadas. Fumaça dos nanitos queimados se erguia ondulante de dentro da armadura.

Stark caminhou até a armadura morta e destravou a unidade de isolamento.

Ele a ergueu.

– Um copo e uma revista – anunciou. – Agora, vamos encontrar um lugar seguro para colocar isso. Estou pensando em Plutão.

Ele olhou em volta. Fury saía detrás de sua cobertura. De la Fontaine e outros agentes estavam cuidando dos soldados caídos. Pietro estava ajudando Visão a se levantar.

– Agora nós podemos ligar o mundo de novo – disse Stark para Fury.

Ele olhou para os traços sorridentes e mortos de Ultron – traços que os nanitos haviam esculpido na placa facial do Homem de Ferro.

– Você pode apagar esse sorriso do meu maldito rosto – disse ele, e vaporizou a cabeça da armadura ajoelhada com um disparo de seus repulsores.

24

Washington, DC
14h07, hora local, 13 de junho

DO OUTRO LADO DO CONVÉS DE COMANDO PRINCIPAL do aeroporta-aviões, telas piscavam voltando à vida. Os sistemas estavam sendo reativados e reiniciados. Com a ameaça de Ultron anulada, as redes bloqueadas poderiam ser restauradas com segurança.

– Ainda há muito trabalho de reparação a se fazer – observou a Contessa. – As infraestruturas de energia e comunicações foram seriamente prejudicadas. Mas podemos trabalhar nos consertos agora.

– Como está a cobertura de satélite? – perguntou Stark. – Será que temos alguma coisa sobre o incidente siberiano?

– As observações preliminares parecem estáveis – respondeu De la Fontaine. – Há uma enorme formação de tempestade se movendo para o sudoeste, mas a violação dimensional parece ter se fechado. O pedaço da estrutura continental que desapareceu está de volta.

– Isso é algo – disse Stark.

– Alguma notícia de Wanda ou Thor? – perguntou o Visão.

– Minha irmã está viva? – Pietro exigiu saber.

– Não tivemos nenhuma informação – De la Fontaine respondeu. – Mas a situação atmosférica está terrível na região, e nossa rede não está totalmente em pé ainda.

– Mas temos alguma comunicação? – perguntou Fury.

– Estamos religando os sinais – ela respondeu. – Como era de se esperar, há uma quantidade enorme de tráfego. Todo mundo está tentando falar ao mesmo tempo.

– Faça uma triagem – disse Stark.

– Já estamos fazendo – explicou a Contessa. – Canais prioritários e transmissões de emergência em primeiro lugar. As conexões da S.H.I.E.L.D. estão entrando no ar em todo o mundo. E nós temos uma prioridade Vingadores.

– Berlim? – perguntou Stark.

– Sim.

– Vamos ver isso – disse Fury.

Eles ficaram na frente de uma tela de parede. Uma seção da tela piscou e, em seguida, tornou-se uma janela aberta. G.W. Bridge apareceu.

– Diretor – disse ele.

– Qual é a história, Bridge? – perguntou Fury.

– A ameaça da Hidra está contida – disse Bridge. – A situação aqui ainda estará delicada por um tempo, mas no momento está segura. Estamos reduzindo a situação de Alfa. E quanto a você?

– Já passamos pelo pior – disse Fury. – Eu o coloco a par mais tarde. Agora, eu gostaria de falar com o Capitão.

Na tela, Bridge deu um passo para o lado, e a câmera se fixou no Capitão América.

– Será que você acabou de lutar a II Guerra Mundial novamente? – perguntou Stark. Ele estava em pé ao lado de Fury, de braços cruzados, placa facial retraída.

– Sinto como se tivesse feito isso – respondeu Cap. – Escute, não quero perder tempo. Sei que as coisas têm sido bastante complicadas para você também. Há outro potencial Alfa.

– O que você sabe? – perguntou Stark. – É na Sibéria?

– Acho que não – respondeu Cap. – Eu ia te perguntar sobre isso. Qual é o relatório de situação?

– Não está claro, mas parece que o pior pode já ter acabado – disse Stark. – Então, do que você está falando?

– Strucker me disse que estava agindo em resposta a um ultimato – falou Cap. – Basicamente, se a Hidra não cumprisse bem suas ameaças de ir adiante e controlar o mundo, outro alguém o faria.

– Ele disse quem? – perguntou Fury.

– Claro que não.

– Mas você bateu bastante nele enquanto repetia a pergunta, certo? – perguntou Stark.

– Ele não vai falar – disse Cap. – Mas a ameaça é verdadeira. O fato de a Hidra tê-la levado tão a sério dá a ele genuína credibilidade.

– Apoia a nossa teoria – Fury disse a Stark.

– Sim, a não ser que Ultron seja o instigador – concordou Stark.

– Você teve de lidar com Ultron? – perguntou Cap.

– Tem sido um belo dia – disse Stark. – O que eu posso dizer?

– Sinal de prioridade dos Vingadores! – gritou De la Fontaine. – Encaminhado da Estação McMurdo, na Antártida.

– Na tela – disse Fury.

– Mantenha-se na linha, Cap – pediu Stark.

Cap assentiu. Uma segunda janela apareceu. Eles podiam ver a Viúva Negra e o Gavião Arqueiro na cabine de uma nave não identificada.

– Aeroporta-aviões? – chamou Viúva.

– Recebendo, Natasha – disse Fury.

– Vocês não têm atendido ao telefone ultimamente – disse Gavião Arqueiro.

– Espero que você possa nos dizer que colocaram a I.M.A. para dormir – falou Fury.

Na tela, Viúva e Gavião Arqueiro trocaram olhares. Ela fez uma careta. Ele parecia desconfortável.

– Mais ou menos – respondeu Gavião Arqueiro.

– Nós não ficamos satisfeitos com "mais ou menos" – advertiu Fury.

– A I.M.A. está fora de ação aqui – falou a Viúva. – Mas nós estamos preocupados, pode haver alguma contaminação nanotecnológica na área.

– Droga – disse Stark. Ele suspirou. – Tenho que dizer, estou cheio de nanitos por hoje. Sem trocadilhos.

– A boa notícia é que pegamos o cara da I.M.A. que ajudou a construir essas coisas – prosseguiu Gavião Arqueiro – Nós arrancamos dele um resumo técnico completo.

– Eu posso enviar isso agora – complementou Viúva, inclinando-se para operar um controle. – Pacote de dados enviado.

– A coisa por si própria já está bem inerte – disse Gavião Arqueiro. – A meu ver, pelo menos. Mas se ela ficar em nosso DNA, isso pode oferecer à M.O.D.O.K. um ponto de apoio. Algo sobre controle da mente.

– Como você conseguiu fazer o cara da I.M.A. falar? – perguntou Fury.

– Flechas são pontudas – respondeu Gavião Arqueiro.

– Eu vou organizar uma força-tarefa de nanocontenção – disse Fury. – Eles podem...

– Não há necessidade – disse Visão.

Ele estava revendo os dados que a Viúva enviara.

– Podemos encurtar a solução para o vazamento – continuou ele – usando os nanitos de Ultron. Eles estão dormentes agora, mas o enxame permanece, e Ultron já não os controla. Seria uma tarefa simples reprogramá-los e colocá-los para atacar e destruir a nanotecnologia da I.M.A.

– Oh, há uma justiça poética nisso tudo – disse Stark. – Cão come cão. Ultron vai odiar a ideia de que sua tecnologia está sendo usada para limpeza.

– Há algo mais – acrescentou a Viúva. – Thewell, o agente da I.M.A., era bem comunicativo. Acho que ele está esperando alguma imunidade. Ele deixou claro que a operação da I.M.A. era uma resposta a uma ameaça externa. M.O.D.O.K. havia acelerado sua operação para garantir a dominação do mundo antes que mais alguém pudesse intervir.

– Estamos ouvindo muito isso hoje – disse Stark. – Ele entregou algo útil?

– Não – respondeu Gavião Arqueiro. – Ele não sabe dos detalhes. Nós já...

– Já estamos nisso – disse Fury.

– Uma ameaça grande o suficiente para provocar a Hidra e a I.M.A. tem de ser bem grande – analisou Cap. – Tem de ser escondida. Bem escondida.

– Eu sei onde ela está – disse Stark. Ele olhou para Fury. – Peça para seus especialistas verificarem a mensagem de Wanda novamente.

– A expressão matemática do nosso universo e a outra dimensão... – Visão começou.

– E mais, um pequeno bolsão separado da realidade – concordou Stark. – Bem no nosso mundo. Uma bolha de energia contradimensional. Como um dispositivo de camuflagem. Wanda não sabia o que estava nos mostrando, mas ela mapeou tudo.

– Descubra onde está – Fury disse a De la Fontaine. Ela concordou com a cabeça e saiu correndo.

– Precisamos de... – Stark começou a dizer.

– Recebendo – disse Fury, se aproximando do console. – Uma terceira prioridade dos Vingadores.

Outra janela de comunicação foi aberta. Thor e a Feiticeira Escarlate estavam sentados em um Quinjet. A imagem era instável.

– ... podem nos ouvir? – Wanda chamava.

– Podemos, Wanda – respondeu Visão.

– Ah, estamos vendo vocês! – Thor declarou, apontando para a tela.

– Irmã! Onde você está? – perguntou Mercúrio.

– Dando o fora da Sibéria – respondeu Wanda.

– É bom ver você – disse Pietro.

– Você também, irmão.

– Eu ouvi você. Ouvi você na escuridão.

– A minha mensagem chegou? – ela perguntou, surpresa.

– Grandona – disse Stark.

– Eu pensei que havia falhado – ela comentou.

– Houve muito tumulto – disse Thor. – O Pavoroso Dormammu...

– Dormammu? – exclamou Fury. – Droga, eu odeio coisas mágicas.

– Sua ameaça terminou – acrescentou Thor. – A batalha foi dura. Sua fenda dimensional foi fechada e a Terra restaurada, mas as ondas de choque ainda estão chegando.

– Estamos domando uma tempestade que vocês nem iriam acreditar – disse Wanda. – Nós quase não saímos vivos do vazio.

– Estamos contentes que tenham conseguido – disse Stark. – Ajustem a eletricidade. Precisamos de vocês aqui.

– Sim, senhor – disse Thor com um aceno de cabeça. – Mas certamente devemos discutir...

– Há outra prioridade – interrompeu Visão – encaminhada via canais da S.H.I.E.L.D. no Extremo Oriente.

– Vamos ver – disse Stark.

Uma quarta janela foi aberta. Bruce Banner apareceu na tela. Ele parecia surpreso.

– Ah – ele disse. – Funcionou. Eles me falaram que as ligações estavam ferradas.

– Vemos você, doutor – disse Fury.

– Muita gente aí – comentou Banner, olhando para a câmera.

– Como você está, Bruce? – perguntou Stark.

– Bem, Tony, obrigado. Bom, está tudo bem. Aconteceu muita coisa.

– Existe uma situação aí, doutor? – perguntou Fury.

– Não mais – respondeu Banner. – Mas há outro problema.

– Resuma – disse Fury.

– Era o que eu ia fazer – pontuou Banner, calmamente. – Há uma ameaça. Uma ameaça oculta. Ninguém sabe sobre isso, mas...

– Nós sabemos sobre isso – disse Stark.

– Você sabe? – perguntou Banner, aparentemente desanimado. – Tudo bem, então. Bom. Isso é bom. Eu estava preocupado. É muito grande.

– Nós já estamos nela, doutor – disse Fury. – Apenas vá para um lugar seguro. E tranquilo. Parece que você teve um dia longo.

– Eu estou bem – falou Banner. – Mas muito obrigado por sua preocupação.

– Estamos lidando com a ameaça, Bruce – disse Stark. – Tentando identificá-la agora.

– Vocês não sabem o que é? – perguntou Banner.

– Não, mas vamos descobrir muito em breve – respondeu Stark. – Até lá...

– Eu posso te dizer o que é – interrompeu Banner. – Eu sei.

Stark, Fury e Visão se entreolharam.

– Bom para você, doutor – disse Fury. – Está um passo à frente.

– Só estou tentando ajudar – disse Banner.

– Apreciamos isso – comentou Stark. – E a informação foi confirmada?

– Pela autoridade mais alta – falou Banner.

– Tudo bem – disse Stark. – Vamos nessa. Estamos ouvindo, Bruce. Divulgue os fatos. Oh, antes de você começar...

Ele olhou para a imagem de Cap na tela.

– Você quer fazer isso ou eu posso? – perguntou.

– Fique à vontade – falou Cap.

– Acho que é a sua vez – disse Stark.

– Apenas prossiga – disse Cap.

– Deve vir de você – disse Stark. – Soa melhor vindo de você.

– Senhores... – rosnou Fury.

Stark sorriu e assentiu para Cap.

– Tudo bem – concordou o Capitão América. – Avante, Vingadores!

25

Pine Barrens, Nova Jersey
06h31, hora local, 14 de junho

LÁ DE CIMA NÃO HAVIA NADA PARA VER. Apenas a extensão da densa floresta, espessa e escura no ar da manhã.

– Quatro minutos até o objetivo – anunciou o Homem de Ferro no controle do Quinjet. Eles estavam voando baixo e rápido. O céu estava muito azul acima deles, e o oceano de árvores esmeralda abaixo passava veloz e perigosamente próximo. A onda emitida pela velocidade do Quinjet formava uma linha ondulante que percorria a copa das árvores.

– Nada no visual – relatou Gavião Arqueiro. – Tem certeza que é este?

– Definitivamente há alguma coisa ali – disse a Feiticeira Escarlate, virando as mãos em frente ao rosto e olhando para os dedos.

– Você pode sentir? – perguntou Mercúrio.

– Agora que estamos perto, sim – ela respondeu. – É grande, mas ainda invisível. É como se eu pudesse tocá-lo.

– A S.H.I.E.L.D. reporta que já está em posição – observou Viúva. – Mobilização completa a seu critério.

– Vamos ver se podemos lidar com isso – disse Cap. Ele ajustou seu escudo e olhou para os outros.

– Estou ansioso para o combate – falou Thor.

– Três minutos – informou Homem de Ferro. – Visão? É com você.

Visão assentiu e se levantou.

– Vejo você lá dentro – falou e atravessou o chão da nave em alta velocidade.

Lá fora, virou-se e acelerou como um míssil, voando ao lado do Quinjet enquanto ele ondulava o topo das árvores. Então começou a se afastar. Virou-se de lado formando um gracioso arco e desceu em direção ao coração da floresta.

O manto de camuflagem era avançado e sofisticado, mas Stark havia analisado os dados com antecedência e identificou os valores harmônicos. Na forma intangível, Visão voou atravessando as árvores e começou a pulsar sua estrutura molecular na frequência harmônica correta. Era uma manipulação delicada, sutil, do seu sistema orgânico-sintético.

Ele mergulhou no manto invisível.

Houve um clarão.

Seu padrão foi interrompido, o campo de força falhou e desligou.

A floresta desapareceu, revelando uma depressão nas árvores de quase quinze quilômetros de diâmetro. As árvores haviam sido removidas com precisão cirúrgica por raios de fusão, e o manto simplesmente estava reproduzindo sua aparência anterior, combinando com a floresta ao redor.

Agora, a luz do dia revelava o que a capa estava escondendo.

Era enorme, monolítico. Um veículo. Uma nave estelar.

A nave era circular, um enorme disco de liga verde e branco, brilhante, com estruturas arquitetônicas que se estendiam a partir do centro até a superfície do topo. Parecia grande demais para ser real, como uma estranha cidade vista de longe.

– Acho que agora eu consigo ver – Gavião Arqueiro murmurou.

– Sem brincadeira – respondeu Homem de Ferro. – Um couraçado de alta classe. É uma nave topo de linha.

– O tamanho dessa coisa – murmurou Mercúrio.

Homem de Ferro embicou o Quinjet e desacelerou bruscamente. Canos vetorizados se viraram e dispararam, estabilizando o veículo.

– Eles devem ter nos visto – disse a Feiticeira Escarlate.

– Mesmo com modo *stealth* ligado, eles devem ter nos visto a centenas de quilômetros atrás – respondeu Homem de Ferro. – E quer saber? Eu já não me importo.

– Por que eles não estão atirando em nós? – perguntou Viúva. Por que não há contramedidas?

– Talvez eles não queiram uma luta – opinou o Gavião Arqueiro.

– Eles vão se decepcionar – disse Cap.

Cap abriu a escotilha do Quinjet. Homem de Ferro colocou a embarcação em modo de pouso vertical estável e conectou os controles remotamente à sua armadura. Eles estavam no meio das árvores, seis metros acima do chão da floresta e cerca de cinco quilômetros e meio da borda da grande nave.

– Vamos! – gritou Cap.

Thor foi à frente, seguido pelo Homem de Ferro, seus jatos inferiores flamejando. Mercúrio saiu do Quinjet como um raio de luz azul, uma trilha deslumbrante que seguiu até o chão e serpenteou entre as árvores em direção ao navio.

••••

Capitão saltou, caindo em pé. Os outros desceram rapidamente por cordas.

No chão e a caminho, eles seguiram por entre as árvores em direção à imensa estrutura.

– Oh, acabaram de perceber que somos dignos da atenção deles – observou Homem de Ferro. – Os escudos estão sendo ligados. Tomem cuidado com os sistemas de defesa.

Metralhadoras automatizadas irromperam de recessos ao longo da beirada do casco da nave. Emissores de raios abriram seus canos e começaram a cuspir dardos escaldantes de energia de fusão, dizimando árvores e criando gêiseres de terra. Mercúrio ziguezagueou por entre as explosões. Cap saltou para evitar ser esmagado por um pinheiro que caiu. Gavião Arqueiro se encolheu quando uma explosão abriu o chão perto dele, cobrindo-o de sujeira, e continuou correndo.

– Eles não estão empregando seu arsenal principal – disse Viúva, saltando de um tronco de árvore. – Isto é só para desencorajar nossa aproximação. Estão confiando em seus escudos.

– E eu estou a ponto de desativá-los – relatou o Homem de Ferro, voando de um lado ao outro para evitar os raios de fusão. Ele voava por entre as copas das árvores.

– Você está confiante de que consegue? – indagou Cap pelo rádio. Ele estava correndo rápido, com o escudo em seu braço.

– Nós conhecemos a sua tecnologia – o Homem de Ferro falou. – Eu estive trabalhando em algumas coisas para o caso de termos que enfrentá-los novamente.

Seu unibeam pulsou, e os campos de força ao redor do casco tremeram e se romperam. Os escudos da nave – construídos para suportar combates no vácuo profundo contra naves de alta classe rivais – sofreram uma falha imediata e catastrófica. Todos sentiram o estalo da mudança de pressão de ar. Sentiu-se um cheiro de ozônio e seiva de pinheiro.

As metralhadoras automatizadas imediatamente começaram a disparar em um ritmo mais pesado. Choviam raios de fusão na linha da floresta, transformando as grandes árvores em estilhaços de madeira, incendiando outras e rasgando o solo.

– Ok, agora eles estão bravos – retrucou Gavião Arqueiro, mergulhando para se proteger. Ele rolou, erguendo seu arco.

Disparou flechas explosivas nas armas, numa rápida sucessão. Estava apontando diretamente para as aberturas pulsantes dos módulos emissores das armas. Flechas com ponta de adamantium perfuraram os módulos profunda e precisamente, e as cargas fizeram o resto.

As armas explodiram ao longo da beira do disco numa série de explosões barulhentas. Subsistemas de alimentação dentro da grossa fuselagem recuaram e explodiram, retalhando seções do casco. Choveram destroços, e fumaça azul foi soprada para o céu azul.

Uma ampla seção da rede anti-invasão da nave estava avariada. Os Vingadores tinham uma linha clara e sem oposição de abordagem. Eles deixaram a floresta em chamas e correram para a nave.

– Thor? Visão? Venham para a porta – ordenou Homem de Ferro.

O humano sintético e o asgardiano voaram lado a lado. Thor arremeteu um grande golpe de Mjolnir no casco, abrindo um buraco. Ele e Visão agarraram as bordas do furo e as puxaram em direções opostas.

Rasgaram o casco, abrindo uma entrada.

Homem de Ferro voou direto pelo meio da abertura, seguido por Mercúrio, que havia convertido sua aceleração em um salto de voo. Cap irrompeu para dentro um segundo depois, seguido por Viúva Negra, Feiticeira Escarlate e Gavião Arqueiro. Visão atravessou pelo casco, e Thor abriu mais outro ponto de entrada.

Dentro dos corredores frios e altos da embarcação, guerreiros do Império Kree Stellar corriam para encontrá-los.

Os Kree eram uma raça antiga e altamente avançada, e sua civilização há muito dominava os assuntos galácticos. Eles haviam construído uma cultura de abrangência estrelar, preservando sua pureza dinástica, e alcançaram grandes feitos de engenharia cósmica e ciência, nenhum dos quais teriam sido realizados sem um brutal zelo militar. Eles haviam vencido impérios rivais. Conquistado mundos.

Não tinham medo de conflito ou derramamento de sangue.

Centenas de guerreiros Kree correram para repelir os invasores. Suas armaduras verdes e brancas e seus elmos com crista eram ameaçadores e sinistros. Sua disciplina e sua organização eram impecavelmente controladas.

Em poucos segundos, eles começaram a cair.

Homem de Ferro os metralhava, fustigando o corredor com disparos de repulsor, aniquilando os Kree e lançando corpos ao ar. Thor trovejava atrás dele, desferindo golpes de martelo de ira asgardiana que esmagava os guerreiros de elite Kree.

Canhões Kree foram disparados. O ar foi preenchido com um cruzamento de raios deslumbrantes e feixes de energia. O escudo do Cap desviava tiros enquanto ele atacava fileiras de oponentes, socando e chutando soldados. Cada golpe era perfeitamente cronometrado e perfeitamente destinado. Não havia desperdício de esforço. Os guerreiros Kree eram derrubados e nocauteados, esmagados pela intensidade de ataque preciso do Capitão América. Cap quase não desperdiçava nenhum movimento. Ele se chocou contra as formações de guerreiros.

Mercúrio correu à sua frente, passando no meio dos guerreiros e derrubando-os com socos rápidos, driblando cada tiro de canhão. Gavião Arqueiro ficou para trás, usando a tampa mutilada do ponto de entrada, e derrubava os oficiais com precisão. Ele viu grupos de Kree em um nível superior, as equipes estavam tentando colocar pesados canhões em tripés. Sacou mais setas explosivas e as lançou na passarela abaixo deles. Guerreiros Kree caíram se debatendo, junto com pedaços da passarela e suportes para armas em chamas.

Viúva seguia ao lado do Capitão, desferindo chutes giratórios e atirando à vontade, cobrindo o flanco de Cap para evitar que os cada vez mais frenéticos Kree o cercassem. Suas 9 mm rugiam, disparando projéteis de penetração construídos por Stark, capazes de perfurar praticamente qualquer coisa, inclusive as avançadas armaduras de batalha dos Kree.

Corpos caídos com suas blindagens verdes e brancas começavam a encher o chão do corredor.

Visão atravessou o piso como um fantasma, solidificou-se, e bateu as cabeças de dois atiradores Kree uma contra a outra. Ele se virou e derrubou um outro com um soco direto. Vários outros guerreiros dispararam contra ele, mas seus raios passavam direto pelo Visão e derrubavam soldados Kree que estavam atrás. Visão se abaixou, arrancou o convés, e derrubou uma dúzia de guerreiros que voaram como se um tapete tivesse sido puxado sob seus pés.

Esquadrões de apoio vertiam dos corredores, correndo para entrar na batalha. A Feiticeira Escarlate, alta e elegante, calmamente caminhava ao longo do corredor por trás do ataque principal, como se estivesse alheia ao caos. Ela havia tecido um hexagrama em torno de si que desviava os disparos de energia como se fossem chuva. À vista dos reforços recém-chegados, ela levantou as mãos e conjurou uma onda de infortúnio.

Múltiplas e simultâneas armas sofreram avarias em meio às fileiras. Algumas explodiram nas mãos dos guerreiros que tentavam dispará-las. Algumas tiveram suas cargas de energia subitamente drenadas. Outras simplesmente se recusavam a atirar; os guerreiros perplexos que as empunhavam rapidamente caíam nocauteados pelos punhos de Cap, balas da Viúva, flechas do Gavião Arqueiro e alterações de solidez desorientadoras de Visão.

Homem de Ferro, Mercúrio e Thor irromperam, entrando em uma enorme galeria interna.

– Os níveis de energia estão subindo – disse Homem de Ferro, disparando seus repulsores sobre os defensores Kree. – Acho que os nossos visitantes estão tentando ligar os motores e dar o fora daqui.

– Tarde demais – comentou Thor.

– Eu não acho que eles estejam felizes em participar desse confronto – disse Pietro. – Ele estava se movendo tão rápido que a luz se distorcia por sua onda. Dezenas de guerreiros continuavam aparecendo, e se esparramavam inconscientes no chão, por onde ele havia passado.

– Tarde demais – Thor repetiu, e atirou seu martelo contra uma proteção. Ele abriu seu caminho a golpes até uma área de engenharia, arrancou um enorme disjuntor de energia do chão e o arremessou. O disjuntor atravessou a parede de uma câmara e explodiu no compartimento seguinte.

Sirenes sinistras soaram. O ar estava repleto de fumaça.

– Comando central? – Homem de Ferro solicitou em seu comunicador.

– Dois níveis abaixo de você – respondeu a Feiticeira Escarlate, localizando-o com uma conjuração complexa.

– Obrigado – disse o Homem de Ferro. – Isso coincide com os perfis de energia que estou captando.

Homem de Ferro embicou e executou um mergulho poderoso em direção ao convés principal, abrindo caminho na base de disparos dos seus repulsores e atravessando os diversos andares. Visão, Thor e Mercúrio o seguiram pelo ar. Cap saltou um corrimão e caiu atrás deles. A Viúva esvaziou sua munição nos guerreiros que se aproximavam e depois seguiu o exemplo do Capitão. Gavião Arqueiro olhou para a queda e para o atalho ardente que seus colegas Vingadores estavam abrindo até o coração da nave.

– Acho que vou escalando, então – disse ele, girando para cravar uma flecha em um guerreiro Kree que o atacava.

– Permita-me – observou a Feiticeira Escarlate, lançando um feitiço que a levantou juntamente com Gavião Arqueiro em pleno ar e os baixou graciosamente para baixo pelo vão no piso.

Thor e Homem de Ferro derrubaram as enormes portas de segurança que protegiam a área central de comando. Destroços voaram em todas as direções. Três oficiais Kree abriram fogo, mas um escudo voador os abateu violentamente.

Homem de Ferro pousou e seguiu andando, liderando os Vingadores até a câmara. Outro oficial Kree pegou uma arma e Viúva virou-se para explodi-la com sua mordida, mas Gavião Arqueiro já havia prendido o braço dele no console com uma flecha.

Homem de Ferro olhou para o gigantesco tanque de suporte de vida na frente deles. Suas laterais eram transparentes. Do líquido energizado que havia dentro, um enorme rosto distorcido olhou para eles. Seus traços eram solenes e tristes. Cabos de fibra estavam conectados de seu crânio até as bordas do tanque.

– Este será o seu único aviso, Vingadores – disse a Inteligência Suprema do Império Estelar Kree. Vocês não são bem-vindos aqui.

– Tá bom – disse Homem de Ferro. – Você tem umas explicaçõezinhas para dar.

– Este é um ato de guerra – a Inteligência declarou.

– Este é um ato de defesa soberana – respondeu Capitão. – Você atacou o nosso planeta.

– Nós não atacamos – respondeu a Inteligência. – Temos apenas observado.

– Vocês se intrometeram – falou Cap. – Vocês provocaram. Nós sabemos sobre o ultimato. Graças a você, cinco ameaças sérias surgiram. Ameaças que poderiam ter destruído nosso mundo ou o alterado para sempre.

– O desejo era esse – disse a Inteligência.

– Você admite isso? – perguntou Thor.

– A Terra é perigosa. Não se pode permitir que ela continue em seu curso atual.

– Então, você colocou o destino dela nas mãos de terroristas e monstros? – perguntou Cap.

– A Terra deve ser domada – respondeu a Inteligência Suprema. – Para o bem galáctico. Os seus elementos criminosos e insurgentes têm há muito buscado a dominação mundial, cada qual a seu modo. A eles foi oferecida a oportunidade de concluírem seus projetos.

– Você está falando sério? – perguntou a Feiticeira Escarlate.

– Cada um tem os meios – disse a Inteligência Suprema. – Os meios e o desejo de controlar seu mundo. De impor uma nova ordem. De conter a natureza rebelde da humanidade.

– Porque eles são psicopatas – falou o Gavião Arqueiro. – A ideia de contenção é... ditadura. A perda de liberdade, a...

– Eles iriam dominar e controlar – disse a Inteligência Suprema. – Eles diligentemente administrariam este mundo, e o impediriam de poluir a galáxia.

– Ou nos levariam a uma nova Idade da Pedra – disse o Cap.

– Isso também teria sido uma solução aceitável – respondeu a Inteligência.

– Então você só queria que os outros fizessem o seu trabalho sujo e paralisassem o mundo? – perguntou Viúva.

– A Terra deve ser domada.

– É mais do que isso – analisou Stark. – As autoridades galácticas declararam a Terra fora dos limites. Se os Kree encenassem uma intervenção ou uma invasão, eles se encontrariam em guerra contra os outros poderes do cosmos. Mas se a Terra entrasse em colapso devido a uma ameaça indígena, aí tudo bem. Previsível. Isso foi um golpe sujo, Supremão.

– É um método.

– E então vocês poderiam ter interferido, tomado conta, com a intenção aparente de manter a paz e limpar a bagunça – disse Stark. – Cuidar de um vizinho ferido. Uma intenção aparentemente humanitária e solidária. Invasão por procuração.

Cap deu um passo à frente ao lado do Homem de Ferro e olhou para o grande tanque.

– Por que vocês estão com tanto medo de nós? – perguntou.

– Observe, humano, como vocês abriram caminho até a minha presença – disse a Inteligência Suprema.

– Isto é autodefesa – Cap repetiu. – Uma resposta à sua ameaça. Eu quis dizer, por que você tem tanto medo da Terra?

Por um momento, a Inteligência Suprema não respondeu.

– Vocês são uma raça criança – disse, por fim. – Os recém-chegados à comunidade galáctica. Nos poucos anos que temos tido conhecimento de vocês, nós nos horrorizamos com suas propensões. Sua escalada tecnológica a um ritmo que mesmo vocês não conseguem entender. Sua raça de metasseres em quantidade inigualável a qualquer outro mundo, e esses metasseres vivem sem controle ou limitação, mesmo que muitos deles possuam o poder de danificar ou destruir mundos, ou mesmo desestabilizar a galáxia como um todo.

A Inteligência Suprema fez uma pausa e depois continuou:

– A fome e a doença permeiam seu mundo, e não há qualquer unificação da agenda política. No entanto, vocês enredam-se ativamente nos negócios de outras culturas. A Terra é um planeta perigoso. É um perigo para si mesma e para outros mundos. Vocês não têm maturidade ou sabedoria. Têm grande poder, mas nenhuma responsabilidade. Vocês são imprudentes e emocionais. São imperfeitos e lhes falta unidade. Vocês são teimosos e não conhecem sua própria força. Enquanto a Terra existir em seu estado atual, volátil, nenhuma cultura no espaço estará segura. E o Império Estelar Kree não está disposto a ser derrubado por uma espécie egoísta, infantil e demasiadamente poderosa.

– Você realmente acha que somos uma ameaça para você? – perguntou o Homem de Ferro.

– Com o tempo, serão – respondeu a Inteligência Suprema. Vocês vão direcionar suas atenções para as estrelas e invejar o que os outros têm. Até lá, são uma ameaça sem nem mesmo quererem ser. Um metasser malévolo, uma doença incontrolável, um acidente tecnológico. Vocês podem acabar com uma cultura galáctica por engano e desventura.

– Então você queria nos deter? – perguntou Cap. – Para nos podar e nos conter?

– Sim – disse a Inteligência Suprema. – Qualquer uma das partes que incentivamos teria sido capaz de assumir o controle da Terra, e governá-la. Eles teriam domado sua natureza selvagem e feito a humanidade subserviente. A parte vitoriosa teria jurado a fidelidade aos Kree, e os Kree teriam governado por meio dela. Isso, todos eles viram, era preferível à destruição de seu mundo e de suas ambições.

– Você não contou conosco – disse o Cap. – Subestimou nossa capacidade de policiar a nós mesmos. De deter as ameaças e ver a sua mão nelas. Isso não prova que somos muito mais do que as crianças que você supõe que sejamos?

– A ameaça permanece – disse a Inteligência Suprema. – Vocês são confiantes e voluntariosos. A galáxia estaria melhor sem vocês.

– Eu sugiro – falou o Homem de Ferro – que você ative sua autorreparação, arrume sua nave, e caia fora do nosso planeta. Você nunca vai ter a chance de fazer isso de novo. Leve essa mensagem de volta para o seu povo.

– Não – disse a Inteligência Suprema. – Essa tentativa de pacificar a Terra falhou. Os Kree relutam em agir contra vocês diretamente, por medo de censura, mas nós sempre soubemos que agiríamos se a nossa mão fosse forçada. Com pesar, agora esta é a nossa única opção. Vocês têm resistido às mudanças. A mudança agora será obrigatória.

Alçapões se abriram ao longo das paredes da câmara de controle. No enorme compartimento além, os Vingadores podiam ver fileiras de enormes figuras silenciosas, androides: Sentinelas Kree, máquinas de guerra robóticas implacáveis de extraordinário poder.

– Os sentinelas serão ativados – anunciou a Inteligência Suprema. – A Terra será esmagada. E vocês, metasseres, serão os primeiros eliminados.

26

Pine Barrens, Nova Jersey
07h09, hora local, 14 de junho

SERÁ QUE PODEMOS CHEGAR MAIS PERTO? – perguntou Banner.

– Disseram-lhe para se manter afastado, doutor – respondeu McHale.

Banner mexia com o cinto que o prendia ao banco durante o voo. O transporte da S.H.I.E.L.D. estava circulando o local de destino em alta altitude, parte da força-tarefa que esperava um sinal dos Vingadores.

– Eu queria estar lá – disse Banner.

Ele estava ficando agitado. Desde a recuperação em Madripoor, a S.H.I.E.L.D. havia insistido em enchê-lo de sedativos. Ele se sentia tonto. Sentia-se calmo demais. Odiava a letargia, mas sabia que era necessária. Ele pensou sobre a oferta de Wyndham, uma solução definitiva para sua maldição. Tinha sido tão tentador. E se alguém era capaz de curar a sua condição, esse alguém era o Alto Evolucionário.

Mas algumas coisas eram mais importantes. Como ser fiel a seus amigos. E a si mesmo. Seja você quem for.

– Eu acho que os Vingadores podem lidar com as coisas – respondeu McHale.

– Eles já lutaram contra os Kree antes – disse Banner. – Mas os Kree são poderosos. Realmente poderosos. Eu...

– Basta relaxar e apreciar a vista, doutor. Eles vão ficar bem.

Banner recostou e olhou pelo vidro da porta. Muito abaixo, ele podia ver a vasta e reluzente extensão da nave estelar revelada.

Banner e McHale ouviram vozes do convés diante deles. Nick Fury estava na estação de comunicações. Ouviram-no xingando.

– Diretor? – McHale chamou.

– Alguma coisa está errada – disse Fury. – Acabei de perder o contato com Stark. Estamos registrando um acúmulo de energia, níveis bem graves, no interior da nave. Acho que os Kree não estão recuando.

– Devo dar a ordem para que nossas equipes entrem? – perguntou Valentina de la Fontaine.

– Se os Vingadores não puderem lidar com isso, não há muito o que as nossas equipes sejam capazes de fazer – retrucou Fury. – Eu sabia que deveria ter apenas bombardeado o local. A opção nuclear.

– Há mais de uma opção nuclear, Fury.

Eles olharam em volta. Banner havia desprendido seu cinto de segurança e estava de pé.

– Banner?

– Eu disse que há mais de uma – afirmou Banner. Ele se moveu em direção à escotilha lateral. Os sedativos o deixaram meio instável. Deixaram-no embriagado, também. E tiraram sua inibição.

– Doutor Banner, sente-se já, maldição! – berrou Fury.

Banner abriu a escotilha. Um ar gelado entrou uivando. Banner olhou para McHale.

– Doutor? – perguntou McHale, de olhos arregalados. Ele se moveu na direção de Banner.

– Sua vez, McHale – disse Banner.

– O quê?

Banner sorriu e apontou para o próprio queixo.

– Parece justo – disse ele. – Capriche.

– Você está louco? – perguntou McHale.

– Uma coisa que todo mundo parece esquecer, McHale – disse Banner, com um sorriso triste. – É que parte de mim também é um vingador.

McHale olhou para ele por um momento. Então sorriu e balançou a cabeça.

– Porra, doutor – disse ele.

E lhe desferiu um soco.

A cabeça de Banner rebateu, e ele voou para trás, para fora da escotilha.

• • • •

Era uma queda infernal.

Enquanto caía, Banner sabia que estava mergulhando para a morte em velocidade terminal. A queda iria matá-lo.

A queda iria absolutamente, definitivamente, matar Bruce Banner.

Ele sabia que deveria estar ansioso, desesperado, gritando. Ele deveria estar sofrendo e com raiva do soco. Mas aqueles malditos sedativos...

Fechou os olhos. Pensou no impacto iminente. E se concentrou nele.

Sua frequência cardíaca aumentou. Começou a acelerar. A realidade da queda passou a penetrar na neblina das doses sedativas. Aquilo o assustava pra diabo.

Ele se concentrou nisso, no medo. Tentou limpar sua mente enevoada. Ele parou de tentar manter a calma a respeito de tudo.

Seus níveis de adrenalina começaram a crescer.

27

Pine Barrens, Nova Jersey
07h11, hora local, 14 de junho

A NAVE DE GUERRA KREE BALANÇOU como se algo houvesse golpeado seu casco superior e atravessasse sua superestrutura. As partições internas falharam. Proteções romperam. Pisos cederam.

O Hulk pousou no meio do imenso compartimento dos sentinelas. O impacto de sua gigantesca estrutura dobrou o convés e desintegrou várias das unidades robóticas.

Hulk rugiu. Ele estendeu suas mãos enormes, agarrando e rasgando as sentinelas que estavam despertando em volta dele. Braços grossos como troncos de árvores lançavam punhos do tamanho de bolas de demolição que destruíam máquinas de guerra construídas com tecnologia Kree.

Hulk esmagava.

Do centro de controle adjacente, os Vingadores pareciam chocados. A chegada dele causou uma onda de choque que lançou todos eles para o chão, junto com todos os guerreiros Kree presentes. Esforçaram-se para se colocarem em pé novamente.

– Ah, meu Deus! – Feiticeira Escarlate gritou, olhando para dentro do compartimento sentinela, ao ver a fúria de Hulk.

– O que é isso? – perguntou a Inteligência Suprema. – O que é isso? –

Os guerreiros Kree disparavam em Hulk através da escotilha e da passarela no compartimento dos sentinelas. Homem de Ferro derrubou os mais próximos com um disparo de seus repulsores.

– Que parte disso é uma boa ideia? – perguntou Homem de Ferro.

– A parte em que nós ganhamos – respondeu Thor.

Hulk avançou contra as unidades Sentinela, lançando fragmentos quebrados e torcidos pelo ar. Devastadores punhos verdes retalhavam os robôs, fileira após fileira. Cabos de suporte e de energia estalavam. Chamas se erguiam.

Os sentinelas tinham deixado sistemas estelares inteiros de joelhos.

Mas o Hulk... era o Hulk.

Thor se abaixou quando uma unidade Sentinela desmembrada voou para o espaço central de comando e caiu sobre o convés. Então ele sorriu e ergueu o Mjolnir.

– Estou com o cara verde – disse ele. – Quem está comigo?

Homem de Ferro olhou para Cap.

– Vingadores? – perguntou.

– Eu acho que temos que ir avante – respondeu Cap.

Ele levantou o escudo.

Em resposta, os heróis correram para a luta juntos, arrebentando as fileiras Kree. Juntos, combinavam magia, tecnologia, velocidade, pontaria e habilidades de combate incomparáveis.

Moviam-se como um só. Um time. Os mais poderosos heróis da Terra.

28

Pine Barrens, Nova Jersey
07h30, hora local, 14 de junho

UMA PLUMA MONUMENTAL de fumaça negra se ergueu das ruínas em chamas da nave para o céu de Nova Jersey.

– Está confirmado? – perguntou Cap, entrando na linha de árvores para se juntar aos outros.

Homem de Ferro assentiu.

– Aquele módulo que vimos levantar voo era uma espécie de hipercápsula de escape – disse ele. – A Inteligência Suprema conseguiu fugir. Os monitores da S.W.O.R.D. captaram o momento em que ela entrou em alta dobra logo que saiu da órbita da Lua.

– As equipes da S.H.I.E.L.D. estão entrando para proteger os destroços – falou Visão.

– Que tal o...? – perguntou Cap.

Homem de Ferro ergueu o polegar.

A trinta metros de distância, a massa amuada de Hulk estava parada ao lado de uma árvore quebrada. Ele estava curvado e ofegante. A Viúva estava diante dele, olhando em seus olhos.

– O que ela está fazendo? – perguntou Cap.

– Falando com ele – disse Homem de Ferro.

– Acabou – disse ela em voz baixa. – Você entende? Agora acabou. Você pode se acalmar.

– Hulk não quer ficar calmo – Hulk rosnou.

– Você deve ficar – disse ela. – É hora de ficar.

Os outros se aproximaram lentamente.

– Outra luta? – Hulk rosnou. – Mais coisas para Hulk esmagar?

– Não, não – Viúva assegurou. – Apenas amigos, Hulk. Apenas Vingadores.

– Hulk? – perguntou Homem de Ferro. – Bruce?

– Bruce não. Hulk odeia Bruce. Apenas Hulk.

– Hulk – chamou Homem de Ferro. – Está tudo bem.

– Homem de Lata quer lutar com Hulk. Homem de Lata quer machucar Hulk.

– Não – disse Homem de Ferro. – Homem de Lata só quer dizer... obrigado.

Hulk resmungou. Ele não respondeu.

Eles se afastaram para lhe dar um pouco de espaço. Hulk se sentou e olhou para a fumaça por um tempo.

– Você sabe – disse o Homem de Ferro em voz baixa para Capitão, há uma coisa que... meio que está me incomodando.

– O quê? – perguntou Cap.

– Olha o que fizemos, Steve.

Eles olharam para a nave em chamas. Homem de Ferro retraiu sua placa facial.

– Nós salvamos o mundo – disse Cap com firmeza.

– Sim, nós fizemos isso – disse Stark. – E nós tínhamos uma boa causa. Nós acabamos com uma ameaça que poderia ter exterminado a raça humana. Mas você vê como nós fizemos isso?

Capitão América olhou para Hulk, sozinho e pensativo.

– Ele é apenas um ser humano – disse o Cap.

– É – disse Stark. – E você também, e eu também. Apenas humanos.

– O que você está dizendo, Tony?

– Eu estou dizendo que talvez, de certa forma, os Kree tivessem razão. – respondeu Stark.

Cap não respondeu. Ele olhou para o chão.

– Isso é tudo o que sempre seremos – disse ele, por fim. – Humanos. Vamos continuar a nos certificar de que isso é o suficiente.

Nick Fury se aproximou, vindo dos destroços da nave.

– Ei – ele disse.

– Está tudo bem? – perguntou Cap.

Fury deu de ombros.

– Não tenho certeza – respondeu. Há muita coisa aqui que precisa de uma boa análise. Olha, eu odeio mencionar isso, mas a estação da S.H.I.E.L.D. em L.A. acabou de entrar em contato. Cada relógio na Califórnia acabou de ser atrasado em trezentos minutos. Há relatos de um surto táquion na área de San Diego.

– Rompimento temporal? – perguntou Cap. – Alguém ferrando com o tempo?

– Poderia ser Kang – disse Stark. – Kang, ou Immortus. Ou o outro cara. Aquele com o cocar.

– Pode ser qualquer coisa – disse Fury.

Cap e Homem de Ferro se entreolharam.

– Sua vez – disse Homem de Ferro.

– Eu disse da última vez.

Tudo bem. Tony Stark suspirou, virando-se para os outros:

– Vingadores? Adivinhem o que eu vou dizer.

AGRADECIMENTOS

GOSTARIA DE EXPRESSAR o meu apreço a Stuart Moore, Jeff Youngquist, Sarah Brunstad e Axel Alonso na Marvel pela sua paciência, apoio e sugestões durante o tempo que passei escrevendo esta história.

Devo amor e agradecimentos consideráveis para Nik Vincent por ter feito a primeira leitura, e por ter me ajudado a evocar as melhores palavras (sob circunstâncias muito difíceis).

Também tive muita sorte em poder recorrer a Neil Grant, Elena Artimovich e Ronald Byrd para obter conselhos técnicos. Muito obrigado. Todos os pedacinhos deste livro que estão corretos se devem a vocês. Quaisquer erros são por minha total culpa.

Este livro é dedicado com amor ao meu sogro, John Ernest Vincent, 1931-2014.

MISTO
Papel produzido a partir de fontes responsáveis
FSC® C125132
FSC
www.fsc.org

FONTE: Chaparral Pro
IMPRESSÃO: Arvato

#Novo Século nas redes sociais

novo século®
www.novoseculo.com.br